需要我时打给我

〔美〕雷蒙德·卡佛 著
姚卉 译

南海出版公司

新经典文化股份有限公司
www.readinglife.com
出　品

献给乔治亚·莫里斯·邦德

目 录
Contents

导言

书评

前言

"最后的最后了。"在新发现的五篇雷蒙德·卡佛的短篇小说整整一年的出版准备过程中,我对朋友写道。作为诗人,我在这句话中听得见"恒久"的回响。然而,这就是那个非凡的声音全部的新作了——他用毫无保留的坦诚如此清晰地见证了现实,他的小说也因此在全世界被译为二十多种语言。

雷去世后,村上春树——优秀的小说家、雷作品的日文译者——偕夫人洋子来访。那时他坦言,他能感到雷的存在陪伴着他,而一想到要完成雷作品全集的翻译工作,又感到害怕。现在我明白了,那时的他一定悲喜交加。

当下的努力带给我一种欢喜,是从似乎已经离开这个世界的声音里听到新的声响,在落幕后看见意料之外的返场的快乐。如今,要是发现一箱卡夫卡或者契诃夫的手稿,人们应该会争先恐后地想看看里面是什么。我们的心情也差不多——好奇,怀念,渴望亲近我们在文学世界和人生中倾慕的那些熟悉的灵魂。

对雷新作的发现是独立事件,却也和他在世时发表的作品有关。对于那些盼望着这件事的人来说，这是有价值的，因为当我们爱一个作家时，我们想一读再读，想遇见他或她所写的全部——超凡的、意外的，甚至未完成的。我们可以。这种价值不只从整体中来，也体现在细处：措辞和句法，人物带来的共鸣和惊奇，叙述逐行逐句地展开。

这些小说是在不同的时间和地点被发现的。第一次是一九九九年三月，在华盛顿州安吉拉斯港的山脊屋，雷去世前最后一段时间我和他的居所。《时尚先生》的资深编辑，我的朋友杰伊·伍德拉夫在这一过程中帮助了我。第二次是同年盛夏，从事卡佛研究的威廉·L.斯塔尔和莫林·P.卡罗尔夫妇查看了俄亥俄州立大学图书馆的威廉·查瓦特美国小说馆藏。在翻检一箱原稿时，他们找到了两篇完整的未发表的短篇小说。在我生日那天，他们兴奋地打来电话，告诉我这个新消息。

在我和杰伊找到的三篇之外又有了这两篇，简直是锦上添花。这也为雷未结集作品的重新出版打下了基础。作品集里有许多篇已经收录进之前的《行行好，别逞英雄》（由英国的哈维尔出版社和美国的古典书局出版）。除了这几篇未发表的短篇小说之外，我们还收入了四篇随笔来丰富本书，它们之前收录在一九八三年出版的诗歌、散文、小说杂集《火》中。

雷去世后不久，我在写《通往瀑布的新路》导言时，偶然发现了一些文件夹，里面装着打字稿和未发表的短篇小说的手稿。那时我不确定这些是不是完成稿，如果是，应不应该把它们公开发表。我觉得在考虑这些未发表的作品前，应该先保证出版所有雷明确打算刊印的作品。这就花了整整九年的时间，直到雷的诗歌全集《我们所有人》（哈维尔，1996年；克诺夫，1998年）出版才完成。

在五十岁的雷于一九八八年因肺癌英年早逝后，我也还有许多事要做。我见证了他三本书的英国版和美国版印行；完成了《卡佛的国度》，一本由鲍勃·阿德尔曼摄影的书的相关工作；给罗伯特·奥特曼的电影《银色·性·男女》①做顾问，这部电影是以雷九篇已发表的短篇小说为蓝本的。我还参与了三部关于雷的纪录片的拍摄。以上大部分都是我在离家很远的地方教书时做的。我居然还写出了三本诗集，一本短篇小说集和一本随笔集。

一九九八年初，快到雷的逝世十周年纪念日时，杰伊·伍德拉夫打来电话，说想在《时尚先生》上做点什么来纪念雷。"桌子里有这些文件夹。"我说。"可能没什么完整或者有价值的东西，"我告诉他，"但我可以找时间看看。"我猜杰伊听出了我的犹豫。总之，他和我说："苔丝，等你准备好看这些东西时，我很愿意过来帮你。"

---

① *Short Cuts*，又译《人生交叉点》《浮世男女》等。

3

杰伊也许正是我一直期盼的那个人。他尊重我的作品，喜爱雷的写作，也了解修改和出版的过程。更何况，作为小说家和杂志编辑的杰伊能够一眼认出好小说。一九九九年三月，他飞到西雅图，又乘车、坐轮渡，花了三个小时才来到安吉拉斯港。第二天，从早上九点一直到晚上十一点，我们仔细地翻检雷的书桌每一个抽屉里的内容，阅读文件夹里的纸页，做好标记，复印好，最终做出了我们的选择。整个过程安静、亲密、目的明确。我们就这样读着，渐渐明白有三篇精彩的小说就在其中。想要处理好这几篇未发表的小说的心情盖过了我之前对雷的作品即将完结的恐惧。让《时尚先生》参与这个发现过程似乎也恰到好处，毕竟二十世纪七十年代初，雷的短篇小说就是通过它找到了自己的第一批读者。

杰伊负责破译雷潦草的笔迹，好进行准确地抄写。有一份原稿完全是手写的，其他几份是打字稿，上面有改写的笔迹。杰伊完全没觉得这项任务乏味，反而从中汲取能量。而有十一年破译雷的笔迹的经验的我则逐字逐句地对着原稿检查杰伊的抄写，填上他因认不出来而留下的几个空。我们都知道雷有时候会把一篇短篇小说重写三十遍，而这些被搁置的小说远远没达到这个程度。（在生命的最后几个月，雷从小说转向了诗歌，那些作品后来结成了他的最后一本书《通往瀑布的新路》。）不过这些小说不怎么需要编校，人名地名都合乎标准，多蒂不会在下一页变成多洛雷斯，尤里卡也没有变成阿克塔。结局通常是雷着力最多的地方，但在这里，故事有时就停在类似电话铃响了、有人离开了饭桌这样的地方。我们只是让这些最后的时刻回荡着，允许故事在此休止。

雷写过几篇关于人重新开始的故事，其中最有名的是《我打电话的地方》。而在这批新小说中会最先在《时尚先生》上发表的《柴火》里，一个男人拼命地劈木头，想证明自己在酗酒和婚姻破裂后继续前进的意愿。叙述者也是个作家，他对再次提笔写作的初步尝试让我不无感动地回想起一九七九年，那时雷和我一起在埃尔帕索开始了我们的生活，他也在和酗酒抗争十年后开始了自己全新的写作生涯。

在五篇新小说中，《梦》成了我和杰伊的最爱。一个婚姻破碎的女人在一次火灾中失去了自己的孩子。这个故事似乎连接了我们在雪城（像小说里那对夫妇一样，我和雷也睡在地下室里躲避八月的暑气）和西北部（我们住的街上着过一次火，不过没人送命）的生活。我也从中认出了雷的短篇小说《好事一小件》的回声，里面也有个孩子死了。我很欣赏雷在这两篇小说中对这个太容易变得多愁善感的主题的大胆处理。《梦》中的细节像烟雾一样从屋顶缭绕升起，行动在明暗对比中展开：场景隐现，聚焦，燃烧。

人物的生活完全被周遭环境裹挟，而他们的生活也变成了我们的。

比尔和莫林发现的两篇短篇小说写于二十世纪八十年代初，讲的都是婚姻的破裂。其中《需要我时打给我》中的核心形象可以看作小说《山雀派》①和诗歌《雾与马的深夜》的先声。在这三篇作品里，马都在宿命般的离别时刻神秘地从雾中出现。另一篇《你们想看什么？》就像是《瑟夫的房子》②的表亲。这两篇小说中都有一对试图重修旧好的夫妇，但他们内心深处重伤未愈，只能各走各的路。结尾处关于"糟蹋"的意象让我回想起雷的小说《保鲜》，它点出了人与人的关系就像解冻的食物一样，是会变质的。过了某一个时间点，就再也恢复不了了。

当这些小说陆续发表，只剩下一篇还未刊行时，雷的朋友——编辑加里·菲斯克琼又跟我一起把它们细看了一遍。某一刻，我们发现自己删掉了自己放进去的逗号。我们大笑着，互相引用雷的话——发现自己删掉自己刚刚加进去的东西，是小说完成的明确迹象。

我最近重读了本书收录的《火》中的四篇随笔。我感受着《我父亲的一生》，像雷第一次给我看它的雏形时那样。这一定是有史以来关于儿子对父亲的爱的最动人的表

---

① *Blackbird Pie*，又译《黑鸟派》或《山雀饼》。

② *Chef's House*，又译《谢夫的房子》。

达之一。有段时间，雷的父亲就住在雷的孩子刚刚降生的那家医院的精神病房里，在一个令人动容的场景中，雷找到父亲，告诉他："你当爷爷了。"他父亲回应道："我感觉像个爷爷了。"这句话像远方的隐雷一样轻，听来却像一把锤子砸了下来。

在《论写作》中，我们得以看到雷的文学信条。他避开所谓的"小花招"，以修改工作为乐。他有足够的勇气，在写初稿时还不知道自己要去向什么地方。他确保小说的张力，也就是他所说的"永不休止的运动"。他知道要省略什么，或者让它们"刚好藏到表面之下"。最重要的是，他强迫自己使用"清晰准确的语言"，在这一点上，他为他这一代的作家树立了标杆。

雷对自己的导师、教师约翰·加德纳的致敬，让我想起我们开着车穿越暴风雪去约翰在纽约上州的家里拜访他的情形。我们一直聊到了天亮，尽情享受他的陪伴。是他在雷最迫切地需要关心的时刻在乎雷，在乎雷的作品——甚至交给雷自己办公室的钥匙，好让雷有地方写作。后来，约翰在一场摩托车事故中去世后，我和雷还能记起我们和他一起度过的最后一晚，那晚约翰迟迟不愿意上床睡觉。

想了解我们欣赏的作家从何处起步是件很自然的事，而雷发表的第一篇短篇小说——将福克纳和乔伊斯视为导师的《狂怒的季节》标志着他的起点。还有一篇《头发》

是块未经打磨的原石，像是后来的《小心》的前篇。在《头发》中，我们见证了"不安之症"最初的几个时刻，它在后来经过打磨，卡佛由此闻名。《迷》也是在这段时间完成的，在雷发表的作品中，这是他仅有的两篇戏仿之一。借着笔名约翰·维尔，他刺向那个显著影响了他的人。即便如此，海明威仍然是他的一个重要的文学榜样，后来契诃夫取代了这个位置。

本书收录的评论、导言和其余随笔提醒我们雷的热情所在：他对纯粹的"好读物"、不可捉摸的人物以及跌宕起伏的情节的喜爱。总会有什么重要的东西正处在紧要关头。当我们读到雷说的关于如何教授写作或如何为选集挑选作品的内容时，我们能感受到他对"关于地点的生动描摹"或"有魔力的强度"的敬意，学到他对"什么是重要的"的感知："爱、死亡、梦想、志向、成长，与自己和他人的局限和解。"雷把写作理解为一种启示的过程，他的随笔《关于修改》也强调了修改的重要性。作为打开小说的一种重要手段，修改从深层意义上探索了小说最初会被书写的原因。

我对本书收录的作品怀有深深的敬意和情感。这不仅仅因为它们的传记价值和文学价值，也因为它们的明晰和激情。和《行行好，别逞英雄》初版发行时一样，我对威廉·L.斯塔尔满怀感激之情，是他把雷散落在报纸杂志上的篇章搜集了起来。我也永远感谢杰伊·伍德拉夫，在公开我们发现的这三篇小说的每一个阶段，他都展现出自己私人的善意和合作精神，这项工作也增进了我们早已深厚的友谊。

在西北部这里，我们常常把雨桶放好，来捕捉一些自然的馈赠。雨桶让我们接到充足的软水，可以用来洗头发，浇灌植物。本书就像是收聚到桶里的雨，从天上汇集而来的水。我们能随时沉浸其中，找到一些让我们神思清明、得到滋养的东西——让我们能再次接近雷蒙德·卡佛的人生和创作的东西。

苔丝·加拉格尔

山脊屋

安吉拉斯港

2000 年 1 月

编辑前言

　　为雷蒙德·卡佛未结集的作品专门出版一本书的动力（以及本书的书名）来自一九九九年发现的五篇未发表的短篇小说。其中三篇——《柴火》《破坏者》和《梦》是在卡佛位于华盛顿安吉拉斯港的家中的一些文件夹里发现的。其余两篇——《你们想看什么？》和《需要我时打给我》是在俄亥俄州立大学图书馆的威廉·查瓦特美国小说馆藏中一堆卡佛的文稿里找到的。这五篇小说全都是首次以书的形式问世。

　　和前身《行行好，别逞英雄》（1991）一样，《需要我时打给我》收录了雷蒙德·卡佛生前没有结集的所有非虚构写作：他对自己作品的说明（"缘起"）、对他人作品的评价（"导言"）、书评、最后写的两篇随笔（《友谊》和《对圣特蕾莎一句话的沉思》）。另外，本书还收录了四篇散文——《我父亲的一生》《论写作》《火》和《约翰·加德纳：作为老师的作家》，它们之前都收录在杂集《火：随笔，诗歌，短篇小说》（1983，1989）中。小说部分包含了卡佛的五篇早期短篇小说，以及他未完成的长篇小说《奥古斯丁笔记本》的唯一片段。

《需要我时打给我》中的文本未经删减，多数也未经编辑。明显的拼写错误、词句遗漏和事实错误已经被默默地改正了。对卡佛或他人作品的直接引用，也都对照原文检查过了。每一部分的作品都大致按照它们首次发表的时间顺序排列，原稿、原文和出版历史的相关信息都在注释中列出。

在本书文本的查找和校订过程中，我的妻子、研究伙伴和两篇新小说的共同发现者——莫林·P.卡罗尔提供了专业的建议和帮助。我很感谢她。

威廉·L.斯塔尔

哈特福德大学

康涅狄格

2000 年 3 月

需要我时打给我

多年前我在契诃夫的一封信中读到了一些让我印象深刻的东西。那是给他众多通信者中的一个写的一条建议，大概是这样的：朋友，不必写那些有着非凡成就和显著事迹的非凡的人。（要知道我那时在上大学，读的戏都是些王子、公爵、王朝的颠覆，一次次远征，英雄归位的壮丽事业。）但读到契诃夫在那封信和其他书信里的话，读到他的小说，我获得了前所未有的看待事物的方式。

雷蒙德·卡佛
《小说的艺术（七十六）》
《巴黎评论》，1983 年夏

未结集短篇小说

柴火

　　八月中旬，迈尔斯处在人生关口。唯一和往常不同的是，这次他是清醒的。他刚在一家戒酒中心待了二十八天，但在这段时间，他妻子下定了决心去跟另一个酒鬼过日子。那人是他们的朋友，最近有了点钱，说要在州东部买间酒吧餐馆。

　　迈尔斯给妻子打过电话，但她挂断了。她不跟他说话，更不让他靠近房子一步：她请了律师，还弄来张限制令。于是他拿上几样东西，搭上汽车，住进海边的一个房间里——一个叫索尔的人在报上登了广告，这房子是他的。

　　索尔穿着红 T 恤和牛仔裤开了门。快到夜里十点了，迈尔斯刚下出租车。廊灯下，迈尔斯看出索尔的右臂比左臂短些，右手和指头都萎缩了。他没和迈尔斯握手，无论是健全的左手还是萎缩的右手，他都没有主动伸出来，迈尔斯也并不在意。迈尔斯已经够紧张的了。

　　你刚打了电话对吧? 索尔说。你是来看房间的。进来吧。

　　迈尔斯抓着箱子进了门。

　　这是我老婆，邦妮。索尔说。

邦妮在看电视，但还是抬眼看了看来的是谁。她按了一下手里东西的按钮，声音没有了；又按了一下，画面消失了。她从沙发上站起身来。她是个胖姑娘，浑身圆滚滚的，呼吸的时候会喘。

　　很抱歉这么晚打扰了，迈尔斯说。你好。

　　没事，邦妮说。我丈夫在电话里跟你讲好价了？

　　迈尔斯点点头。他还拎着箱子。

　　这是客厅，索尔说，你也看到了。他摇着头，把那只完好的手的指头放到下巴上。跟你直说吧，我们也是第一次。之前从来没把房间租给谁过。不过它就在这后头空着，我们想管它呢，多少赚点闲钱。

　　我很能理解，迈尔斯说。

　　你是哪儿的人？邦妮说。你不是这镇上的。

　　我老婆想当个作家，索尔说。人物，事件，地点，原因，还有程度①。

　　我刚到这儿，迈尔斯说。他换了一只手拿箱子。一小时前才下汽车，在报上看到你们的广告，就打过来了。

　　你是做什么的？邦妮想知道。

　　我什么都做过，迈尔斯说。他放下箱子，张开手指又并拢。又把箱子拿了起来。

――――――――――――――――――――

① 原文为"Who, what, where, why, and how much"，是故事写作中的五个基本元素。

邦妮没再问了。索尔也没，尽管迈尔斯看得出他很好奇。

迈尔斯拿起电视机上一张埃尔维斯·普雷斯利[①]的照片，埃尔维斯的签名穿过白色亮片夹克的胸口。他走近了一步。

猫王。邦妮说。

迈尔斯点点头，但没说什么。埃尔维斯的照片旁摆着索尔和邦妮的结婚照。照片里的索尔穿着西装打着领带，强健有力的左臂紧紧搂住邦妮的腰。索尔的右手和邦妮的右手交叠在他的皮带扣上。他要把邦妮永远留在身边，如果他能说了算的话。邦妮没那么在意。照片上的邦妮戴着帽子，满脸笑意。

我爱她，索尔说，好像迈尔斯说了什么和这相反的话似的。

你们要带我看的那间房呢？迈尔斯说。

我就知道忘了点什么，索尔说。

他们从客厅出来走进厨房，索尔在前，接着是拎箱子的迈尔斯，然后是邦妮。他们穿过厨房，快到后门时向左一拐。靠墙处有几个开着的碗柜，还有洗衣机和烘干机。

---

① 埃尔维斯·亚伦·普雷斯利（Elvis Aaron Presley，1935—1977），美国摇滚乐歌手、音乐家和电影演员，被视为 20 世纪最重要的文化标志性人物之一，昵称"猫王"。

索尔在狭窄的走廊尽头打开一扇门，开了浴室的灯。

邦妮挤上前来喘着气说，这是你自己的浴室，厨房那扇门就是你的入口。

索尔打开浴室另一头的门，开了另一盏灯。这就是那间房，他说。

我用新床单铺的床，邦妮说。不过你如果要住这间，往后就得自己负责了。

就像我老婆说的，这不是个旅馆，索尔说。不过你要是想留下的话，欢迎你。

一张双人床靠在墙上，一个床头柜，一盏灯，一个衣柜，一张带一把金属椅的牌桌。一扇能看见后院的大窗。迈尔斯把箱子放在床上，走到窗边，拉起窗帘向外张望。天上高挂着一轮明月。他看得见远处一座草木丛生的山谷和层层叠叠的峰峦。是他的幻想吗，还是他听见了溪流或河川的声音？

我听到了水声，迈尔斯说。

你听到的是小奎尔森河①，索尔说。这条河每英尺的落速是全国最快的。

你觉得怎么样？邦妮问。她走过去半掀起床罩。这个简单的动作几乎让迈尔斯落了泪。

① Little Quilcene River，美国华盛顿州河流。

我要了，迈尔斯说。

太好了，索尔说。我老婆也很高兴，我看得出来。我明天就叫人把广告从报纸上撤下来。你现在就搬，是不是？

我是这么打算的，迈尔斯说。

你收拾吧，邦妮说。我给了你两个枕头，壁橱里还有多的一床被子。

迈尔斯只知道点头。

好了，晚安，索尔说。

晚安，邦妮说。

晚安，迈尔斯说。谢谢你们。

索尔和邦妮穿过他的浴室走到厨房。门关上之前，迈尔斯听到邦妮说，他看起来还行。

挺安静的，索尔说。

我想来点黄油爆米花。

我跟你一起吃点，索尔说。

不一会儿，迈尔斯听到客厅里的电视又开了，不过声音很微弱，他不觉得会吵到自己。他把窗户完全打开，听见激流过谷，奔向大海。

他把自己的东西拿出箱子，放进衣柜；进了浴室，刷了牙；又把桌子挪到窗户正前方，看向邦妮掀起床罩的地方。他拉开金属椅坐下，从口袋里掏出一支圆珠笔，想了一阵，打开笔记本，在一张空白页的上方写下几个字：空虚是万物的开始。他盯着这句话，笑了。天哪，太差了！他摇摇头，合上笔记本，脱了衣服，关了灯。他在那儿站了一会儿，注视着窗外，听着流水声，然后上了床。

邦妮做好爆米花，撒上盐，浇上黄油，用一个大碗装着，拿到索尔看电视的地方。她让索尔自己先拿点。他轻松地用左手抓了一些，又伸出那只小手去够邦妮准备的纸巾。邦妮自己也拿了点爆米花。

你觉得他怎么样？她想知道。我们的新房客。

索尔摇摇头，继续看着电视吃爆米花。过了一会儿，像是一直想着这个问题似的，他说，我挺喜欢他的。人还行，不过我觉得他像是在躲什么。

躲什么？

那我不知道。我猜的。他不危险，也不会找什么麻烦。

他的眼睛，邦妮说。

眼睛怎么了？

那是双悲伤的眼睛。我从没见过哪个男人有那么悲伤的眼睛。

索尔好一阵没说话。他吃完了爆米花，用纸巾擦了擦手，又擦了擦下巴。他会没事的。只是遇到点麻烦，就是这样。没什么丢脸的。给我尝一口？他伸手去拿邦妮手上的橙汁，喝了点。你看，今晚忘了找他要房租了。我准备明天一早就找他要，要是他起了的话。该问问他准备住多久的。妈的，我是不是有病？我不想把这地方变成旅馆。

总不可能什么都顾到。再说，我们才刚开始。我们从来没对外出租过。

邦妮决定把这个男人写进她手中的笔记本里。她闭上眼，想她该写些什么。八月里一个命中注定的夜晚，这个高个子、有点驼背的——但英俊的——卷发陌生男人带着他悲伤的眼睛走进了我们的房子。她靠向索尔的左胳膊，想再写一点。索尔捏了捏她的肩，把她带回现实。她睁开眼睛又闭上，但想不出这会儿还能写点什么关于他的东西了。等等看，她想。她很高兴他在这里。

这节目太无聊了，索尔说。咱们睡吧。明早还得起呢。

在床上，索尔和她做爱，她也拥抱他，回应他。可是做的时候，她满脑子想的都是后面的房间里那个高大的卷发男人。如果他突然打开卧室门，往里看他们，那会怎么样？

索尔，她说，卧室门锁了吗？

什么？别动，索尔说。他很快结束了，翻身下来，但他的小胳膊还压在她胸上。她平躺着想了一会儿，然后拍了拍他的手指，长呼了一口气。临睡着时，她还想着那个雷管：就是它，在当初只有十几岁的索尔手上爆炸，割断了他的神经，让他的手臂和手指萎缩了。

邦妮打起了呼噜。索尔抓着她的胳膊晃了一阵，直到她转过身去背对着他。

不一会儿，他起身穿上内裤，走进客厅，没有开灯。不需要灯。月亮出来了，他不想要灯。他从客厅走进厨房，确认后门是锁上的，又站在浴室外头听了一会儿，但听不出什么不寻常的声音来。水龙头在滴水——差个垫圈，不过它一直就这样滴答不停。他穿过屋子回到卧室，关了门，上了锁，检查了闹钟，确认上好了发条。上了床，紧挨着邦妮躺下。他把腿搭在她腿上，终于睡着了。

三人睡梦沉沉的时候，屋外的月亮越来越大，划过天穹，落入海面，才逐渐缩小变暗。迈尔斯的梦里，不知是谁给了他一杯苏格兰威士忌。他正要拿，却不情愿地在汗水涔涔中醒来，心跳不止。

索尔梦到自己给卡车换轮胎，两只胳膊都能用上。

邦妮梦到她带着两个，不，三个孩子去公园。她甚至知道孩子们的名字。是临去公园才起的。米莉森特，迪翁，还有兰迪。兰迪总想推开她，自己走自己的。

不久，太阳冲破地平线，群鸟开始鸣叫。小奎尔森河沿山谷奔流而下，穿过高速公路桥底，冲过一百来码①的泥

---

① 1 码等于 3 英尺，约 0.9144 米。

沙尖石，注入海洋。一只雄鹰自山谷俯冲，飞掠过桥，在河滩上空盘旋。一条狗叫了起来。

这时候，索尔的闹钟响了。

那天早上，迈尔斯待在自己的房间里，直到听见他们离开才走出来，冲了杯速溶咖啡。他打开冰箱看了一眼，看到其中一层已经为他清理干净了。上面有一张透明胶带贴起来的小条：**这层归迈尔斯先生。**

之后，他走了一英里路，到了前一天晚上注意到的加油站，那里也卖点食物。他买了牛奶、奶酪、面包、番茄。那天下午，在他们回来之前，他把现金留在桌上当作房钱，然后进了自己的房间。晚上，上床之前，他打开笔记本，在空白页上写下：什么也没有。

他根据他们的作息调整了自己的。早晨他待在房里，听着索尔在厨房里冲咖啡做早餐。之后他会听见索尔叫邦妮起床吃早饭，不过他们不怎么说话。再然后索尔会去仓库，发动皮卡，倒车，出门。不一会儿，邦妮的座驾就会在房子的前门停下，喇叭嘟嘟地响，而邦妮每一次都会说，来了。

迈尔斯会在这时走出房间，来到厨房，烧上冲咖啡的水，吃一碗麦片。但他没什么胃口。麦片和咖啡能让他撑上大半天。到了下午，在他们回家之前，他会吃点三明治或别的什么。之后的大多数时间里，他都远离厨房——他们可能在那儿或在客厅里看电视。他不想有任何交流。

她下班回家的第一件事就是进厨房找点小吃，然后会打开电视等索尔进来，再起身给他们两个人做点吃的。有时他们会跟朋友通电话，或者坐到后院里去，就在车库和迈尔斯卧室窗户的中间，聊聊他们的一天，喝点冰茶，直到他们进屋打开电视。有一次他听到邦妮对电话里的人说，她怎么能指望我注意埃尔维斯·普雷斯利的体重？那时候我自己的体重都控制不了。

他们说他随时都可以在客厅坐下和他们一起看电视。他表示了感谢，但说不了，电视让他眼睛疼。

他们对他很好奇。特别是邦妮，有一天她提早回家，把正在厨房里的他吓了一跳，她问他结婚了没有，有没有孩子。迈尔斯点点头。邦妮看着他，等他往下说，但他没有。

索尔也很好奇。你是做什么工作的？他想知道。我只是好奇。这是个小镇，我认识不少人。我在厂里给木材分级，做这活儿只需要一条好胳膊。不过有时也有空缺，我说不定能说上一两句话。你一般做什么工作？

你会什么乐器吗？邦妮问。索尔有一把吉他，她说。

我不知道怎么弹，索尔说。我希望我会弹。

迈尔斯待在他的房间里给妻子写信。这是封很长的信，并且他觉得很重要。这也许是他一生里写过的最重要的信。信里他试着告诉妻子，他对发生的一切都感到抱歉，希望有一天她能原谅他。我会跪下来求你原谅，要是这样有用的话。

索尔和邦妮都离开后，他在客厅里坐下，把脚翘在咖啡桌上，就着速溶咖啡读前一晚的报纸。他偶尔会手抖，报纸便在空荡的房间里窸窣作响。有时电话响起，但他从不起身去接。那不是找他的，因为没人知道他在这里。

透过房屋后部的窗户，他看得见山谷向上延伸成层层叠叠的陡峭山峰，顶部有白雪覆盖，而此时是八月。从山顶往下看，树木长满了山坡，覆盖了山谷的两侧。河水沿山谷奔腾而下，在礁石上，在花岗岩堤防下飞溅翻滚，直到冲出谷口才微微减缓，仿佛耗尽了自己。转眼，又聚集起力量猛冲入海洋。索尔和邦妮不在的时候，迈尔斯常常坐在后院的草坪躺椅上在阳光中从山谷向山峰望去。有一次他看见一只鹰猛冲下山谷，还有一次他看见一只鹿沿河岸择路而行。

一天下午他这样坐在外面，一辆载着一堆木头的平板货车在车道上停了下来。

你就是索尔的房客吧，那人把头探出货车车窗说。

迈尔斯点点头。

索尔让把这堆木头扔在后院里，后头的事他会处理。那人说。

我给你让一让，迈尔斯说。他拿上椅子挪到后门台阶上站着，看司机把车倒上草坪，又按了下车里的什么东西，车厢就升起来了。不一会儿，六英尺长的原木开始从车厢滑落，在地上堆叠起来。车厢越升越高，木块全部翻滚而下，发出"梆梆"的巨响，落在了草坪上。

司机又碰了下拉杆，车厢回到它原来的位置。他发动引擎，按了下喇叭，开走了。

你准备怎么处理外边那些木头？那天晚上，迈尔斯问索尔。索尔正在灶前煎胡瓜鱼，被走进厨房的迈尔斯吓了一跳。邦妮在洗澡。迈尔斯听得见水流声。

怎么了，我打算锯了堆起来，如果九月之前我有空的话。我想在雨季前把这事做了。

说不定我能帮你，迈尔斯说。

你以前砍过木头吗？索尔说。他把煎锅从灶上拿了下来，用纸巾擦着左手的手指。干这个我一分钱都给不了你。我自己也能做，等我空出来一个周末就做。

我来做，迈尔斯说。我能活动活动。

你知道怎么用电锯吗？还有斧头和大槌？

你可以让我看看，迈尔斯说。我学得很快。锯木头对他来说很重要。

索尔把煎胡瓜鱼的平底锅放回炉子上。然后他说，行，晚饭后我教你。你吃了点什么吗？要不和我们一起吃点？

我吃过了，迈尔斯说。

索尔点点头。那让我先把这点吃的放在桌上，这是给我和邦妮的，吃完饭我就教你。

我在外边，后门那儿，迈尔斯说。

索尔没再说什么，他自顾自地点点头，像是在想些别的。

迈尔斯拿了张折叠椅坐下，看看那堆木头，又顺着山谷望向阳光照耀白雪的山头。这时已近傍晚。山峰刺穿几片浮云，薄雾似乎从云上落下。他听得见河流在林下冲撞、落入山谷的声音。

我听到说话声了，迈尔斯听到厨房里邦妮对索尔说。

是那房客，索尔说。他问我能不能锯后面那堆木头。

做这个他想要多少钱？邦妮想知道。你没跟他说我们付不了多少吗？

我跟他说我们付不了一分钱。他不要钱。反正他是这么说的。

不要钱？她好一会儿没说话。然后迈尔斯听见她说，我猜他没什么别的可做了。

不久索尔出来了，说，我们可以开始了，要是你还想做的话。

迈尔斯从折叠椅上站起来，跟着索尔到了车库。索尔取出两支锯木架支在草坪上，又拿出一把电锯。太阳已经在小镇后面落下，再过三十分钟天就黑了。迈尔斯卷起衬衫的袖子，把袖口扣好。索尔一声不响地干着活。他哼哧哼哧地抬起那堆六英尺长的原木里的一根放在锯木架上，然后拿起锯子，稳稳地锯了一会儿。木屑乱飞。最后他停了下来，后退了。

懂了吧，他说。

迈尔斯拿起锯子，把锯条慢慢放进索尔开的口子里锯了起来。他找到了某种节奏，保持着，把身体压上去，把锯子往里送。几分钟后，木头被他锯穿了，断成两半掉在地上。

就是这样，索尔说。你可以的，他说。他捡起那两截木头，拿去堆在了车库边。

每过一会儿——不用每次，大概每五六截木头——你就用斧子劈开一块。不用想着砍成柴火。我之后会处理的。每五六块劈开一块就行，我教你。他支起木块，一斧下去，把木头劈成了两半。你试试，他说。

迈尔斯立起木块，照着索尔刚才的做法，向下挥动斧子劈开了木头。

很好，索尔说着，把木块放到车库边。你把木头堆到这么高以后，就把它们抱到这边来。都做完以后，我会在上面盖一层塑料膜。不过你知道，这个不是非得你做。

没事，迈尔斯说。我想做，不然也不会问了。

索尔耸耸肩，转身回到房里。邦妮站在门廊上看着，索尔停下来，用胳膊揽住邦妮，一起看着迈尔斯。

迈尔斯拿起锯子看向他们。他突然感觉很好，咧开嘴笑了。索尔和邦妮起初吃了一惊，然后索尔也朝他咧咧嘴，之后邦妮也笑了。他们进了屋。

迈尔斯把另一根木头放到锯木架上，开始干活。他一直这么锯着，直到额上的汗水开始变凉，太阳也落了下去。廊灯亮了。迈尔斯还在干活，直到锯完了手头这根木头。他把两截木头拿到车库，进了屋，去他的浴室里洗了洗，又在房间的桌前坐下，在笔记本上写了起来。今晚我袖子里有木屑，他写道，有股甜味。

那天晚上他躺在床上，很久都没睡着。有一次他下了床，透过窗户注视后院里的那堆木头，然后目光沿山谷一路向上，被山顶吸引。月亮半隐在云后，但能看见山顶的白雪。他把窗户推上去，香甜的凉气涌了进来，他听见远处河流奔向山谷。

第二天早上，他唯一能做的是等着他们离开家，然后走出去干活。他在后门台阶那里发现了一双手套，应该是索尔留给他的。他锯着劈着，直到太阳高挂头顶。然后他走进屋，吃了个三明治，喝了点牛奶。之后他回到屋外，又开始了。肩膀发疼，手指发酸，尽管戴着手套，他还是挑出几根刺来，感觉手上起了水泡，但他继续着。他决定要在日落前把木头锯完、劈开、堆好，而这是一件关乎生死的大事。我必须做完这活儿，他想，不然……他停下来用袖子擦了擦脸。

那天晚上索尔和邦妮下工回家之前——邦妮先回来，像往常一样，然后是索尔——迈尔斯已经做得差不多了。一堆厚木屑躺在锯木架之间，除了还在院子里的两三根木头，其他的都一层层堆好靠在了车库边。索尔和邦妮站在门廊上，一句话也没说。迈尔斯从手边的活里抬起头来看了看，点点头，索尔也朝他点点头。邦妮只站在那儿看着，张着嘴呼吸。迈尔斯继续干活。

索尔和邦妮走回屋里准备晚餐。一会儿，索尔开了廊灯，像前一天晚上一样。当太阳落下、月亮出现在山头的时候，迈尔斯劈完了最后一截木头，拢起两段拿到车库那边。他放好了锯木架、锯子、斧头、楔子还有大槌，走进了屋。

索尔和邦妮坐在桌前，但还没开始吃。

坐下跟我们吃点吧，索尔说。

坐吧，邦妮说。

还不太饿，迈尔斯说。

索尔没再说什么，点了点头。邦妮等了一会儿，拿了
只浅盘出来。

你都做完了，我猜，索尔说。

迈尔斯说，我明天把木屑打扫干净。

索尔拿刀在盘里来回划动，像是在说，别管了。

我这一两天就走了，迈尔斯说。

不知道为什么，我就猜到你会这样，索尔说。不知道
我为什么会有这种感觉，但你搬进来的时候我就觉得你应
该住不久。

房租不退，邦妮说。

嘿，邦妮，索尔说。

没事，迈尔斯说。

不，不是的，索尔说。

没关系，迈尔斯说。他打开通往浴室的门，走进去，
关了门。他往水池里放水的时候听得见他们在外面说话，
但听不清他们说了些什么。

他冲了澡，洗了头，换上干净的衣服。看着屋里几天
前，大概一周前从箱子里拿出来的东西，估计着自己不出
十分钟就能打包完离开。他听得见屋子那头开电视的声音。
他走到窗前，抬起窗户，又一次望向山峦，有月亮悬挂在
上面——没有云，只有月亮，和白雪盖顶的群山。他看向
屋后面那堆木屑，还有堆在车库阴影深处的木头。他听了

会儿河流的声音，然后走到桌前坐下，打开笔记本写了起来。

　　身处这个乡村，如同身在异国他乡。它让我想起读到却从没去过的地方。我听得到窗外的河水，屋后山谷里有森林、绝壁、白雪盖顶的山峰。今天我看见了一只野鹰，一只鹿，还砍了两捆木头。

　　然后他放下笔，用手捂住头。很快，他站起身，脱光衣服，关了灯。上床时，窗户依然开着。这样也好。

你们想看什么？ [①]

离开的前一天晚上，我们打算跟皮特·彼得森和他太太贝蒂吃顿饭。皮特有家能俯瞰高速公路和太平洋的餐馆。初夏的时候，我们从他那儿租了间装修好的房子，在餐馆后面百来码，停车场旁边。海风入室的夜晚，我们打开前门就能闻到厨房里烤牛排的味道，看得见灰色的烟羽从厚砖烟囱里升起。不论白天或晚上，我们永远忍受着餐馆后部那巨大的冷冻柜风扇的嗡嗡声，慢慢就习惯了。

皮特的女儿莱斯利是个瘦削的金发女人，一向对我们不大友善。她住在附近一栋小房子里，那房子也是皮特的。她替他打理生意，已经来我们这儿把所有东西迅速清点了一遍——我们租的是精装修房，连床上用品和电动开罐器也包括在内——又把押金支票还给了我们，还祝我们好运。那天早上，她带着写字板和清单过来的时候挺友好，我们

---

① 本篇小说的一份打字稿现藏于俄亥俄州立大学。最后一页附了一张潦草的手写稿纸，上面用深蓝色圆珠笔写了几行字，翻译如下："小说一开始就有冷冻柜的嗡嗡声，就有风扇转动的嗡嗡声，寒气袭人。小说最后，冷冻器出了问题——它又不工作了。人影，手电筒的光，然后厨房的灯也亮了起来。浪费。糟蹋。"

寒暄了几句。清点物品没花她多长时间，押金支票也都开好了。

"爸爸会想你们的，"她说。"挺有意思的。你们也知道他硬得像鞋皮一样，但他会想你们的。他是这么说的。他不想让你们走，贝蒂也不想。"贝蒂是莱斯利的继母。莱斯利每次去约会，或者跟男朋友去旧金山待上几天的时候，贝蒂就帮她看孩子。皮特和贝蒂，莱斯利和她的孩子，我和萨拉，我们都住在餐馆后面，在彼此的视线范围内。我见过莱斯利的孩子在他们的小家和皮特跟贝蒂的家之间跑来跑去的样子。有时孩子们会到我们家来，按响门铃，站在台阶上等着。萨拉会邀请他们进来吃点饼干或磅蛋糕，让他们像大人那样坐在厨房的餐桌前，问他们这一天过得怎么样，饶有兴趣地听他们的回答。

在我们搬到加州北海岸的这个地方之前，我们自己的孩子已经从家里搬走了。我们的女儿辛迪[1]和其他几个年轻人住在岩石地带的一栋房子里，占地几英亩，就在门多西诺县尤凯亚镇外。他们养蜂养羊养鸡，卖鸡蛋卖羊奶卖蜂蜜。女人们也缝杂拼花被和床单，能卖的时候就卖一点。但我不愿意把这个叫作公社。根据我听来的说法，公社里每个女人都是所有男人的财产，诸如此类的。要是把这个

---

[1] 馆藏打字稿中，女儿的名字是克里斯（Chris）。下同。

叫公社，我就更难接受了。要我说，她和朋友住在一个小农场里，所有人一起分担劳动。不过，至少就我们知道的而言，他们没有加入任何宗教组织或教派。我们将近三个月没有她的消息了，除了某天邮寄过来的一罐蜂蜜，还有一块厚厚的红布，那是她正在做的被子的一部分。蜂蜜罐子上包了一张纸条，上面写着：

亲爱的爸爸妈妈，

　　这是我自己缝的，蜂蜜也是自己酿的。我在这儿学着做事。

爱你们的，
辛迪

萨拉的两封去信始终没有回音，而那年秋天琼斯镇那件事①发生了。那两天我们都快疯了，我们不知道她会不会在那儿，在英属圭那亚。我们只有一个她在尤凯亚的邮政信箱号码。我给那边的警长办公室打了电话，解释了情况，警长便开车到那儿清点人数，并带去了我们的口信。那晚她打来了电话，萨拉先跟她说话，哭了；然后是我，也如

---

① 琼斯镇惨案，又称人民圣殿教惨案。1978 年 11 月 18 日，913 名人民圣殿教信徒在教主吉姆·琼斯的胁迫下在圭亚那的琼斯镇集体自杀。

释重负地哭了。辛迪也哭了。她的一些朋友就在琼斯镇。她说下雨了，她很压抑，但这压抑会过去的，她说。她在她想在的地方，做着想做的事。她会马上给我们写长长的信，并且寄张照片过来。

所以当莱斯利的孩子来我们家的时候，萨拉总是会对他们抱着极大、极认真的兴趣，会让他们坐在桌前，给他们做热巧克力，让他们吃饼干或磅蛋糕，会真诚专注地听他们的故事。

但我们要搬走了，我们决定要分居。我去佛蒙特州一个小学院教一个学期的课，萨拉会在这附近的尤里卡镇租一间公寓。四个半月后，等学期结束，我们再看看怎么办。谢天谢地，我们俩之间并没有别人掺和进来。我们也都快一年没喝酒了，久得接近我们在皮特房子里同住的时光，但我们的钱只够我搬回东部并让萨拉在她的公寓安顿下来。她正给尤里卡一所学院的历史系做些研究和文秘工作，如果她能继续做这份工作，留着这辆车，只用养活自己的话，应该也还过得去。我们这个学期分居，我在东海岸，她在西边，之后我们再评估一下形势，看看怎么办。

我们正打扫房子，我洗着窗户，萨拉趴在地上用肥皂水和旧 T 恤擦房子的木建部分、护壁板和墙角，这时贝蒂来敲门了。对我们来说，走之前打扫房子并打扫得干干净净，是一件关乎体面的事。我们甚至用钢丝刷把壁炉周围的砖都擦了一遍。我们过去匆匆忙忙地搬了太多次家，搬走的时候房子都乱七八糟的。有几次，走的时候还欠着房租，我们不得不趁半夜把东西搬走。这次离开的时候，我们要留下一栋干净的房子，一栋无瑕的房子，一栋比我们找到它之前更好的房子，这是一件关乎体面的事。定好离开的日子之后，我们就带着热情开始了工作，想要消除我们在这栋房子里的所有痕迹。因此，当贝蒂来门口敲门的时候，我们正在不同的房间里使劲忙活，一开始没听到她的声音。她又敲了门，这次响了一点。我放下清洁用品，从卧室走了出来。

　　"我希望没打扰到你，"她说着，面颊通红。她是个身形小巧的女人，穿着蓝色的休闲裤，粉色的衬衣垂在裤子外面。一头褐色的短发，接近五十岁的样子，比皮特年轻一点。她在皮特的餐馆当服务员，跟皮特还有他的第一任妻子伊芙琳，也就是莱斯利的母亲是朋友。后来我们才知道，在伊芙琳五十四岁的时候，有一天她从尤里卡购物回家，刚下了高速公路进入餐馆后面的停车场，马上要穿过停车场进她自己的车道时，她的心脏停止了跳动。她的车还在继续往前，非常慢，但那动力足以撞倒一小排木栅栏，碾上她的杜鹃花坛，直到抵上门廊才停下。伊芙琳在方向盘后垂下头，死了。几个月后，皮特和贝蒂结了婚，贝蒂辞去了服务员的工作，变成了莱斯利的继母、莱斯利孩子们的外祖母。贝蒂之前结过婚，她的孩子们成年了，住在俄勒冈州，偶尔会开车来看她。贝蒂和皮特结婚五年了。就我们看到的来说，他们很幸福也很般配。

"请进，贝蒂。"我说，"我们就是在这儿做做清洁。"我让到一边，扶着门。

"不了，"她说，"我今天得看孩子，马上就得回去。我和皮特想问问你们走之前能不能来吃个晚饭。"她说话的时候很害羞，声音也很轻，手里夹着支香烟。"星期五晚上？"她说，"如果可以的话。"

萨拉梳着头发来到门口。"贝蒂，进来吧，外边冷。"她说。天空灰暗，风把云从海上推过来。

"不了，不了，谢谢，我不行。我让孩子们填色玩呢，我得回去。我和皮特只想问问你们来不来吃晚饭。星期五晚上，你们临走前一天怎么样？"她等着，很害羞的样子。她吸了口烟，头发随风飘动。

"我很乐意。"萨拉说，"你可以吗，菲尔？我们应该没什么计划，我觉得没有。行吗？"

"你们太好了，贝蒂。"我说，"我们很乐意过去吃晚饭。"

"大概七点半？"贝蒂说。

"七点半。"萨拉说，"我们很高兴，贝蒂。我说不出有多高兴。你和皮特太好、太周到了。"

贝蒂摇摇头，有些不好意思。"皮特说你们要走他很遗憾。他说你们在这儿像是家人一样。他说有你们做房客是他的荣幸。"她开始后退着走下台阶，脸颊还是红红的。"那就星期五晚上见。"她说。

"谢谢，贝蒂，真心的，"萨拉说，"谢谢你们。这对我们意义重大。"

贝蒂挥挥手，摇摇头。然后她说："星期五见。"她说话的语气不知怎么地让我喉头发紧。她转过身后我关了门，和萨拉对视。

"也好，"萨拉说，"这是个转变，不是吗？被我们的房东邀请吃晚饭，而不是溜出城躲起来。"

"我喜欢皮特，"我说，"他是个好人。"

"贝蒂也是，"萨拉说，"她心地善良，我很高兴她和皮特拥有彼此。"

"有时候事情会自然而然发生，"我说，"然后解决。"

萨拉什么也没说。她咬了咬嘴唇，回到后屋继续擦洗去了。我在沙发上坐下，点了一支烟。抽完烟后，我起身回到另一间屋里，我的拖把桶那儿。

第二天是星期五，我们打扫完房子，行李也收拾得差不多了。萨拉又把炉灶擦了一遍，在下面垫了一层铝箔，最后抹了一遍台面。我们的箱子和几箱书立在客厅一角，离开时可以直接搬走。今晚我们和彼得森一家吃饭，明早起床后出去喝咖啡、吃早餐。然后我们就回来装车。颠沛流离了二十年，我们也没剩下多少东西。我们会开去尤里卡，卸一些东西到萨拉前几天租好的小套房里放好，晚上八点前她再载我到那个小机场去。我在那儿坐上一班从旧金山飞往波士顿的午夜航班，开始我的向东之旅。萨拉则会开始她在尤里卡的新生活。早在一个月之前，当我们刚开始讨论这些事的时候，她就已经取下了她的婚戒——倒不是出于愤怒，而是有天晚上我们开始制定这些计划时，她有点伤感。她一连几天没戴戒指，过后自己买了一枚便宜的小戒指，上面嵌着一只青绿色蝴蝶。她说，手指头"感觉光秃秃的"。这之前几年，她有次生气的时候把婚戒从指头上取了下来，扔到整个客厅的另一头。那晚我喝醉了，离开了家。几天后，当我问起她婚戒的事时，她说："我还留着，就是放进抽屉里了。你不会以为我会把我的婚戒扔掉吧，对吗？"不久后她又戴回了戒指，一直戴着，哪怕是我们关系恶化的时候，直到一个月前。她也不再吃避孕药，而是换上了避孕膜。

那天我们房前房后干完活、打好包、做完清洁，六点刚过的时候洗了澡，把淋浴间又擦了一遍，就穿好衣服坐在客厅里。她穿着针织裙，戴着蓝围巾，在沙发上屈膝而坐，我则坐在窗边一张大椅子里。从我坐的地方能看到皮特餐馆的背面，餐馆几英里开外的大海，还有前窗和别的房子间夹杂的草地、杂树林。我们坐着没有说话。我们已经说过太多太多太多了。我们只是坐着，什么也没说，看着外面的天色暗下去，轻烟从餐馆的烟囱里缭绕着升起。

"好了，"萨拉说着，在沙发上伸直双腿。她往下拽了拽裙子，又点了一支烟。"几点了？我们可能该走了。他们说的是七点半吧？现在几点？"

"现在七点十分。"我说。

"七点十分，"她说，"这是我们最后一次像这样坐在客厅里看天黑了。我不想忘记。我很高兴我们有这么几分钟时间。"

过了一会儿，我站起来拿我的外套。去卧室的路上，我在沙发边她坐的那一侧停下，弯下身吻了吻她的前额。一吻过后，她抬起眼帘看着我。

"把我的外套也拿过来。"她说。

我帮她穿好外套，然后我们离开房子穿过草坪，走过皮特家停车场的后缘。萨拉双手插兜，我边走边抽烟。正走到皮特家那片小围栏的门前时，我扔掉了烟，挽起萨拉的胳膊。

房子很新，结实的爬藤一直蔓延到栅栏那儿。一个木制的小伐木工被钉在围绕门廊的栏杆上。风起的时候，这个小人儿就开始锯他的木头。他这会儿没动作，但我能感觉到空气中的潮湿，我知道风就要来了。门廊上摆着些盆栽植物，人行道两旁是花坛，至于花是贝蒂还是第一任妻子栽的，就无从得知了。门廊上还有小孩的玩具和一辆三轮车。廊灯亮着，正当我们要走上台阶时，皮特打开了门招呼我们。

"请进，请进。"他说着，一只手拉住纱门。他握住萨拉的双手，又和我握了握手。他是个瘦高的男人，六十岁上下，一头梳得齐整的灰发。他的肩膀让他看起来很壮实，但他其实并不胖。他穿一件灰色的彭德尔顿衬衫，一条深色休闲裤，一双白鞋。贝蒂也走到门前，点头微笑。皮特问我们要喝点什么的时候，她接过了我们的外套。

"你们来点什么？"他说。"什么都行。要是我这儿没有，我们就跟餐馆那边说一声。"皮特以前酗酒，现在戒了，但家里还有些招待客人的葡萄酒和烈酒。有一次他告诉我，他刚买下第一家餐馆时，一天要做十六个小时的菜。这十六个小时里，他要喝五分之二瓶威士忌，而且对帮厨十分苛刻。他现在已经戒酒了，毕竟我们听说他因此住过院，也六年没喝过了。但跟许多酗酒的人一样，他还留了些酒在家里。

萨拉说她要一杯白葡萄酒。我看了看她，要了可乐。皮特冲我眨眨眼说："可乐里要加点什么吗？能帮你把湿气从骨头里除掉的东西？"

"不用了皮特，谢谢。不过，要不在里面加片青柠吧，谢了。"我说。

"好家伙，"他说，"对我来说这是唯一能下嘴的喝法了。"

我看到贝蒂转动微波炉的旋钮，按下一个键。皮特说："贝蒂，你要跟萨拉一块喝点葡萄酒吗，还是你想要点别的，亲爱的？"

"我喝点葡萄酒吧，皮特。"贝蒂说。

"菲尔，你的可乐。"皮特说。"萨拉，"他说着，递给她一杯葡萄酒，"贝蒂。好，每样都还有很多。我们进去吧，里边舒服。"

我们穿过餐厅。桌上已经摆好了四个餐位，还有精致的瓷器和水晶酒杯。我们走进客厅，萨拉和我在一张沙发上一同坐下，皮特和贝蒂坐在对面的另一张沙发上。几碗调味混合坚果放在伸手可及的咖啡桌上，旁边还有菜花头、芹菜秆和一碗放在花生旁边的蔬菜蘸酱。

"你们能来我们很高兴，"贝蒂说，"我们一整周都期待着这事。"

"我们会想你们的，"皮特说，"是真的。我不想让你们走，但我知道这就是生活，人们得做必须要做的事。我不知道怎么说，但能请到你们，你们两位老师来这儿是我的荣幸,你们两位老师。我非常看重教育,但我自己没怎么受过教育。你们知道的,这里就像个大家庭一样,我们也已经开始把你们当作这个家庭的一分子了。来,为你们的健康干杯。敬你们,"他说,"敬未来。"

我们举起杯来,喝了一口。

"我们很高兴你能这么想。"萨拉说,"这对我们来说很有意义,这顿饭。我简直说不出来我们有多期待。这对我们意义重大。"

皮特说:"我们会想你们的,就是这样。"他摇摇头。

"能住在这里对我们来说真的太好太好了,"萨拉说,"我们没法形容。"

"这家伙身上有点什么让我很喜欢,我第一眼看见他就这么觉得。"皮特对萨拉说,"我很高兴把房子租给了他。从见一个人的第一面里,你能知道很多东西。我喜欢你男人。你可得照顾好他。"

萨拉伸手拿了一根芹菜。厨房里一只小铃响了起来。贝蒂说:"不好意思。"然后离开了房间。

"让我再给你们续点。"皮特说。他拿着我们的杯子离开了房间,一会儿又端着给萨拉的葡萄酒和我的满满一杯可乐回来了。

贝蒂开始把吃的从厨房端上餐桌。"我希望你们喜欢海陆大餐,"皮特说,"西冷牛排和龙虾尾。"

"听起来很棒，这真是梦想中的晚餐。"萨拉说。

"我觉得可以开吃了，"贝蒂说，"如果你们愿意来桌边坐的话。皮特总是坐在这里，"贝蒂说，"这是皮特的地方。菲尔，你坐那儿。萨拉，你坐我对面那儿。"

"坐在上座的人要买单的。"皮特笑着说。

这是顿精致的晚餐：绿色沙拉点缀着新鲜的小虾，蛤蜊浓汤，龙虾尾，还有牛排。萨拉和贝蒂喝葡萄酒，皮特喝矿泉水，我还是喝可乐。我们聊到了琼斯镇的事，是皮特提起来的，但我看得出这话题让萨拉很紧张。她的嘴唇发白，于是我把话头扯到了钓三文鱼上。

"很遗憾我们没机会出去，"皮特说，"不过那些游钓的人还没开始呢。现在只是拿商业执照的家伙在钓，而且他们跑得很远。再过一两周三文鱼就到这儿了。现在起随时有可能。"皮特说，"不过到时候你们就在我们国家另一头了。"

我点点头。萨拉拿起了她的酒杯。

"我昨天从一个人那儿买了一百五十磅新鲜的三文鱼。这就是现在我那边的特色菜，新鲜三文鱼。"皮特说，"我直接把它们放进冷冻柜鲜冻。那家伙开着皮卡卖的，印度人，我问他开价多少，他说一磅3.5美元。我说3.25，他说成交。我就把它们鲜冻起来，变成了现在菜单上的特色菜。"

"这个好，"我说，"我喜欢三文鱼，不过没什么比得上我们今晚在这儿吃到的。太好吃了。"

"你们能来我们太高兴了。"贝蒂说。

"真的特别好，"萨拉说，"不过我从来没见过这么多龙虾尾和牛排，我可能吃不完我的了。"

"不管剩了什么，都能给你打包带走，"贝蒂说着，脸红了，"像在餐馆一样。不过再留点肚子吃甜点。"

"我们去客厅喝点咖啡。"皮特说。

"皮特有一些我们旅行时拍的幻灯片。"贝蒂说，"我们想着你们要是想看，吃完饭就把屏幕挂起来。"

"还有些白兰地，要是谁还想来一点的话。"皮特说，"贝蒂要一点，我知道。萨拉呢？你也来一点。好姑娘。我根本不介意存些酒给客人喝。喝酒可是很有意思的。"皮特说。

我们这会儿已经回到了客厅，皮特一边支屏幕一边说话。"我手头总是什么东西都备着，那边的东西你们也看到了，但我自己已经六年没有碰过任何酒精饮料了。要知道这之前我每天都喝一夸脱多，在我退役后的十年里都是这样。但我戒了，天知道怎么戒的。我戒了，就是戒了。我把自己交到医生手上，只是说，医生，帮我。医生，我要甩掉这玩意儿，你能帮我吗？他就打了几个电话。他说他也认识几个受过这种苦的人，还说自己以前也经历过。接着我只知道自己踏上了去圣罗莎旁边一家机构的路，在加州的卡利斯托加。我在那儿待了三周。我回家时清醒着，喝酒的冲动离开了我。等我到家时，伊芙琳，我第一任妻子在门口等我。这么多年了，她第一次吻了我的嘴。她恨酒精。她爸爸和一个兄弟都因为这个死的。当心点，它也能要了你的命。对，那晚她第一次吻了我的嘴，而我自从去了卡利斯托加那地方之后就再没喝过酒。"

贝蒂和萨拉收拾着桌子。我坐在沙发上抽烟，听皮特说话。等支好了屏幕，他从盒子里拿出一个幻灯机，在茶几上放好，插上线，咔嗒一声开了开关。光投射上屏幕，幻灯机上的小风扇转了起来。

"我们的幻灯片一整晚都看不完。"皮特说，"我们有去墨西哥的，夏威夷的，阿拉斯加的，中东的，去非洲的也有。你们想看什么？"

萨拉走进来在沙发上坐下，在我坐的地方的另一边。

"你想看什么，萨拉？"皮特说，"尽管说。"

"阿拉斯加，"萨拉说，"还有中东。我们在那儿待过一阵，好几年前了，在以色列。阿拉斯加我也一直想去。"

"我们没去以色列，"贝蒂端着咖啡走了进来，她说，"我们报的团只去叙利亚、埃及和黎巴嫩。"

"在黎巴嫩发生的事是个悲剧，"皮特说，"它以前是中东最美丽的国家。二战的时候我还是个孩子，跟着商船去过那儿。那时我就想，我答应自己，有天我会回来的。后来我们就有了那次机会，我和贝蒂两个人。对吧，贝蒂？"

贝蒂笑着点点头。

"我们看看那些叙利亚和黎巴嫩的照片吧，"萨拉说，"如果一定要选的话，我想看那些。当然，我其实所有的都想看。"

于是皮特放起了幻灯片。他和贝蒂时不时评论着，在他们对某个地方的记忆浮现的时候。

"这是贝蒂试着骑骆驼的时候，"皮特说，"她得要那个穿连帽斗篷的人帮点忙才行。"

贝蒂笑得脸颊红了。另一张幻灯片出现在屏幕上时，贝蒂说，"这是皮特在跟一个埃及官员讲话。"

"看他指的那个地方，那边，我们身后的那座山。这里，我看能不能放大一点。"皮特说，"犹太佬在那儿挖呢。是用他们借给我们的望远镜看到的。山上全是犹太佬，像蚂蚁一样。"

"皮特觉得要是他们能把飞机撤出黎巴嫩，那儿就不会出那么多乱子了。"贝蒂说，"可怜的黎巴嫩人。"

"这张，"皮特说，"这是我们一队人在佩特拉，失落之城。以前它是沙漠商队途经的城市，后来突然消失了，被风沙埋了几千年，又被发现了。我们是开着路虎从大马士革①过去的。看这玫瑰红的石头。他们说这些石刻有两千多年了。以前有两万多灵魂住在那儿，后来就被沙漠掩盖了，被遗忘了。如果我们不当心点，我们的国家也会这样。"

我们又喝了一会儿咖啡，又看了些皮特和贝蒂在大马士革露天市场的幻灯片。然后皮特关了幻灯机，贝蒂去厨房拿了焦糖梨当甜点，又端了些咖啡来。我们吃着喝着，皮特再次说道会想念我们。

"你们是好人，"皮特说，"我不想让你们走，但我知道这是你们最好的选择，要不然你们不会走。你们还想看点阿拉斯加的幻灯片吧。你是这么说的吧，萨拉？"

"对，阿拉斯加。"萨拉说，"我们有一次说要去阿拉斯加，好多年前了。对吧，菲尔？有一次我们都准备好要去阿拉斯加了，但最后没去。你记得吗，菲尔？"

我点点头。

"现在你们能去阿拉斯加了。"皮特说。

第一张幻灯片是一个高瘦的红发女人，她站在一艘船的甲板上，背后是白雪覆盖的遥远的群山。她穿着白色裘皮大衣，对着镜头的脸上挂着笑容。

"那是伊芙琳，皮特第一任妻子，"贝蒂说，"她去世了。"

---

① 馆藏打字稿中，这里的地名是黎巴嫩的巴勒贝克（Baalbek）。下同。

又一张幻灯片被皮特投上屏幕。还是那个红发女人，穿着同一件大衣，和一个面带笑容的穿派克大衣的爱斯基摩人握手。在两人身后，巨大的干鱼悬挂在杆子上，水面辽阔，群山绵延。

"这张也是伊芙琳。"皮特说，"这些是在阿拉斯加的巴罗角照的，美国最北端的居住区。"

接着是一张主干道的街景，低矮的建筑，金属斜屋顶，几张帝王鲑咖啡馆的指示牌：纸牌，酒水，住房。有张幻灯片上是一家肯德基，外面广告牌上的桑德斯上校穿着派克大衣和皮毛靴子。我们都笑了。

"这张还是伊芙琳。"另一张幻灯片在屏幕上亮起来时，贝蒂说。

"这些都是伊芙琳去世前做的。"皮特说，"我们也总是说要去阿拉斯加，"皮特说，"我很高兴我们在她去世前去成了。"

"时机很好。"萨拉说。

"伊芙琳是我的好朋友，"贝蒂说，"失去她就像失去姐妹一样。"

我们看到伊芙琳登上回西雅图的飞机，看到这架飞机在西雅图着陆，皮特出现了，微笑着挥手。

"幻灯机有点热了，"皮特说，"我把它关掉晾一会儿。你们还想看什么？夏威夷？萨拉，今晚你说了算。你说。"

萨拉看向我。

"我们差不多得回了，皮特，"我说，"明天会是漫长的一天。"

"对，我们得走了，"萨拉说，"我觉得我们真的该走了。"但她还坐在那儿，手里拿着杯子。她看看贝蒂，又看看皮特。"这对我们来说是一个美好的夜晚，"她说，"对你们的感谢我怎么也说不完。这对我们来说很有意义。"

"不，该说谢谢的是我们。"皮特说，"这是实话。认识你们我很高兴。下次来西岸的时候，我希望你们会来打个招呼。"

"你们不会忘了我们吧？"贝蒂说，"不会的，对吗？"萨拉摇摇头。我们站起身，皮特去拿我们的外套。贝蒂说："噢，别忘了你们的打包袋。明天可以拿这个垫垫肚子。"

皮特帮萨拉穿上她的外套，又拎着我的衣服好让我把胳膊伸进袖子里去。

我们在前廊握手。"起风了，"皮特说，"别忘了我们，"皮特说，"祝你们好运。"

"不会忘的，"我说，"谢谢你，谢谢所有的一切。"我们又一次握了手。皮特搂住萨拉的肩，吻了吻她的脸颊。"你们保重。还有这家伙，照顾好他。"他说，"你们俩都是好人。我们喜欢你们。"

"谢谢，皮特，"萨拉说，"谢谢你这么说。"

"我这么说因为这是真的，否则就不会说了。"皮特说。

贝蒂和萨拉拥抱了彼此。

"好啦，晚安，"贝蒂说，"上帝保佑你们。"

我们走过花坛，走上人行道。我拉开门让萨拉先过，然后走过碎石铺成的停车场，往我们的房子走去。餐馆全黑了。此时已过午夜，有风吹过树梢。停车场的灯亮着，餐馆后部的发电机嗡嗡响着，带动冷冻柜的风扇不停地转。

我打开房门。萨拉咔嗒一声开了灯，进了浴室。我打开窗前椅子边的那盏灯，点了支烟坐下。不久，萨拉出来了，外套也没脱，就在沙发上坐下，碰了碰她的前额。

"一个美好的夜晚，"萨拉说，"我不会忘的。和我们以往的离别太不一样了。"她说，"想想看，搬走之前和房东吃一顿真正的晚饭。"她摇摇头，"要是这样看的话，我们也许进步了很多，但前面还有漫长的路要走。好了，这是我们待在这个房子里的最后一晚了，刚才那顿大餐让我累得睁不开眼。我想我该进去睡觉了。"

"我也马上，"我说，"抽完这根就去。"

我们平躺在床上，没有碰对方。萨拉侧过身说："我想让你抱着我，一直到我睡着。就这样，抱着我就行。我今晚想辛迪了。我希望她一切都好。我祈祷她一切都好。上帝会帮她找到她的路。上帝也会帮我们的。"她说。

过了一会儿，她的呼吸变得均匀绵长，我又松开了她。我平躺着，盯着黑暗中的天花板，躺在那儿听风声。然后，就在我要再次闭眼时，我听见了什么。或者说，我长久以来能听见的某种声音不见了。风继续吹，我听见它在屋檐下经过，在屋外的电线中歌唱，但有什么已经不在了，而我不知道那是什么。我又躺着听了一会儿，然后起身进了客厅，从前窗向外面的餐馆看去。月亮的边缘在流云中隐现。

　　我站在窗前，想搞清楚是哪里出了问题。我看着粼粼的海面，又回头看了看暗影中的餐馆。我明白了，明白了那奇异的寂静是怎么回事。是餐馆的发电机停止运转了。我站在那儿想了一会儿该怎么做，该不该告诉皮特。也许再过一会儿，它自己就好了，重新运转起来。不过不知道为什么，我觉得这不可能发生。

　　皮特应该也注意到了，因为我突然看到他家的灯亮了起来，一个人影拿着手电出现在台阶上。那人打着手电走到餐馆后面，开了门锁，灯光接连在餐馆里亮了起来。过了一会儿，我抽完一支烟，回到床上，马上就睡着了。

　　第二天早上，我们喝了速溶咖啡，洗了杯子，洗完后把它们也装进了行李。我们没怎么说话。一辆搬运车停在餐馆后面，我能看见贝蒂和莱斯利抱着东西从餐馆后门进进出出。没看见皮特。

我们装好了车，一趟就能把所有东西运到尤里卡去。我走到餐馆还钥匙，但正走到办公室门口，门开了，皮特抱着个盒子走了出来。

　　"快坏了，"他说，"三文鱼都化了。刚要冻上就化了。全赔了。我得把它们送出去，今早就得处理掉。还有鱼排、大虾、扇贝也是。所有东西。发电机烧坏了。妈的。"

　　"我很抱歉，皮特。"我说，"我们得走了。我想把钥匙还给你。"

　　"什么？"他说着，看着我。

　　"房子的钥匙，"我说，"我们现在要走了。我们要上路了。"

　　"给里边的莱斯利吧，"他说，"莱斯利管租房的事。把你的钥匙给她。"

　　"好的。那再见了，皮特。发生这种事我很抱歉。但谢谢你，谢谢你做的一切。"

　　"没什么，"他说，"没什么，不用客气。祝你好运。慢慢来。"他点点头，抱着那盒鱼排走到房子那边去了。我把钥匙还给莱斯利，跟她告别，又走回车旁，萨拉在那里等着。

　　"怎么了？"萨拉说，"出什么事了？看起来皮特没怎么搭理你。"

　　"昨晚餐馆的发电机烧坏了，冷冻柜停了，他们有些肉坏掉了。"

"这样吗？"她说，"太糟了。我很抱歉。你把钥匙还给他们了，对吧？我们道了别，现在应该可以走了。"

"对。"我说，"应该可以走了。"

梦

　　我妻子有个习惯，睡醒后喜欢告诉我她做的梦。我给她拿来咖啡和橙汁，坐在床边的椅子上，而她悠悠醒来，把头发从脸上撩开。她带着刚睡醒的人的神情，但眼神又像是刚从什么地方回来的样子。

　　"怎么样？"我说。

　　"简直了，"她说。"做了一个梦，然后又做了半个。我梦到我是个男孩，跟姐姐和她的女伴去钓鱼，但我喝醉了。想想，是不是绝了？我本来应该开车带她们去钓鱼的，但我找不到车钥匙了。后来等我找到钥匙，车又发动不了了。突然，我们一下子就到钓鱼的地方了，在湖上的一条船里。暴风雨就要来了，我却启动不了车。我姐姐和她朋友就笑啊笑啊，但我很害怕，然后就醒了。是不是很诡异？你觉得呢？"

　　"写下来。"我说着，耸了耸肩。没什么要说的。我不做梦，多少年没有做过梦了。或许我也做梦，但醒来后完全不记得。我知道我不是梦的专家——不管是对于我的梦还是别人的。有一次多蒂告诉我她做的一个梦，就在我们结婚前夕，她梦见自己在汪汪叫！她独自醒来，看见她的小狗宾果坐在床边，用一种她觉得古怪的眼神看着她，她才意识到自己刚才在梦里吠叫。这意味着什么？她感到好奇。"那是个不好的梦。"她说。她把这个梦加到了她的"梦之书"里，但也就到此为止了，她没再提起过。她不解释她的梦，只是记下来。等下一个梦来的时候，她也记下来。

我说："我得上楼了。我要去厕所。"

"我马上就来。我得先清醒清醒，我想再想想这个梦。"

我走了，她坐在床上，拿着杯子，但什么都没喝。她坐在那儿想她的梦。

我其实不需要去厕所，倒了点咖啡坐到厨房的餐桌前。现在是八月，热浪袭来，窗户全开着。热，是的，很热。热得人精疲力竭。这个月的大多数时间里，我和妻子都睡在地下室里。但不要紧，我们把床垫搬过去了，还有枕头、床单，所有的东西。我们有一张茶几，一盏灯，一个烟灰缸。我们笑了。一切像是重新开始。但楼上所有的窗户都开着，隔壁的那些窗户，它们也都开着。我坐在桌前，听到隔壁的玛丽·莱斯正在唱歌。时间还早，但她已经起来了，穿着睡袍在厨房里活动。她哼着歌，我喝着咖啡开始聆听时，她还在唱着。不久，她的孩子们进了厨房，她是这么跟他们说的：

"早上好，孩子们。早上好，我亲爱的小家伙们。"

没错，他们的妈妈就是这么对他们说的。然后，他们坐在桌前，因为什么笑了起来，其中一个孩子大笑着把椅子摔得咚咚响。

"迈克尔，别闹了。"玛丽·莱斯说，"把你的麦片吃完，乖。"

不一会儿，玛丽·莱斯把她的孩子们打发出去，让他们自己穿戴好去上学。她刷盘子时又哼起了歌。我听着，一边听一边觉得自己是个富足的人。我有一个妻子，她每晚都梦到点什么。她每晚躺在我旁边睡着，然后去往某个遥远而丰富的梦境。有时她梦到马，梦到天气，梦到人，有时她甚至在梦里改变了性别。我不留恋做梦的时候。如果我想过一种有梦的生活，我有她的梦可想。再说我还有个女邻居，整天又哼又唱的。总而言之，我感到很幸运。

我挪到前窗，看邻家孩子从房子里走出门去上学。我看到玛丽·莱斯亲吻每一个孩子的脸蛋，听见她说："再见，孩子们。"然后她闩上纱门，在那里站上一会儿，目送孩子们沿街走远，再转身进屋。

我知道她的习惯。这会儿她会睡几个小时——她清晨五点稍过下晚班回来，之后不会马上去睡。帮她看孩子的那个姑娘，邻居家的罗斯玛丽·班德尔，一等她回来就穿过马路回到街对面她自己的家。余下的夜里，灯火照亮玛丽·莱斯的家。有时候，如果她的窗户像现在这样开着，我能听见古典钢琴曲，有一次甚至听到了亚历山大·斯库比朗读的《远大前程》。

有时候，如果我睡不着——而我的妻子睡在我身边做梦——我会从床上下来，上楼，坐在桌边听她的音乐或是录音，直到她从窗帘后经过，或是看见她站在百叶窗后面。偶尔，电话会在某个早得出奇的时间响起，而她总是在响第三下时接起。

她孩子们的名字，我得知，是迈克尔和苏珊。在我看来，他们和其他的邻家小孩没什么不同，只是我看到他们的时候会想，你们这两个小孩啊，有一个会给你们唱歌的妈妈是一件多幸运的事。你们都不需要爸爸。有一次他们来我们门前卖浴皂，还有一次来卖种子。我们没有花园，这是当然的，我们住的地方怎么长得了东西？但我还是买了点种子，管它呢。万圣节的时候他们也上过门，总是和他们的保姆一起——他们的妈妈当然还在工作，我给了他们几块糖，冲罗斯玛丽·班德尔点了点头。

我和妻子是这片街区最久的住户，几乎见证了每一次人来人往。玛丽·莱斯一家是三年前搬来的。她丈夫是一家电话公司的接线员，有一阵子每天早晨七点离开家，傍晚五点回来。后来他不再五点回家了。他要么回得更晚，要么索性不回来。

我妻子也注意到了。"我三天没见他回家了。"她说。

"我也是。"我说。有天早上我听到那边传来很大的动静，一个孩子在哭，也可能是两个孩子都在哭。

后来在市场上，住在玛丽·莱斯另一边的女人告诉我妻子，玛丽和她丈夫分开了。"他搬出去了，不要她和小孩了。"那女人说，"那个王八蛋。"

又过了没多久，因为丈夫辞职去了外地，她得自己养活自己，玛丽·莱斯到这家餐馆做起了鸡尾酒服务员。很快，她开始听音乐和录音，整夜不眠；不是在唱歌，就是在哼曲子。隔壁的这个女人还说，玛丽·莱斯选了大学里的两门函授课。她给自己创造了新的生活，这女人说，新生活里也有她的孩子。

冬天快到了，我决定装上风雨窗。我正在屋外架梯子的时候，隔壁那两个孩子，迈克尔和苏珊，带着狗冲出屋子，纱门砰的一声在他们身后关上。他们穿着外套沿人行道跑，踢着成堆的落叶。

玛丽·莱斯来到门口，留意着他们。然后她看到了我。

"你好，"她说，"原来你在做过冬的准备了。"

"对，"我说，"冬天不远了。"

"是啊，不远了。"她说。她停了一会儿，似乎想说点别的什么。然后她说："很高兴和你聊天。"

"我很荣幸。"我答道。

那是感恩节前夕的事了。一周后，我端着妻子的咖啡和橙汁走进卧室，她已经醒了，坐起身准备跟我讲她的梦。她拍拍身边的床垫，我坐下了。

"这个梦是能写进梦之书里的。"她说，"你要是想听点什么就听听这个。"

"讲吧。"我说。我拿起她的杯子抿了一口，递给她。她双手捧住杯子，好像手冷似的。

"我们在一艘船上。"她说。

"我们从没上过船。"我说。

"我知道，但是我们在一艘船上，一艘大船，一艘游轮，我猜。我们在床上，有个铺位之类的，这时有人来敲门，送来一托盘纸杯蛋糕。那人进了门，留下蛋糕就出去了。我下了床想去拿一个。跟你说，我那时候很饿，但我一碰那蛋糕，手指头就被烫到了，接着脚趾头也蜷了起来——就像人害怕时那样？后来我回到床上，但又听见很响的音乐声，是斯克里亚宾，然后有人开始晃动玻璃杯，几百只，可能是上千只杯子一起叮当作响。我把你叫醒，跟你说了这事，你就说你去看看是怎么回事。你离开以后，我记得我看见月亮在外面划过，划过舷窗，然后船一定是又转了弯或怎么的，月亮又回来了，照亮了整间屋子。然后你也回来了，还穿着睡衣，回来就上床睡觉了，没说一句话。窗外月色明亮，屋里的一切似乎都发出微光，但你一句话也没说。我记得因为你什么也没说，我有点害怕，脚趾头就又开始蜷缩起来。接着我又睡了过去——然后就到这儿了。你觉得怎么样？这个梦是不是简直了？天哪。你觉得呢？你什么也没梦到吧，对吗？"她抿了一口咖啡，望着我。

我摇摇头。我不知道能说些什么，只说她最好把这个梦写进她的笔记本里。

"天，我不知道。这些梦越来越怪了。你觉得呢？"

"写进你的书里去。"

圣诞节很快就到了。我们买了棵树，把它装饰好，在圣诞节的早晨交换了礼物。多蒂给我买了一副新的连指手套，一个地球仪，还订了一份《史密森尼》杂志。我给她买了香水——她打开包装时脸红了——还有一条新睡裙。她拥抱了我。然后我们开车穿过小镇去和几个朋友吃晚饭。

从圣诞到元旦，天气越来越冷。先是下了场雪，然后又下了一场。有一天迈克尔和苏珊在外边待了很久，堆了一个雪人。他们把一根胡萝卜塞进雪人嘴里。晚上，我透过他们卧室的窗户能看见电视开着。玛丽·莱斯每晚仍然往返上班，罗斯玛丽来照看孩子。每天晚上，那边的灯都整夜亮着。

跨年夜，我们又开到小镇那头和朋友吃晚饭，打了打桥牌，看了会儿电视，午夜时分开了瓶香槟。我和哈罗德握了握手，同抽了一根雪茄。然后我和多蒂开车回家。

但是——最艰难的部分开始了——正当车开到我们街区时，我们看到两辆警车把路拦了起来，车顶的警灯来回旋转。别的车里，好奇的司机停下了车，好多人也从屋子里出来了。大多数人身穿大衣，穿戴整齐；也有些人穿着睡衣，裹着一看就是匆匆披上的厚外套。两辆消防车停在街边。一辆停在我们前院，另一辆停在玛丽·莱斯的车道上。

我给警官报了我的名字，说我们住在那儿，就在那辆消防车停的地方——"它们就停在我们家门口！"多蒂大喊——那位警官便让我们停好车。

"出什么事了？"我说。

"我估计是电暖器起火了。反正有人这么说。两三个小孩在里边。三个，算上照看他们的那个。她跑出来了。那两个孩子完了，我觉得。浓烟吸入。"

我们沿着街边往我们的房子走去。多蒂紧贴着我，挽住我的胳膊。"天哪。"她说。

快到玛丽·莱斯的房子时，就着消防车发出的光，我看见一个人拿着消防水龙站在屋顶上，但出来的只有一小股细细的水流。卧室窗户被打碎了，我看到卧室里有人在走动，手里拿着斧头模样的东西。那人走出前门时怀里抱着什么，我看见那是孩子们的狗。我难受极了。

当地一家电视台派来了一辆移动电视车，有个人扛着摄像机在工作。邻居们挤成一团。消防车的引擎发动着，对讲机的声音不时从车里传来。围观的人群寂静无声。我看了看他们，认出了罗斯玛丽。她和她的父母站在一起，嘴巴张着。孩子们被消防员用担架抬了出来。那些大块头戴着帽子，穿着靴子和外套，看上去坚不可摧，似乎还有一百年可活。他们走出来，担架一头站着一个，抬着孩子。

"不要啊。"站在一旁看着的人们说。"不要啊，不不。"有人哭了。

他们把担架放到了地上。一个穿西装戴羊毛帽的人走上前，用听诊器听每个孩子的心跳，然后朝救护人员点点头，他们就上前把担架抬起来了。

这时，一辆小车开过来，玛丽·莱斯从副驾驶座上跳了下来。救护人员正把担架往救护车里抬，她朝他们跑去，"放下他们！"她叫着，"放下他们！"

救护人员停了手，放下担架，往后让开了。玛丽·莱斯俯身去看她的孩子，号啕痛哭——是的，没有别的词可以形容了。人们都往后退了退。但当她在雪中双膝跪地，在担架旁用手抚摸她一个孩子、另一个孩子的脸颊时，人们又往前站了站。

那个穿西装戴听诊器的人走上前，在玛丽·莱斯身边跪下。另一个人——大概是救火队长或助理队长——向救护人员示意，然后走上前扶起玛丽·莱斯，手臂搂住她的肩膀。穿西装的人站在她的另一边，但没有碰她。载她回来的那个人这会儿走近了，想看看情况，但他只是个一脸惊恐的小子，一个勤杂工或洗碗工。他没有资格见证玛丽·莱斯的悲痛，他自己也知道。他退到后边远离人群，只牢牢盯着担架，看着救护员把它们放进救护车后面。

"不！"担架被抬进救护车后部时，玛丽·莱斯喊叫着，朝那边冲过去。

我上前走到她身边——其他人没有任何举动——拉住她的胳膊说："玛丽，玛丽·莱斯。"

她猛地转向我，说："我不认识你。你要干什么？"她抽出手，朝我脸上打了一巴掌，然后和救护员一道上了车。警笛响起，人们让开路，救护车开始滑行，开上了街道。

那晚我睡得很糟。多蒂在梦中呻吟，辗转反侧。我知道她整夜都在做梦，梦到她在一个离我很远的地方。第二天早上，我没问她的梦，她也没主动提。但当我拿着她的橙汁和咖啡进来时，她握着笔，笔记本在腿上摊开。她用本子夹住笔，合上，然后看向我。

"隔壁现在怎么样？"她问我。

"没什么。"我说，"屋子黑漆漆的。雪地里到处都是轮胎印。孩子们卧室的窗户破了。就这些。没别的。除此之外，除了卧室的窗户，简直看不出着了火。你没法想象死了两个孩子。"

"可怜的女人。"多蒂说，"天哪，那个可怜的、不幸的女人。老天保佑她。也保佑我们。"

那天早上，时不时有人开车从这里缓缓经过，朝她的房子张望。也有人走到屋前，看看窗户，看看屋前轧得泥泞不堪的雪，然后离开。快中午时，我正望着窗外，一辆旅行车开过来停下了。玛丽·莱斯和她的前夫，也就是孩子们的爸爸，从车上下来，朝房子走去。他们走得很慢，上台阶时那男人挽着她的手。前廊的门从前一天夜里一直开着。她先走了进去。然后他也进去了。

那天晚上，我们又在当地新闻里看到整件事被播报了一遍。"我看不了这个。"多蒂说，但她还是看了，我也是。屏幕上出现玛丽·莱斯的家，一个男人站在屋顶上，拿着消防水带向打破的窗户里喷水。然后孩子们被抬了出来，我们又一次看到玛丽·莱斯双膝跪地。之后，当担架被抬进救护车时，玛丽·莱斯猛转过头去冲什么人喊着："你要干什么？"

第二天中午，那辆旅行车又开到房前。车刚一停稳，还没等引擎关掉，玛丽·莱斯就从台阶上下来了。那个男人下了车，说了声"早，玛丽"，给她打开了副驾驶座的门。然后他们开去参加葬礼。

他在葬礼后待了四天。第五天早晨，我像往常一样早早起床，那辆旅行车已经不见。我知道他是夜里走的。

那天早上，多蒂跟我讲了一个她做的梦。她在一间乡下的房子里，一匹白马走过来，透过窗户看着她。然后她醒了。

"我想做点什么表达我们的遗憾。"多蒂说，"或许请她来吃个晚饭。"

但日子一天天过去，我们并没有做什么。我或多蒂，谁也没提起请她过来的事。玛丽·莱斯又去工作了，但现在变成了白班，在一间办公室里。我看到她早上离开家，五点刚过就回来。灯在晚上十点左右熄灭。孩子房间的窗帘总是拉下来的，虽然我不能确定，但我猜门也是关着的。

三月底的一个星期六，我到门外去拆风雨窗。我听到一丝响动，看到玛丽·莱斯正在铲土，翻她房子后边的地。她穿着毛衣、休闲裤，戴一顶遮阳帽。"嘿，你好啊。"我说。

"你好。"她说，"我可能太心急了。但是你看，我手上有大把的时间，再说——这包装上写着现在是一年里最合适的时候。"她从口袋里拿出一包种子。"去年我的孩子满街卖种子。我收拾抽屉的时候发现了几包。"

我没有提起我自己厨房抽屉里的那几包。"我和我妻子一直说想请你过来吃晚饭，"我说，"你哪天晚上有空吗？如果你有时间，今晚要不要过来？"

"我想可以的。行。不过我都还不知道你的名字，还有你妻子的。"

我告诉了她，然后我说："六点怎么样？"

"几点？哦可以，六点可以的。"她把手放到铲子上，铲了下去。"我就接着播种了。我六点过去。谢谢。"

我回到家，告诉了多蒂晚饭的事。我取下盘子，拿出银器，再往外看的时候，玛丽·莱斯已经离开花园，进屋去了。

破坏者

卡罗尔和罗伯特是尼克的妻子乔安妮的老朋友。他们与她相识多年，远比尼克遇见她早。她还和比尔·戴利在一起时，他们就认识了。那些日子里，他们四个人——卡罗尔和罗伯特，乔安妮和比尔——都是新婚，都在大学的艺术系读研究生。他们合住在西雅图国会山的一栋大房子里，一起付房租，共用一间浴室。很多时候，他们一起用餐、夜聊、喝酒，拿出自己刚完成的作品，互相传阅、检查、品评。甚至，在合租的最后一年——在尼克出现之前——他们合买了一只便宜的小帆船，在夏天的华盛顿湖上游荡。"无论顺境或逆境，得意或失意。"那天早上，罗伯特第二次这样说着，笑着看向桌边其他人的脸。

那是个星期日的早晨，他们在尼克和乔安妮在阿伯丁的家里，坐在厨房的桌前吃烟熏三文鱼、炒蛋和芝士百吉饼。三文鱼是尼克去年夏天钓上来、找人真空包好的。他把它放在冷冻柜里。乔安妮告诉卡罗尔和罗伯特，鱼是尼克自己捕的，尼克对此很高兴。她甚至知道——至少她说她知道——那鱼有多重。"这一条有十六磅。"她说。尼克满意地笑了。头天晚上卡罗尔打电话给乔安妮，说她和罗伯特带着他们的女儿珍妮从镇上经过，想来坐坐，尼克就把鱼从冷冻柜里拿了出来。

"我们现在能走吗？"珍妮问，"我们想去玩滑板。"

"滑板在车里。"珍妮的朋友梅根说。

"先把你们的盘子放到水槽里，"罗伯特说，"然后再去玩滑板。别走太远了，就在这附近玩。"他说，"注意安全。"

"没事吗？"卡罗尔说。

"当然，"乔安妮说，"没问题。我希望我也有块滑板。我要是有的话就跟她们一起了。"

"不过多数时候还是顺境。"罗伯特说，捡起他关于学生时代的话头。"对吗？"他说。他注视着乔安妮的眼睛，咧开嘴笑了。

乔安妮点点头。

"往事如烟啊，真是。"卡罗尔说。

尼克有种感觉，乔安妮想问他们比尔·戴利的事。但她没有。她微笑着，那笑容在脸上未免停留得太久了些，然后她问还有没有人要咖啡。

"我再来一点，谢谢。"罗伯特说。卡罗尔说"不了"，用手掌盖住了杯子。尼克摇了摇头。

"跟我讲讲钓三文鱼的事吧。"罗伯特对尼克说。

"没什么特别的。"尼克说,"早点起床出门到水边去,要是没刮风也没下雨,鱼来了,你装备好了,就有可能一击就中。运气好的话,很有可能每四条撞钩的鱼里就有一条是你的。我猜有些人一辈子就投入在这事上,但我夏天钓几个月就行了。"

"你是在船上钓还是?"罗伯特这么说着,像是一时没反应过来。他不是真心感兴趣,尼克有这种感觉,但既然自己提起了话头,他觉得他得再说点什么。

"我有条船,"尼克说,"就停在小港口那儿。"

罗伯特缓慢地点点头。乔安妮给他倒上咖啡,罗伯特看着她,咧嘴笑了笑。"谢了,宝贝。"他说。

尼克和乔安妮差不多每隔六个月见卡罗尔和罗伯特一次——比尼克希望的频繁了些,说实话。不是说他不喜欢他们,他喜欢。实际上,比起他见过的乔安妮的其他朋友,他更喜欢他们。他喜欢罗伯特带点苦涩的幽默感,喜欢他讲故事的方式。他的讲述似乎让故事比原本更有趣了。他也喜欢卡罗尔。她是个漂亮开朗的女人,现在仍然偶尔画画丙烯画——尼克和乔安妮就有一幅她送的画,挂在他们卧室的墙上。对尼克来说,他们待在一起的时候,卡罗尔永远是一种令人愉快的存在。不过偶尔,当罗伯特和乔安妮沉浸于往事时,尼克会看向房间另一头的卡罗尔。而卡罗尔也会回视尼克,微笑着摇摇头,仿佛这些有关过往的谈话无足轻重。

但和他们待在一起时，尼克总能时不时感受到一种无言的审判：罗伯特，甚至卡罗尔，仍然将乔安妮和比尔婚姻的破裂归罪于他，将他们四人幸福生活的终结归罪于他。

他们每年在阿伯丁至少见上两次，一次在初夏，一次在夏末。罗伯特、卡罗尔还有他们十岁的女儿珍妮总是会在去奥林匹克半岛雨林地带的途中绕到镇上来，然后再出发去玛瑙海滩一个他们熟知的住处。珍妮会在海滩上找玛瑙，装满她的小皮包，带回西雅图打磨。

他们三个人从没留下来跟尼克和乔安妮一起过夜——尼克突然想到其中一个原因是他们也没发出过留宿的邀请。但他确信如果自己这么建议的话，乔安妮会乐意让他们留下来的。可他没有。每一次，他们不是在早饭时间到达，就是在临近午饭时出现。卡罗尔总是会事先打个电话安排好。他们很准时，尼克很欣赏这一点。

尼克喜欢他们，但是不知道为什么，他们的来访总是让他很不自在。他们没在尼克面前谈起过比尔·戴利，一次也没有，甚至连这个人的名字也很少出现。即便如此，他们四个人在一起时，尼克总是会觉得，戴利从不曾在这些人的脑海中远去。是尼克从戴利那里夺走了他的妻子，而现在这些戴利的老朋友却在这个轻率无情的男人家，在这个曾让他们的生活天翻地覆的男人家里。和这个人做朋友，难道不是罗伯特和卡罗尔作为朋友的一种背叛？他们竟然真的在这个人家里进餐，看着他亲昵地搂住她的肩，即使她是他们所爱的男人曾经的妻子？

"别离开太远，亲爱的。"女孩们又一次穿过厨房时，卡罗尔对珍妮说，"我们一会儿就走了。"

"不会的，"珍妮说，"我们就在前面滑。"

"说到做到啊，"罗伯特说，"孩子们。我们马上就走了。"他看了看他的表。

门在孩子们身后关上，大人们又回到了早前提起的话题——恐怖主义。罗伯特在西雅图一所高中当美术老师，卡罗尔在临近派克市场的一家时装店工作。他们俩谁都不知道今年夏天有谁要去欧洲或中东。事实上，他们有几个朋友已经取消了去意大利和希腊的旅行计划。

"先把美国转完。这是我的座右铭。"罗伯特说。他接着说起他母亲和继父在罗马的遭遇，他们在那儿待了两周，刚回来。他们的行李丢了三天——这只是头一桩；接着，在罗马的第二天晚上，当他们沿着威尼托大道走去离旅店不远的一家餐厅时——街上还有穿着制服、端着机关枪的巡警——他母亲的手提包被一个骑自行车的小偷抢走了。两天后，他们开着租来的车到罗马城外三十英里的地方。趁着他们参观博物馆的当口，有人照着车轮划了一道，还偷走了引擎盖。"他们没拿电池或者别的什么，懂吗，"罗伯特说，"他们就要引擎盖。简直了。"

"他们要引擎盖做什么？"乔安妮问。

"谁知道呢？"罗伯特说，"但不管怎么样，对那里的人来说，对游客来说，自从我们开始扔炸弹，情况越来越糟了。你们怎么看轰炸？我觉得这只会让美国人的处境更糟。现在所有人都成了靶子。"

尼克搅了搅他的咖啡，喝了一口才开腔："我已经不知道怎么看了。真的不知道。机场里那些倒在血泊中的尸体在我脑子里挥之不去。我不知道。"他又搅了搅咖啡，"我在这边跟人聊过，他们觉得也许不如再多扔几颗，反正我们做都做了。我还听人说，不如把那地方炸平了，反正做都做了。我不知道我们在那儿什么该做，什么不该做。但我想我们总得做点什么。"

"那可有点严重了，不是吗？"罗伯特说，"炸平了？你是说——核攻击那个地方？"

"我是说我不知道他们应该做什么。但是应该做点什么。"

"外交手段，"罗伯特说，"经济制裁。收紧他们的钱袋子，他们才会改邪归正。"

"我再煮点咖啡？"乔安妮说，"要不了一分钟。谁要来点甜瓜吗？"她把椅子往后挪了挪，从桌边站起身。

"我一口都吃不下了。"卡罗尔说。

"我也是，"罗伯特说，"不了。"他似乎还想继续他们的话题，但又打住了。"尼克，我想什么时候来这儿找你一起钓鱼。什么时候最好？"

"来，"尼克说，"随时欢迎。过来想待多久都行。七月是最好的，八月也不错。九月头一两周也还行。"他说起大多数船只离开后的夜钓有多棒。他说起有一次，他在月光里钓上一条大鱼的事情。

罗伯特似乎考虑了好一会儿。他喝了几口咖啡。"我来。我这个夏天就来——七月，可以的话。"

"可以。"尼克说。

"需要我带什么装备？"罗伯特说着，来了兴趣。

"把你自己带来就行。"尼克说，"装备我这儿有不少。"

"你可以用我的钓竿。"乔安妮说。

"那你不就钓不了了。"罗伯特说。钓鱼的话题就这样突然终止了。不知为何，尼克感觉得到，两个人连续几小时坐在一条船里的光景让罗伯特和他自己都很不自在。不，坦白说，他觉得他们的关系最多不过是一年两次坐在这间漂亮的厨房里，吃吃早饭，品品咖啡。这样的愉悦足够了，这点相伴的时间也足够了。再超出一点都是不现实的。最近乔安妮偶尔要去西雅图，他甚至也拒绝了和她同去，因为他知道她会想在一天结束后去卡罗尔和罗伯特家喝咖啡。尼克会找借口待在家里。他说他管理的那个伐木场太忙了。

有一次，乔安妮在卡罗尔和罗伯特那儿过夜，回来后一连几天，尼克都觉得她有些疏远他，一副若有所思的样子。当他问起她在那儿怎么样时，她只说一切都好，说他们晚饭之后聊到很晚。尼克知道他们肯定聊到了比尔·戴利，他确信他们聊到了。他自己为此恼怒了好几周。但是他们聊到了戴利又怎样呢？乔安妮现在是尼克的。为了她，要曾经的他去杀人他都愿意。他仍然爱她，她也爱他，不过他现在不像当时那么着迷了。不，现在的他不会为了她去杀谁，他也很难理解当初自己怎么会有那种想法。他觉得她，或者任何人，都不值得他为了他们去杀人。

乔安妮站起身，开始收拾桌上的盘子。

"我来帮把手。"卡罗尔说。

尼克环住乔安妮的腰，紧紧搂着她，似乎为刚才的想法稍稍感到羞愧。乔安妮站在尼克的椅子旁边，没有动。她让他搂着。然后她的脸微微红了。她动了动，尼克放开了她。

两个孩子，珍妮和梅根，打开门冲进厨房，手里拿着她们的滑板。"街上着火了。"珍妮说。

"谁的房子烧着了。"梅根说。

"着火？"卡罗尔说，"要是真着火了，你们离远点。"

"我没听到消防车的声音。"乔安妮说，"你们听到了吗？"

"我也没有。"罗伯特说，"你们小孩子玩去吧。我们没一会儿就走了。"

尼克走到飘窗边向外张望，但似乎没有任何异常。在这种晴朗灿烂的天气里，在上午十一点，这个街区有栋房子正在着火的想法简直有些不可思议。再说，也没听见烟雾警报，没看到几卡车伸出头看热闹的人，没有消防车的铃声叮当，警笛呼啸，或是气闸的嘶嘶声。尼克觉得这只能是孩子们游戏的一部分。

"这是顿美妙的早餐。"卡罗尔说，"我很喜欢。我觉得我可以翻个身再睡一觉了。"

"为什么不呢？"乔安妮说，"我们楼上有空房。让孩子们玩吧，你们可以打个盹再上路。"

"去吧，"尼克说，"完全可以。"

"卡罗尔只是开玩笑。"罗伯特说，"我们不能这样。对吧，卡罗尔？"罗伯特看着她。

"噢，对，我不是认真的。"卡罗尔笑着说，"但一切都这么好，像从前一样。一顿没有香槟的香槟早午餐。"

"这是最好的。"尼克说。尼克自从酒后驾车被捕后已经戒酒六年了。他和别人去过一次嗜酒者互诚会之后便认定那个地方适合他，于是他每晚一次，有时甚至每晚两次参会，就这样去了两个月，直到像他说的，喝酒的欲望离开了他，像是从来没出现过。而即使现在不再喝酒了，他还是隔段时间就去参加一次。

"说到喝酒，"罗伯特说，"小乔，你还记得哈里·舒斯特吗——舒斯特医生现在成了个骨髓移植医生，别问我是怎么回事——你记得那个圣诞派对吗，他和他老婆起冲突那次？"

"玛丽莲，"乔安妮说，"玛丽莲·舒斯特。我好久没想起过她了。"

"对，玛丽莲。"罗伯特说，"那次他觉得她喝得太多了，还乱送秋波给——"

他停了很久，久到乔安妮接口，"比尔。"

"对，比尔。"罗伯特说，"总之，他们先是吵架，然后她把车钥匙往客厅地板上一扔，说，'那你开，你他妈的要是这么靠谱冷静清醒就你开。'哈里就——他们开了两辆车来，要知道他那会儿还在医院实习——哈里就出了门，把她的车开了两条街，停好；回来开他的车，也开了两条街，停好；走回她的车，开两条街；又走回他的车，开远了一点，停好；再走回她的车，又开出去几条街，就这样一直循环，循环。"

他们都笑了起来。尼克也笑了。确实很好笑。尼克自己那时候也听了很多醉酒故事，但没听过这么特别的。

"总之，"罗伯特说，"长话短说，他就这样把两辆车开回了家。五英里路开了两三个小时。他到家的时候，玛丽莲已经在桌前了，手里拿着喝的。有谁开车把她送回家了。'圣诞快乐。'哈里进门的时候她说。我猜他给了她一拳。"

卡罗尔嘘了一声。

乔安妮说："谁都看得出他们俩处不长。他们俩太快了，一年后就又出现在同一个圣诞派对上，只不过各有各的伴侣。"

"我酒驾了那么多次，"尼克说着摇了摇头，"就被抓住过那么一回。"

"算你运气好。"乔安妮说。

"算别人运气好，"罗伯特说，"路上别的那些司机运气好。"

"我在监狱待了一个晚上，"尼克说，"一个晚上就够了。我就是那时候戒酒的。实际上我进的是什么戒酒间。第二天早上医生来了——弗雷斯特医生——把每个人叫进一间小检查室草草看了一遍，用他的小手电筒照你的眼睛，要你伸出手，手心朝上，把你的脉，听你的心跳。他会因为喝酒的事说你两句，然后就告诉你早上几点可以走。他说我十一点可以离开。'医生，'我说，'我可不可以早一点走？''这么急干什么？'他说。'我十一点得到教堂，'我说，'到教堂结婚。'"

"听到这个他怎么说？"卡罗尔说。

"他说：'滚蛋吧您。但永远别忘了，听到了吗？'后来我没忘。我不喝了。那天下午的婚宴上我就什么也没喝了。一滴酒都没沾。我受够了。害怕极了。有时候就需要有一件类似这样的事，给你的神经系统真正的一击，事情才会走上正轨。"

"我有个弟弟差点被一个酒驾的司机撞死。"罗伯特说，"他现在还缠着线，得用金属支架才能活动。"

"最后一轮咖啡了。"乔安妮说。

"就来一点点吧。"卡罗尔说，"我们真得把孩子们叫回来上路了。"

尼克往窗外望去，看见好几辆车从外边经过，路上的人行色匆匆。他记得珍妮和另外那个孩子说的着火的事，但是看在上帝的分上，如果真着了火总该有警笛声和引擎声吧？他从桌边欠起身，但最终又坐了下来。

"太疯狂了，"他说，"我记得我还喝酒那会儿，有一回刚刚经历了一次他们说的酒精性癫痫发作——倒下的时候头撞到了咖啡桌。幸好这事发生的时候我正在一间诊所里。我醒来时就躺在诊疗室的床上，佩吉，我那时候的妻子，正俯下身看我，旁边是医生和护士，佩吉叫着我的名字。我头上包了一大圈绷带，像穆斯林缠头巾一样。医生说我刚刚经历了第一次发作，但要是不戒酒的话，这不会是最后一次。我说我知道了，但就是说说而已。我那时候没打算戒。我对我自己和妻子说，我是因为神经紧张，因为压力才晕倒的。"

"但那天晚上我们办了个派对，我和佩吉。我们计划好几周了，总不能突然取消了让所有人扫兴吧？能想象吗？我们还是办了派对，大家都来了，我头上就还那么缠着绷带。整个晚上我都伏特加不离手。我跟人说我是撞到车门才把头撞破的。"

"你后来又喝了多久？"卡罗尔说。

"挺久的。一年左右吧。直到那天晚上我被抓到。"

"我认识他的时候他挺清醒的。"乔安妮说着，脸红了，像是说了什么不该说的。

尼克把手搭在乔安妮的脖子后面，手指停留在那儿。他撩起她颈后几缕凌乱的头发，在指间摩挲着。又有些人从窗外的人行道经过，大多数穿着单衣和衬衫。一个男人肩头扛着个小女孩。

"我遇见乔安妮的时候已经戒酒一年了。"尼克说，像是告诉他们一件他们必须得知道的事。

"跟他们讲讲你兄弟吧，亲爱的。"乔安妮说。

尼克起先没说话。他收起抚摸乔安妮脖子的手，把手拿开了。

"发生什么了？"罗伯特说，身子探了过来。

尼克摇摇头。

"怎么了，"卡罗尔说，"尼克？没事的——你要想跟我们说的话。"

"我们怎么就聊到这个了？"尼克说。

"你提起来的。"乔安妮说。

"好吧，是这样的，你看，我当时正在努力戒酒，但我觉得在家戒不了，又不想去别的地方，诊所或者康复中心之类的，你知道吧。我兄弟有间闲置的避暑小屋——那会儿是十月——我就打电话问他能不能去那儿待一两周，找回点自己。起先他答应了，我就开始打包行李，庆幸自己有家人，有个好兄弟愿意帮我。但不久电话就响了，是我兄弟打来的，他说——他说他跟他妻子商量了，说他很抱歉——他说不知道怎么跟我说这事——但他妻子怕我把房子烧了。有这个可能，他说，我会手里点着烟睡着，或者忘记关炉子。总之，他们怕我把房子点着了，他说很抱歉，但他不能让我住。我就说好，于是又把行李取出来了。"

"啊，"卡罗尔说，"亲兄弟做这种事。他背弃了你，"她说，"你的亲兄弟。"

"我也不知道我会怎么做，换了我是他的话。"尼克说。

"你当然知道。"乔安妮说。

"的确，我想我知道怎么做。"尼克说，"当然了。我会让他住在那儿的。不就是间房子，这算什么？你可以给房子上个保险嘛。"

"难以置信，真是。"罗伯特说，"那你现在跟你兄弟关系怎么样？"

"不怎么样，我只能说。他之前有一阵找我借过钱，我借了，他按他说好的时间还了。但我们已经五年没见过了，我上次见他妻子就更久了。"

"这些人都是从哪儿来的？"乔安妮说。她从桌前起身，走到窗边拉起帘子。

"孩子们说哪里着火了什么的。"尼克说。

"瞎说，怎么可能着火。"乔安妮说，"可能吗？"

"好像是出了什么事。"罗伯特说。

尼克走到前门，把门打开。一辆小汽车在路边减速，停在了房前。另一辆车开过来，停在了街对面。三三两两的人群沿着人行道走过去。尼克出门进到院子里，其他几个人——乔安妮，卡罗尔和罗伯特——也跟着他。尼克朝街上望去，看见了烟雾，人群，还有十字路口停着的两辆消防车和一辆警车。有人拿着消防水龙对准一栋房子的外面喷水——尼克一眼看出是卡朋特家。黑烟从墙内滚滚涌出，火焰直冲破屋顶。"我的天哪，真的着火了，"他说，"孩子们说的是真的。"

"我们怎么什么都没听到？"乔安妮说，"你们听到什么了吗？我什么都没听到。"

"我们最好过去看看两个小姑娘，罗伯特。"卡罗尔说，

"她们说不定怎么碍着事呢。离得太近什么的，说不准就发生什么事。"

四个人沿人行道走去。他们赶上一些步履不算匆忙的行人，就这么跟他们一起走着。尼克觉得他们像去郊游似的。但正像他们盯着失火的房子时看到的那样，消防员始终朝屋顶喷水，火焰也始终从那里蹿升突围。另几个消防员拿着水龙，一股水流对准前窗。还有一个消防员戴了头盔，系了帽带，穿着黑色的长外套和及膝靴，拿着斧头朝屋后面绕行。

他们走到人群聚集围观的地方。警车侧停在路中间，他们听见车里无线电的呲呲声盖过了火舌撕裂屋壁的声音。然后尼克看到了那两个小姑娘，拿着滑板站在人群前排。"她们在那儿，"他对罗伯特说，"那儿。看到了吗？"

他们边道歉边从人群里挤过去，挤到女孩们身边。

"我们就说吧，"珍妮说，"看到了吧？"梅根站在旁边，一只手拿着她的滑板，另一只手的大拇指放在嘴里。

"你们知道是怎么回事吗？"尼克问他旁边的一个女人。她戴着顶遮阳帽，抽着烟。

"专门搞破坏的。"她说，"反正别人是这么告诉我的。"

"要我说，如果能抓到这些人，应该把他们都杀了。"女人旁边的一个男人说，"要么关起来把钥匙扔了。这家人正在墨西哥旅游呢，压根儿不知道回来的时候房子都没了。

他们还没联系上这家人。太惨了。能想象吗？回来的时候发现家都没了。"

"要塌了！"拿着斧头的那个消防员喊着，"往后退！"

人们离他和房子都不近，但还是挪了挪脚。尼克觉得自己紧张起来了。人群里有人念着，"我的天哪。天哪。"

"看哪！"另一个人说。

尼克往乔安妮那边挪了挪。她正目不转睛地盯着火焰，额上的头发似乎湿了。他用胳膊搂住她。搂她的时候他意识到，这至少是这个上午的第三次了。

尼克把头微微转向罗伯特，吃惊地发现他没在看房子，而是在盯着自己。罗伯特脸色发红，神色严厉，仿佛之前发生的一切——纵火，入狱，背叛，通奸，既有秩序的颠覆——全是尼克的错，全都应该由他来承担。尼克环着乔安妮，盯了回去，直盯到罗伯特脸上的红色褪去，眼睛也垂了下去。等罗伯特再抬起眼时，他没有看尼克。他朝自己的妻子挪了挪，像是要保护她。

尼克和乔安妮仍然拥抱着，看着那失火的房子。但那种熟悉的感觉仍然时不时在尼克心里出现；当她无意识地拍着他的肩膀时，他不知道她在想什么。

"你在想什么？"他问她。

"我在想比尔。"她说。

他仍然搂住她。她好一会儿没再出声。然后她说：

"我偶尔会想到他，你知道的。毕竟，他是我爱过的第一
个男人。"

她仍然搂着她。她把头靠在他肩上，继续注视着那失
火的房子。

需要我时打给我

那年春天，我们俩都有了别人。但六月学期结束时，我们还是决定夏天把房子租出去，从帕罗奥多搬到加州北海岸的乡村地带。我们的儿子理查德则去华盛顿州的帕斯科，到南希的妈妈①那里度夏，他也在那儿打工赚钱，为秋季上大学做准备。他外婆知道家里的情况，早在他过去之前就做好了迎接的准备，替他找好了一份工。她跟一个农场主朋友说好，让理查德干点捆干草、修篱笆的活儿。活儿很重，但理查德很期待。高中毕业后的第二天早上，他就坐巴士离开了。我带他去的车站，停好车陪他进去坐着，等他的巴士开始登车。他妈妈已经抱着他又哭又吻告了别，还给了他一封长信，要他到了以后交给外婆。她这会儿在家一边做最后的打包工作，一边等着租我们房子的那对夫妻过来。我给理查德买了票，把票交给他，就跟他一起坐在车站的长椅上等着。我们在来车站的路上已经聊过一会

①已出版的英文版本为"南希的外婆"（Nancy's grandmother），应为校对问题。经查阅，原始打字稿中最初为"他的外婆"（his grandmother），指理查德（Richard）的外婆；后修改为"南希的妈妈"（Nancy's mother），"grand"在打字稿中被直接划掉。

儿了。

"你和妈妈会离婚吗？"他这样问。星期六的早晨，路上没什么车。

"能不离就不离。"我说，"我们不想离。所以我们整个夏天都离开这里不见任何人，这就是为什么我们夏天把房子租出去到尤里卡租房子住。我想这也是让你离开的原因。至少是原因之一吧。等你回家的时候，赚的钱该装满口袋了。我们不想离婚。我们这个夏天想单独待一阵，看看能不能解决问题。"

"你还爱妈妈吗？"他说，"她告诉我她还爱你。"

"当然。"我说，"你应该知道的。我们只是有些自己的麻烦和重担，跟其他人一样。而现在我们需要一点时间独处，好把事情解决。不过也别替我们担心了，你就去那儿好好过个暑假，努力工作赚钱。就当度个假，钓钓鱼，想钓多久钓多久。那儿钓鱼很不错。"

"还有滑水。"他说，"我想学滑水。"

"我从来没滑过。"我说，"你也替我多滑一滑，好吗？"

我们坐在汽车站里。他翻着他的年鉴纪念册，我膝上放着一份报纸。然后他的车开始登车了，我们站了起来。我抱着他说："没事的，没事的。你的票呢？"

他拍拍外套口袋，拎起箱子。我陪他进站，走到排队的地方，然后又抱了他一次，亲吻他的脸颊，跟他说再见。

"再见，爸爸。"他说着转过身去，不让我看到他的眼泪。

我开车回家，我们的盒子和箱子已在客厅里放好了。南希在厨房喝咖啡，跟她找来的那对夏天租我们房子的年轻情侣一起。杰瑞和利兹是数学系的研究生，我见过他们，几天前第一次见。不过我们还是握了握手，我喝了一杯南希倒好的咖啡。我们围坐在桌前喝咖啡的时候，南希列好了每个月特定时间的注意事项和待办清单，圈出了月初和月末，告诉他们该往哪里寄信，诸如此类的。南希神色严肃。阳光透过窗帘落到桌子上，上午也渐渐过去了。

终于，一切似乎就位了。我留他们三个待在厨房，开始装车。我们要去的那栋房子自带装修，从盘子到炊具一应俱全，所以也不用从家里带太多东西，一些必需品就行了。

我已经去了一趟尤里卡，在帕罗奥多北部三百五十英里开外，加州的北海岸。三周前我去租下了这栋带装修的房子，是跟苏珊一起去的，她是我现在的情人。我们在小镇边缘一家汽车旅馆住了三个晚上，这三天里我在报纸上找好信息，见了几个房屋中介。她看着我写下这三个月的房租支票。之后我们回到旅馆，她躺在床上，手抚着头说："我嫉妒你的妻子。我嫉妒南希。总听人说'另外那个女人'，说现任妻子才有特权和实权，但我以前没真的懂过，也没在意过。现在我懂了。我嫉妒她。我嫉妒她夏天跟你一起住在那栋房子里的生活。我多希望那是我，是我们。啊，我多希望那是我们。我怎么这么卑微。"她这么说。我摸了摸她的头发。

南希是个身姿挺拔的长腿女人，褐发褐眼，有一种宽厚的精神。但最近我们既难得宽厚，也没了精神。现在和她来往的那个男人是我同事，一个离了婚，穿三件套西装打领带的家伙。他的白发正在变多，酒也喝得多。我几个学生说，他上课的时候手会发抖。他和南希在圣诞节和新年那时候的一个派对上有了关系，就在南希发现我的外遇后不久。这会儿，一切听起来都无聊又俗气——也确实无聊又俗气——但那个春天一切就是这样，耗光了我们所有的能量和精力，让我们无暇顾及其他。四月下旬，我们开始计划把房子租出去，到别处过夏天。就我们两个，争取重修旧好，如果旧好还能重修的话。我们都同意不给我们另外的那个人打电话，不写信，也不用其他方式联系他们。因此我们给理查德做了安排，找了那对情侣看管房子。我也循着地图从旧金山往北开，到了尤里卡，找到一个愿意把一栋带装修的房子租出去的房屋中介，租给一对令人尊敬的中年夫妇过夏天。老天原谅我，我记得自己甚至对那个房屋中介用了"二度蜜月"这个说法，而此时苏珊正在外边的车里抽着烟，翻着旅游小册子。

我把行李箱、背包和纸盒子在后备厢和后座上放好，等着南希在门廊上做最后的道别。她跟他们一一握手，转身朝车子走来。我则向那对情侣挥挥手，他们也向我们挥手。南希上了车，关了门。"走吧。"她说。我把车挂上挡，往高速公路开去。在上高速前的红绿灯那里，我们看见前面一辆刚从高速上下来的汽车，后边拖着断裂的消音器，火星飞溅。"看着点那个，"南希说，"有可能着火。"我们等了一会儿，看着那辆车在紧急停车带上靠边停好才又上了路。

我们在塞瓦斯托波尔附近下了高速，把车停在一家小餐厅旁边。"吃饭和加油"，广告牌上这么写着，我们都笑了。我在餐厅门口停了车，我们进去找了个后面靠窗的位置坐下。点好咖啡和三明治之后，南希把食指搭在桌上，开始描摹桌面的木纹。我点了支烟，望向外面。有什么东西飞快地运动着，好一会儿，我才意识到那是窗边灌木丛里的一只蜂鸟。它急速扇动的翅膀模糊成一片，鸟喙不断探入灌木丛中一朵盛开的花。

"南希，看，"我说，"有只蜂鸟。"

但话音刚落，那只蜂鸟就飞走了。南希张望着说，"哪儿呢？我没看到。"

"刚才还在这儿的。"我说，"看，这里。这应该是另一只。另一只蜂鸟。"

我们一直看着那只蜂鸟，直到服务员端上我们的食物。蜂鸟一下子飞走了，消失在墙壁拐角。

"我想这是个好兆头。"我说，"蜂鸟。蜂鸟是带来好运的。"

"我也在哪儿听说过。"她说，"不知道在哪儿，但我听过。好啊，"她说，"我们需要点好运。不是吗？"

"是个好兆头。"我说，"我很高兴我们在这儿停了一会儿。"

她点点头，过了一会儿，咬了一口三明治。

我们来到尤里卡的时候，天快要黑了。我们经过了高速上的那家汽车旅馆，两周前我和苏珊在那儿待了三个晚上。然后我们下了高速，开上一条能俯瞰整个小镇的山道。我口袋里装着房子的钥匙。我们越过山顶后又开了大概一英里，来到一个有服务站和食品店的小十字路口。前面的山谷树木繁茂，四周有牧场环绕。服务站后的田野里几只牛在吃草。"好一派乡村景象。"南希说，"我等不及想看到房子了。"

"快到了。"我说。"这条路到头。""那个坡上去。""到了。"一分钟后，我这么说着，停进了两侧树篱围绕的长长的车道。"就是这儿了。你觉得怎么样？"那天我们停进车道时，我也是这么问苏珊的。

"真不错。"南希说,"看起来很棒,真的。我们下车吧。"

我们在前院站着,四下环顾了一会儿,走上门廊的台阶。我开了前门的锁,开了灯,我们在屋子里绕了一圈。两间小小的卧室,一间浴室,一个带旧家具和壁炉的客厅,还有一个看得见山谷的大厨房。

"喜欢吗?"我说。

"简直太棒了。"南希说,咧开嘴笑了。"你能找到这儿真是太好了。我们能在这儿真是太好了。"她打开冰箱,一根手指在台面上划过。"谢天谢地,看起来够干净的。我不用再打扫一遍了。"

"床上甚至有干净的床单。"我说,"我检查过了,我确认过。他们租房就是这么租的。枕头也是。还有枕套。"

"我们得买点柴火。"她说。我们这会儿站在客厅里。"像今晚这样的夜里,我们会想生个火的。"

"我明天就去看看柴火。"我说,"我们还可以采购点什么,在镇上逛逛。"

她看着我说:"真高兴我们来这儿了。"

"我也这么想。"我说。我张开怀抱,她靠了过来,我搂住她。我感觉到她在微微发抖,于是捧起她的脸,亲吻她的两颊。"南希。"我说。

"我们能在这儿,真是太好了。"她说。

之后几天，我们安顿下来适应新家，去尤里卡镇上走了走，看看橱窗里的展品，还徒步穿过屋子后面的牧场进入树林里。我们采购了食材，我还在报纸上找到了柴火的广告，打了电话。一两天后，两个长发年轻人开着皮卡送来了一车赤杨木，堆进车棚里。那天夜里吃完晚饭，我们坐到壁炉前喝咖啡，说起养狗的事来。

"我可不想养幼犬。"南希说，"要么我们不得不跟着清洁，要么它们会乱咬东西。没必要受那个罪。不过我的确想养条狗。我们好久没养过了，我觉得在这里能养一条。"她说。

"那我们回去以后，夏天结束之后呢？"我说。我又换了个问法："到城里怎么养呢？"

"到时候再看嘛。这会儿我们先找条狗，找个合适的品种。不亲眼看看我就不知道我想要哪种。我们可以看看分类广告，必要的话还可以去收容所。"尽管我们接着提了好几天，开车经过别人院子时还互相指着我们想要的狗，但最终什么也没发生。我们没有养狗。

南希打给她妈妈，告诉了她我们的住址和电话。据她妈妈说，理查德开始工作了，看起来也很高兴。她自己也不错。我听见南希说，"我们很好。这是一剂良药。"

七月中旬的一天，我们沿临海公路开着车，一个起伏后，看见一些被沙嘴环绕的潟湖，与大海相隔绝。岸边有人钓鱼，两条船漂在水上。

我开到路边，停了车。"去看看他们在钓什么吧。"我说，"说不定我们也能买点装备自己钓。"

"我们好多年没钓鱼了。"南希说，"自从在雪士达山旁露营那次之后就没钓过了。那时候理查德还小，你记得吗？"

"记得。"我说，"我也刚刚意识到我有多想念钓鱼。我们走下去看看他们在钓什么吧。"

"鳟鱼。"我问的时候，那人说，"割喉鳟和彩虹鳟，甚至还有些钢头鳟和三文鱼。冬天沙嘴一开它们就来了，春天沙嘴封闭，就被困住了。要钓这些鱼，这是一年里最好的时候。今天没钓上什么，但上星期日我抓了四条，个个十五英寸长。简直是世间绝味，但也真是好一番折腾。船上那些人今天抓了一些，但我还什么都没有呢。"

"你用什么作饵呢？"南希问。

"什么都行。"那人说，"虫子，三文鱼卵，玉米粒。放出去留在水底，松松线，看着点就行。"

我们又待了一会儿，看那人钓鱼，看船在潟湖上游荡，马达发出恰恰的声响。

"多谢了，"我对那人说，"祝你好运。"

"你也好运。"他说，"你们俩都好运。"回镇的路上，我们在一家体育用品店停下，买了钓鱼证，便宜的鱼竿和卷线器，还有尼龙线、鱼钩、引线、铅坠和鱼篮。我们做好了第二天去钓鱼的准备。

但那天晚上，吃过晚饭洗好盘子，我给壁炉生上火时，南希却摇了摇头，说这些都没用。

"你为什么这么说？"我问，"什么意思？"

"意思就是这些都没用。别骗自己了。"她又摇了摇头。"我明早不想去钓鱼，我也不想养狗。不，不要狗。我想上北边去看我妈妈和理查德。一个人。我想一个人。我想理查德了，"她说着，哭了起来。"理查德是我的儿子，我的宝贝，"她说，"他快长大了，快走了。我想他。"

"还有戴尔，你是不是也想戴尔·施雷德？"我说，"你男朋友。你想他吗？"

"今天晚上我谁都想。"她说，"我也想你。我想你很久了，想你想得厉害。不知怎么的，你就像丢了一样，我说不清。我失去你了。你不再是我的了。"

"南希。"我说。

"别，别。"她说着，摇了摇头。她坐在壁炉前的沙发上，不住地摇头。"明天我要飞去看我妈妈和理查德。我走之后你可以打给你女朋友。"

"我不会打的。"我说，"我没打算这么做。"

"你会打给她的。"她说。

"你会打给戴尔。"我说。我觉得自己这么说差劲透了。

"你想做什么做什么。"她说着，用袖子擦擦眼睛，"我说真的。我不想听起来这么歇斯底里，但我明天要上华盛顿州去。现在我要睡了，我累了。我很抱歉，丹，为我们俩感到抱歉。我们做不到了。今天那个钓鱼的人祝我们俩好运。"她摇摇头，"我也希望我们好运。我们需要好运。"

她进了浴室，我听见浴缸里的流水声。我出了门，坐在门廊台阶上抽烟。天黑了，很寂静。我朝镇子望去，看得见天空中黯淡的亮光，几团海雾在山谷飘荡。我开始想念苏珊。不一会儿，南希从浴室出来，我听见卧室门被关上了。我进了屋，往炉膛里又放了一根木头，等火焰从树皮上冒出来。然后我进了另一间卧室，掀开床罩，盯着床单上的花卉纹样。我冲了澡，换了睡衣，又在壁炉旁坐下。这会儿雾气飘到了窗边。我坐在炉火前抽烟。再看窗外时，有什么东西在雾气中移动。我看见一匹马在前院吃草。

我走到窗前。那匹马抬起头来看了我一会儿，又回去低头扯着草。又一匹马从车旁经过，走进院子开始吃草。我打开前廊的灯，站在窗户那儿看着它们。高大的白马，长长的鬃毛。它们肯定是从附近农场的篱笆或是没上锁的门里跑出来的，不知怎地进了我们的前院。它们嬉戏着，尽情享受这次逃离，但同时也很紧张。从我站的地方，窗户后面，我看得见它们的眼白。它们撕扯草丛时，耳朵不时竖起又耷下。第三匹马游荡进院子，然后是第四匹。一群白马，就在我们的前院吃草。

我进卧室叫醒了南希。她的眼睛红红的，眼周肿着，头上缠着卷发器，床脚的地板上放着打开的行李箱。

"南希，"我说，"亲爱的，过来前院看看。来看这个。你一定得看看这个。你想不到的。快。"

"是什么？"她说，"别伤害我。是什么？"

"亲爱的，你一定得看看。我不会伤害你的。要是吓着你了，对不起。但你一定得过来看看这个。"

我回到另一间房，站在窗前，几分钟后南希进来了，边走边系她的睡袍。她看着窗外说，"天哪，它们太漂亮了。丹，这是哪里来的？真是太漂亮了。"

"应该是附近什么地方跑出来的，"我说，"某个农场。我马上给警察局打电话，让他们查一下马的主人。但我想先让你看看。"

"它们会咬人吗？"她说。"我想摸摸那边那匹，它刚刚看了我们一眼。我想拍拍它的肩。但我不想被咬。我要出去。"

"我觉得它们不会咬人。"我说，"看起来不像是那种会咬人的马。不过你要出去就披件外套吧，外面冷。"

我在睡衣外面套了件外套，等着南希。然后我开了前门，我们俩出门走进院子，和那些马站在一起。它们全都抬起头来看我们，其中两匹低下头，继续扯起了草。另一匹哼哼着退了几步，也埋下头，扯着草咀嚼起来。我揉了揉一匹马的前额，拍拍它的肩，它继续嚼着。南希伸手去抚摸另一匹马的鬃毛。"马儿，你从哪儿来？"她说。"你在哪儿住？马儿，为什么今晚跑出来？"她说着，仍然轻抚它的鬃毛。那匹马看着她，唇间吐着气，又低下了头。她拍拍它的肩。

"我最好给警察局打个电话。"我说。

"现在别，"她说，"再等等吧。我们再也见不到这种情形了，再也不会有马儿在我们院子里了。再等等吧，丹。"

过了一会儿，南希还在外面，从一匹马换到另一匹，拍它们的肩膀，摸它们的鬃毛，直到一匹马走出院子，上了车道，又绕过车子，沿车道走上公路。我知道我不得不打电话了。

不一会儿，两辆警车闪着红灯在雾气中出现。几分钟后，一个穿羊皮外套的家伙开着皮卡来了，后面还拖着马拖车。马匹受惊后退，想要离开，那个带着马拖车的人骂骂咧咧地往一匹马的脖子上套绳。

"别伤着它！"南希说。

我们回到屋里，站在窗外，看两个副警长和牧场主把马赶到一起。

"我去煮些咖啡。"我说，"南希，你要喝咖啡吗？"

"我过会儿告诉你我想要什么，"她说，"我感觉轻飘飘的，丹。我好像喝醉了。我觉得——我说不上来，但我喜欢这种感觉。你去煮点咖啡，我来开收音机找点音乐听听，然后你再把火生上。我太兴奋了，没法睡觉了。"

于是我们坐在炉火前喝咖啡，听尤里卡的深夜电台，聊那几匹马，然后我们说到理查德，说到南希的妈妈。我们跳了舞，几乎没提当下的处境。雾气在窗外弥漫，我们聊着天，彼此带着善意。天快亮时，我关了收音机，我们上床做爱。

第二天下午，等她做好安排，收好行李，我载她去机场。她会从那儿飞去波特兰，当晚再转机到帕斯科。

"代我向你妈妈问好。替我抱抱理查德，告诉他我想他。"我说。"跟他说我爱他。"

"他也爱你。"她说，"你知道的。不管怎样，秋天的时候你都会见到他的，我保证。"

我点点头。

"再见。"她说着，朝我伸出手。我们互相拥抱。"昨天晚上我很高兴。"她说，"那些马。那些话。一切的一切都有帮助。我们不会忘了这些的。"她说着，哭了起来。

"给我写信，好吗？"我说。"我没想过这会发生在我们身上。"我说。"这么多年，我一分钟也没想过。总不可能是我们。"

"我会写信的，"她说，"长长的信，你从没见过的长信，比高中时我常给你写的信还要长。"

"我等着。"我说。

她又看着我，摸我的脸颊。然后她转过身，穿过柏油碎石路，朝飞机走去。

去吧，我的挚爱，上帝和你同在。

她上了飞机，而我留在那里，直到引擎开始发动。一分钟后，飞机开始在跑道上滑行，抬升着飞越洪堡湾，很快变成地平线上的一个小点。

我开车回到那栋房子，在车道停下，看着昨晚留下的马蹄印。草地里有深深的压痕，裂纹，还有成堆的粪便。我走进屋，外套也没脱，就朝电话机走去，我拨了苏珊的号码。

五篇随笔与一篇沉思

我父亲的一生

　　我爸爸名叫克里夫·雷蒙德·卡佛[①]。他的家人叫他雷蒙德，朋友叫他 C. R.。我被叫作小克里夫·雷蒙德·卡佛。我讨厌"小"字。我小时候我爸叫我"青蛙"，这我没意见。但后来，他也跟家里其他人一样，开始叫我"小雷蒙德"。我就这么被叫到十三四岁，直到我声明以后谁再叫那个名字，我都不会答应了。于是他开始叫我"道克"。从那时起直到他去世，也就是一九六七年六月十七日，他都叫我道克，要不然就叫儿子。

　　他去世时，是我妈妈打电话通知的我妻子。我那时离家，正处在人生关口，想进爱荷华大学念图书馆学。我妻子接起电话时，我妈妈脱口而出："雷蒙德死了！"有一瞬间，我妻子以为她说的是我死了。然后我妈妈才说清楚她说的是哪个雷蒙德。我妻子说："谢天谢地，我还以为你说的是我的雷蒙德。"

　　一九三四年，我爸爸走着路，搭着便车，坐着空货车，

---

① 英文为 Clevie Raymond Carver，后文提到的 C. R. 为名字前两部分的缩写。

一路从阿肯色州来到华盛顿州找工作。我不知道他到华盛顿州是不是为了追求梦想。我很怀疑。我认为他没有多少梦想。我相信他只是想找一份收入不错的稳定工作。稳定的工作是有意义的工作。他摘了一段时间苹果，又在大古力水坝①那儿找到一份建筑工的活儿。攒到点钱后，他买了辆车，开回阿肯色州帮他的家人，也就是我的祖父母打包搬去西部。他后来说，他们在那边都要饿死了，这可不是什么修辞手法。就是在阿肯色州那么一段时间，在一个叫利奥拉的小镇上，我母亲在人行道上遇见了刚从小酒馆出来的我父亲。

"他喝醉了。"她说，"我不知道怎么就由着他跟我说话了。他的眼睛亮亮的。我真希望那时我有颗预言水晶球。"他们以前见过一次，在大约一年前的一个舞会上。在她之前，他有过几个女朋友，我妈妈这么告诉我。"你爸总有女朋友，我们结婚后也还有。而他是我的第一个和最后一个。我从没有别的男人。不过我也没错过什么。"

在治安法官的主持下，这个高大的乡村姑娘和这个农夫出身的建筑工人结婚了，就在启程去华盛顿州当天。新婚之夜，我妈妈是在阿肯色州公路旁的帐篷里和我爸爸一家人一起度过的。

---

① 华盛顿州哥伦比亚河上的重力坝。

在华盛顿州的奥马克，我父母住的地方比一间小木屋大不了多少，我祖父母住在他们俩隔壁。我爸爸那时还在大坝上工作。后来，巨大的涡轮机开始发电，蓄水漫延至加拿大境内一百多英里，他站在人群中听富兰克林·罗斯福在工地上讲话。"他一句都没提到那些修大坝的时候死掉的人。"我爸爸说。他有些朋友死在了那儿，阿肯色州来的，俄克拉荷马州来的，还有密苏里州来的。

之后他在锯木厂找到一份工作，在俄勒冈州的克拉茨卡尼，哥伦比亚河沿岸的一个小镇。我在那儿出生。我妈妈有张照片，是爸爸站在工厂门口，一脸自豪地举起我对准相机镜头。我的帽子歪着，系带也快散了，而他把帽子向后推到额上，脸上带着大大的笑容。他是准备上工还是正要下班？这不重要。不管怎样，他有一份工作，一个家庭。那是他意气风发的日子。

一九四一年，我们搬去了华盛顿州的亚基马，我爸爸在那儿做锯锉工，这个工种的技术还是他在克拉茨卡尼学到的。大战爆发时，他获准缓期服役，因为他的工作据说能满足战时之需。军队需要大量加工好的木材，他就保证锯条时时锋利，锋利得能削掉人手臂上的汗毛。

爸爸带我们搬到亚基马之后，他也带他的家人搬到了同一个街区。到四十年代中期，我爸剩下的那一大家子人——他的哥哥、姐姐姐夫、叔叔伯伯、堂亲表亲，还有大部分的远房亲戚和朋友——全都从阿肯色州出来了。这都是因为我爸先出来了。男的在爸爸工作的博伊西·卡斯卡德木材公司干活，女的在罐头厂里分装苹果。没过多久——据我妈妈说——好像所有人都比我爸爸过得好了。"你爸留不住钱，"我妈说，"他口袋被钱烧出了个洞。他总是替别人忙活。"

我清楚记得的第一个住处在亚基马南十五街 1515 号，有一间户外厕所。在万圣夜，或随便哪个晚上，也没什么理由，附近那些十三四岁的小孩儿就会把我们的厕所搬走，放到马路边上去。我爸爸只能找人帮忙，再把它抬回来。有时这些孩子会把厕所搬到别人家院子里去，还有一次他们竟然把厕所点着了。但是，不只有我们家有户外厕所。等我长到懂事的年纪，一看见别人家厕所有人进去，我就朝里面扔石头。这叫"厕所轰炸"。但没过多久，所有人都开始用室内马桶了。突然之间，我们家的厕所变成了邻里最后一间户外厕所。我还记得有一天，三年级的老师怀斯先生载我回家时，我的那种羞愧感：我让他在我家正前面那栋房子停下，声称自己就住那儿。

我记得一天晚上，爸爸很晚才回家，发现妈妈把所有的门都反锁了，他被关在了外面。他喝醉了，不停地拉门，我们能感觉到整个房子的颤动。等他强行打开一扇窗时，她用一只滤锅砸向他的眉心，把他砸晕了过去。我们能看见他就躺在草地那里。之后的几年里，我总是掂起那只滤锅——沉得跟擀面杖似的——想象自己被这种东西砸中脑袋会是什么感觉。

我记得也是在这段时间里，爸爸把我带进卧室，让我在床上坐下，告诉我，可能我得去跟拉冯姑妈住一阵子。我不知道自己做错了什么才一定要离开家生活。不过不管导火索是什么，这事总归或多或少消散了，因为我们还住在一起，我没有真的不得不去跟姑妈或别的什么人一起住。

我记得我妈妈把他的威士忌往水槽里倒。有时候，她会倒光；有时候，如果怕被抓住，她就只倒一半，再往余下的酒里掺水。我自己尝过他的威士忌一次。难喝，我想不到有人会愿意喝它。

在多年的无车生活后，一九四九年或者一九五〇年，我们终于买了车，是一辆一九三八年款的福特。但是才第一个星期，就有根连杆断了，我爸爸只好找人重装了发动机。

"我们开的车是镇上最旧的。"我妈妈说，"他修车的钱够我们买辆凯迪拉克了。"有一次她在车座椅下发现一支不知道是谁留下的口红管，还有一条蕾丝手帕。"看到没？"她对我说，"哪个贱货留在车里的。"

有一次，我看到她端着一锅温水进了卧室，我爸爸在里面睡觉。她把他的手从被子里拿出来放进水里。我就站在门口看，想知道这是在干什么。她告诉我，这样能让他在睡觉的时候开口说话。有些事情她必须得知道，那些她确信他瞒着她的事。

我小的时候，差不多每年，我们都会坐上北岸快车，从亚基马穿越喀斯喀特山脉到西雅图，在万斯酒店住下，去一家我记得叫作"开饭铃餐厅"的地方吃饭。有一次我们还去了伊瓦尔蛤蜊餐厅，喝了一杯又一杯热蛤蜊汤。

一九五六年，我即将高中毕业，那年我爸爸从亚基马的工厂辞了职，在北加州一个叫切斯特的锯木厂小镇接了个活儿。之所以接这个活儿，是因为更高的时薪，也是因为一个模糊的许诺，说他几年内说不定能接任这个新厂里锯锉工的头儿。但我觉得，主要还是我爸爸变得越来越焦虑，只是想去别处碰碰运气。对他来说，亚基马的生活太一成不变了。再加上一年前，他的父母在半年时间里相继去世了。

但就在我毕业几天后，当我和妈妈打包好准备去切斯特时，我爸爸来了封铅笔信，说自己病了好一阵子了。他说不想让我们担心，但他被锯子割伤了。可能有一小块钢片进到血管里去了。总之，出了点事，他说他没法工作了。一起寄来的还有一张没署名的明信片，那边什么人写的，告诉我妈妈，爸爸快要死了，还一直在喝"生威士忌"。

我们到切斯特时，爸爸住在公司的一辆拖车里。我一下子没认出他来。我猜有那么一瞬间，我不想认出他。他瘦得皮包骨头，看上去苍白又困惑。他的裤子穿不住了。他看起来不像我爸爸。妈妈开始哭，爸爸就搂住她，茫然地拍着她的肩，仿佛他也不知道这一切是怎么回事。我们三个开始在拖车里一块儿背负起生活，我和妈妈尽可能地照顾着爸爸。但爸爸病了，他好不了了。整个夏天和秋天的前半段，我都跟他一起在厂里干活。我们早晨起来，听着收音机吃鸡蛋和吐司，然后就带上午餐包出门。早上八点，我们一起走进工厂大门，直到下工才能再见面。十一月，我回到了亚基马，想离我女朋友近一点，那时我已经做了决定，要跟这个女孩结婚。

他在切斯特的厂里工作到来年二月，那天他在工作时倒下了，被送进了医院。我妈妈问我能不能过来帮忙。我搭上一辆汽车，从亚基马到了切斯特，想开车载他们回亚基马。但这会儿，我爸爸不只有身体的病痛，还患有神经衰弱，只是那时我们谁也不知道这病叫这个名字。回亚基马的路上，他一直都不说话，直接问他问题他也不回答。（"雷蒙德，你觉得怎么样？""还行吗，爸爸？"）要说他还有什么反应的话，也就是动动头，或是摊开手，好像在说他不知道，他不在乎。整段旅程和之后将近一个月，他只开了一次口。那时我在俄勒冈一条石子路上高速行驶，消音器松了。"你开得太快了。"他说。

回到亚基马之后，一位医生坚持要让我爸爸去看精神科医生。我爸妈只好去领救济金，当时是这么个叫法，由县里支付这笔钱。精神科医生问我爸爸："总统是谁？"他问了一个他答得上的问题。"艾克[1]。"我爸爸说。但他们还是把他关进了山谷纪念医院的五楼，开始给他做电击治疗。那时我已经结了婚，开始组建自己的家庭。我妻子第一胎临盆进医院时，我爸爸还被关在那儿，就在我妻子上面一层。她分娩后，我上楼把消息告诉爸爸。他们放我通过一道铁门，指给我看父亲在哪儿。他坐在一张沙发上，腿上盖着条毯子。嘿，我想，我爸到底是怎么了？我在他旁边坐下，告诉他，他当爷爷了。过了一分钟，他说："我感觉像个爷爷了。"他就说了这么多，没有笑也没有动。那个大房间里还有很多别的人。我拥抱他，他哭了。

　　无论如何，他从那里出来了。但随后几年他都没法工作。他就在屋里坐着，想搞清楚之后怎么办，想他这辈子做错了什么才沦落成这样。我妈妈找到的工作一个比一个差劲。很久以后，她把爸爸住院和出院后那几年叫作"雷蒙德生病那会儿"。自那以后，"生病"这个词对我来说就再也不一样了。

　　一九六四年，在一个朋友的帮助下，他幸运地被加州

---

[1] 美国第 34 任总统德怀特·戴维·艾森豪威尔的昵称。

克拉马斯的一家工厂雇用了。他一个人搬到了那儿，想看看自己能不能应付。他住得离工厂不远，在一间单间木屋里，跟当年他和妈妈刚搬到西部生活时住得差不多。他给我妈妈写过几封潦草的信，我打给她时，她会在电话里大声读给我听。信里说，他每天都过得险象环生。每天他去上班时，都感觉那是他一生中最重要的一天。但每天，他告诉她，都让第二天轻松了那么一点。他让她替他向我问好。他说他夜里睡不着的时候就想着我，想着我们过去的好时光。最终，那是几个月之后了，他恢复了一点自信。这活儿他干得了，不用担心会再让谁失望。等他确信这一点之后，他就让妈妈过去了。

他那时已经六年没有工作，在那段时间里失去了一切——房子、车、家具、电器，包括那个让我妈妈骄傲和快乐的大冰箱。他也失去了他的好名声——雷蒙德·卡佛是个付不起账的家伙——自尊也没了。他甚至失去了性能力。我妈妈告诉我妻子："雷蒙德生病那会儿我们就睡在同一张床上，但我们什么也没干。他好几次想要来着，但什么也没发生。我倒是不在乎，但是他想要，你明白的。"

那几年里，我努力赚钱养自己的小家，但总有这样那样的原因，让我们不得不搬来搬去。我没法密切地关注我爸爸的生活动向。但有一年圣诞节，我的确找到个机会告诉他我想当作家。他的反应就好像我说我想做整形外科医生。"你准备写点什么？"他想知道。然后像是为了帮我似的，他说："写点你知道的东西。写写那几次我们去钓鱼的事。"我说我会写的，但我知道我不会。"把你写的寄给我看看。"他说。我说我会的，但后来我没有。我没写任何关于钓鱼的事，我也并不认为他特别关心，或者至少明白我那些日子里写的是什么。再说，他也不读书，至少不是我想象中我的那一类读者。

然后他就去世了。我那时和他相隔甚远，在爱荷华城，仍有很多事没来得及说。我没有机会跟他说再见，说我觉得他的新工作干得很棒。说我为他的重新振作感到骄傲。

我妈妈说，那天晚上他下工回家，晚饭大吃了一顿。然后他就自己坐在桌前，喝光了瓶子里剩的那点威士忌——酒瓶藏在垃圾堆里一堆咖啡渣下面，我妈妈过了一两天才发现。然后他起身上床，过了一会儿我妈妈也躺下了。不过夜里她不得不起身去沙发上睡。"他呼噜声太响了，我睡不着。"她说。第二天早上她顺道看了他一眼，他平躺在床上，嘴巴张着，两颊陷了进去。脸色灰白，她说。她知道他死了——不需要哪个医生来告诉她。但她还是打电话叫了一个，然后打给了我妻子。

在我妈妈留下的早年她和爸爸在华盛顿州的照片里，有一张是他站在车前，手里拿着一罐啤酒，一串鱼。照片里，他的帽子推到额上，咧着嘴，脸上挂着那种尴尬的笑。我找她要了那张照片，她给了我，连带着另外几张。我把它挂在墙上，每次搬家，都把它取下来带着，再挂到另一面墙上。我时常仔细地端详它，想通过它稍稍了解我的爸爸，也顺便了解我自己。但我做不到。我爸爸只是离我越来越远，退回到时间之中。最终，又一次搬家时，那张照片丢了。也就是从那时起，我试着回忆它，试着讲述我的爸爸，讲我们之间我觉得重要的那些相似之处。写下这首诗时，我住在旧金山南部一个城区的公寓房里。那时我发现自己和爸爸一样，有了酗酒的毛病。这首诗是我试图和他连接在一起的一种方式。

二十二岁的父亲的照片

十月。在这潮湿又陌生的厨房
我细看父亲尴尬的青年人的脸。
羞怯的露齿的笑，他一手拎着一串
多刺的黄鲈，一手拿着
一瓶嘉士伯啤酒。

牛仔裤牛仔衣，他靠向
前挡泥板，一九三四年的福特。
要姿态恣意，要身形健壮，为了他的后辈

戴上的旧帽在耳侧翘起。
英勇是父亲一生所求。

但他的眼神出卖了他，双手
绵软地奉献着死黄鲈一串
和啤酒一瓶。父亲，我爱你，
但我怎么能说谢谢？我也无法饮酒有度，
甚至不知道去哪里钓鱼。

　　这首诗在细节上是真实的，只不过我爸爸是六月去世的，不像诗里第一个词说的那样是十月。我想找一个不是单音节的词，好让它多一点余韵。除此之外，我还需要这个月份契合我写诗时的感受——一个白昼短暂、天色昏暗的月份，烟雾飘浮在空中，事物枯萎腐坏。六月是夏天的日与夜，是毕业，是结婚纪念日，是我一个孩子的生日。六月不是谁的父亲死去的时节。

　　在殡仪馆的仪式之后，我们出了门，一位我不认识的女士走过来对我说："他在那边会更开心的。"我盯着她看，直到她走开。我还记得她戴的帽子上的那个小装饰结。然后我爸爸的一个表亲——我不知道他的名字——伸出手来握住我的手。"我们都很想念他。"他说，我知道他说的不是客套话。

我落了泪,这还是得知这个消息后的第一次。在这之前我哭不出来,我也没有时间去哭。但现在,突然间,我哭得停不下来。我妻子用她能说的能做的一切安慰我,但我抱着她,在那个夏天的午后泪流不止。

　　我听到人们对我妈妈说着安慰的话,我也很高兴爸爸那边的家人来了,来到他所在的地方。我以为我会记得那天说的所有话、做的所有事,以为有一天我会找到一种方式把它们讲出来。但我没有。我都忘了,差不多都忘了。我能记得的只是那天下午,我频繁地听到我们的名字,我爸爸的名字和我的。但我知道他们说的是我爸爸。雷蒙德,这些人用我童年记忆中美妙的声音不停地说着。雷蒙德。

论写作

　　早在六十年代中期，我就发现自己没法将注意力集中在长篇小说上。有段时间，我读得困难，也写得吃力。我的注意力难以持续，不再有耐心去尝试长篇小说。这段经历说来话长，在这里提起也很没意思。但我知道，我现在选择写诗和短篇小说，和这大有关系。进去，出来，不停留，往下走。又或者是因为那段时间我已年近三十，失去了所有远大的志向。如果真是这样，我倒觉得是件好事。野心加上一点运气，对于作家来说是一种助力。太多的野心和坏运气，或是全无运气，那可就致命了。才华也必须要有。

　　有些作家很有些才气，我没见过哪个作家是毫无才气的。但对事物有独特和准确的看待方式，并能找到合适的语境将之呈现出来，那就另当别论了。《盖普眼中的世界》自然是约翰·欧文眼中的奇妙世界。弗兰纳里·奥康纳有另外一个世界，威廉·福克纳和欧内斯特·海明威眼中也有自己的世界。契弗，厄普代克，辛格，斯坦利·埃尔金，安·比蒂，辛西娅·奥齐克，唐纳德·巴塞尔姆，玛丽·罗宾逊，威廉·基特里奇，巴里·汉纳，厄休拉·勒古恩，他们也都各有各的世界。每一个伟大的作家，甚至每一个好的作家，都会根据自己的规则来重塑这个世界。

我说的这些近似于风格，但也不全是。我说的是作家独特而毋庸置疑的标记，烙印在自己所写的一切作品之上。这是他的世界，仅此而已。要将一个作家同另一个作家区分开来，这是方法之一。才华不是。才华多得是。但如果一个作家拥有独特的视角，并能将之付诸艺术的表达，这个作家的名字或许能留存一段时间。

伊萨克·迪内森说她每天都写一点，不抱希望，不怀绝望。总有一天我要把这话写在三乘五英寸的卡片上，贴在我桌子旁边的墙上。现在我的墙上就有几张三乘五的卡片。"表述的根本准确性是写作的唯一道德。"埃兹拉·庞德说。无论如何这都不该是写作的一切，但如果一个作家拥有"表述的根本准确性"，那么至少说明路没有走偏。

我墙上还有张三乘五的卡片，是契诃夫一篇小说中的半句话："……突然，一切在他眼前明了起来。"我发现这些词句既奇妙又饱含可能性。我喜欢它们的简洁明晰，同时又暗含微妙的启示。它们也带着谜一样的色彩。过去不明了的是什么？为什么又突然间变得明了？发生了些什么？最重要的是——现在呢？结局总是在这种突然的启悟中产生。我能感受到强烈的释然和期待。

我曾无意中听到作家杰弗里·沃尔夫对一群写作课的学生说:"别耍小花招。"这句话也该写到三乘五的卡片上去。我会小小地修改一下,改成"别耍花招"。没了。我痛恨花招。不管是花招还是把戏,拙劣的还是精巧的,只要在一篇小说里露头,我就恨不得找地方躲起来。花招本质上让人厌倦,而我很容易厌倦,也许是我的注意力没法长时间集中的缘故。但是极度精明矫饰的写作,或者仅仅是贫乏愚蠢的写作,都会让我昏昏欲睡。作家不需要花招,不需要把戏,甚至不需要是整条街道上最聪明的人。有时一个作家需要冒着被人当傻子看的风险,单纯站着,在绝对而纯粹的惊异中注视这样或那样的事物——落日,或者一只旧鞋子。

　　几个月前,约翰·巴思在《纽约时报书评》上说,十年前,他小说创作研讨课上的几乎所有学生都对"形式创新"感兴趣,但是现在好像不一样了。他有点担心八十年代的作家又开始写那种家庭作坊式的长篇小说。他担心文学实验会和自由主义一道消亡。每当我发现这种关于"形式创新"的丧气讨论进入我的耳朵,总是会有点紧张。很多时候,"实验"成了一个幌子,用来掩饰写作中的草率、愚蠢和模仿痕迹。更糟的是,它变成了对粗暴对待和疏远读者的一种许可。很多时候,这种写作并不能带给我们关于这个世界的新消息,要么就只是描摹一番荒漠图景,仅此而已——零星的沙丘和蜥蜴，没有人。一个荒无人烟的地方，一个只有少数科学家才感兴趣的地方。

值得注意的是，真正的小说实验是原创的，是来之不易的，是令人欣喜的。但他人观察事物的方式——比如说巴塞尔姆——不应该被其他作家效仿。行不通的。这世上只有一个巴塞尔姆，其他作家如果打着创新的旗号，试图挪用巴塞尔姆那独特的情感表达或场面调度①，只会陷入混沌和灾难，更糟的是自我欺骗。真正的实验者必须像庞德说的那样**创造新意**，在这个过程中为自己去发现事物。不过如果一个作家还没有与自己的神智告别的话，他们也应该与我们保持联系，将自己世界的新消息带到我们的世界来。

在诗歌和短篇小说中，我们可以用普通但精准的语言写平常的事物——一张椅子，一幅窗帘，一把叉子，一块石头，一只女人的耳环——并赋予它们广阔而惊人的力量。我们也可以用看起来无关痛痒的对话让读者脊背发凉——纳博科夫就拥有这种可以带来艺术享受的能力。这种写作最让我感兴趣。我痛恨草率随意的写作，无论它们打着实验的旗号，或仅仅是一种现实主义的笨拙呈现。在伊萨克·巴别尔那篇绝妙的短篇小说《居伊·德·莫泊桑》中，

---

① 原文为法语。

叙述者有这么一段关于小说写作的话："一个恰到好处的句号比任何钢铁都更具刺穿人心的力量。"这句话也该放到三乘五的卡片上去。

埃文·康奈尔曾说，他修改自己的短篇小说时会拿掉所有的逗号，如果过第二遍时重新加上的逗号和原来的位置一样，他就知道，小说完成了。我喜欢这种工作方式。我尊重这样行事的用心。毕竟，字词就是我们拥有的一切，它们最好是妥帖的，和恰当的标点一道，表达它们应该表达的意思。如果字词承载了作家自身无节制的情感，或是因为什么别的原因而不严密或不准确——如果它们在任何意义上模糊不清——那么读者的眼睛会直接从上面略过，什么都不会发生。读者自己的艺术敏感也就完全不会被调动。亨利·詹姆斯把这种不幸的写作叫作"弱规格"写作。

有的朋友会告诉我，他们赶工写书是为了钱，他们的编辑或老婆不是要分钱，就是要分手——总之是为自己没写好辩护。"要是多花点时间在这上面，我能写得更好。"我的一个小说家朋友这么说时，我简直目瞪口呆。放到现在一想，我还是同样的感觉，索性不去想了。这不关我的事。但如果一个作家不能拿出自己全部的本事写好一个作品的话，还写它干吗呢？说到底，用尽全力的满足感和辛勤劳作的成果，是我们唯一能带进坟墓的东西。我想对那个朋友说，看在老天的分上，做点别的去吧。一定还有什么更容易，或许还更诚实的工作能让你赚钱糊口。要不然就倾尽你的能力、你的才华去写，别找理由，别找借口。别抱怨，别解释。

在一篇标题就叫《短篇小说写作》的文章中，弗兰纳里·奥康纳把写作比作一种发现的行动。奥康纳说当她坐下来开始写短篇小说时，她常常不知道要往哪儿走。她说她怀疑没几个作家会在刚开始写的时候就知道自己的方向。她以《善良的乡下人》为例说明自己短篇小说的创作方式，说她直到临近尾声，才知道故事的结局：

> 我刚开始写那篇小说时，并不知道里面会有一个装着条木腿的博士。只是有天早上我正写着两个较为熟悉的女性角色，不自觉就给其中一个人的女儿装上了条木腿。随着故事的展开，我又加了个圣经推销员，不过我也不知道要拿他干吗。直到写到他去偷木腿这个情节前十一二行，我才知道他要去偷。但一旦我发现这就是即将发生的事，我就意识到，这是不可避免的了。

多年前我读到这篇文章时，就对她的——或者无论是谁的——这种写作方式大吃一惊。我以为这是我自己羞于启齿的小秘密，还因为这个多少有点不安。我确信这种写短篇小说的工作方式就是在暴露我自己的短板。我记得读到她的这些话时，我受到了莫大的鼓舞。

我曾经在只想好故事的第一句话时便坐下写作，结果写成了个不错的故事。接连几天，我都在脑子里琢磨这句话："电话铃响起的时候，他正在吸尘。"我知道有个故事在那儿，等着被人讲出来。我能从骨子里感觉到有个故事属于这个开头，我只需要找时间把它写出来。我找到了时间，一整天——要是我想的话我可以工作十二个，甚至十五个小时。我也这么做了。那天早上我坐下写出第一句，剩下的词句便接踵而至。写这个故事像是写诗，一行，一行，再一行。不一会儿，一个故事就成形了，我知道那是我的故事，我一直想写的那个故事。

我喜欢拥有危险感和胁迫感的短篇小说。我觉得故事里可以有点胁迫感，理由之一就是这对小说的销售有帮助。必须有一种紧张的氛围，有什么东西正在逼近，有一些事情永不休止，要不然，多数情况下根本没什么故事可言。在小说中，一部分的张力是由实在的字词创造的，它们连接起来，组成故事中可见的行动。但张力同样也来自那些没写出来的、暗示性的东西，那些隐藏在事物平滑的（有时是破碎动荡的）表象之下的景观。

V. S. 普里切特对短篇小说的定义是"余光一瞥所见"。注意这个"一瞥"。先是一瞥。再是这一瞥被赋予生命，成为照亮此刻之物，或者，要是我们足够好运——又是这个词——这一瞥也许会有更深远的结果和意义。短篇小说家的任务是将他全部的力量投入这一瞥中，充分调用他的智识和文学能力，他的才华，他的分寸感和妥帖感：事物真正的样子，和他感知那些事物的方式——与他人决然不同的方式。而这一切，要靠清晰准确的语言来实现。语言给细节以生命，将故事为读者点亮。细节要具体传神，语言就必须确切精准。有时词句会因精准而显得单调，但它们仍能传情达意。如果运用得当，它们能正中人心。

火

影响是一种强大的力量——境遇、个性，如潮汐一样不可阻挡。我没法谈论可能影响过我的书或作家。对我来说，那种影响，文学的影响，难以精准定位。说我读过的一切都影响了我，就跟说我没受到任何作家的影响一样不准确。比如说，长久以来我一直喜爱欧内斯特·海明威的长篇和短篇小说，但我又认为劳伦斯·达雷尔的作品在英语世界里独树一帜，不可超越。当然，我的写作并不像达雷尔，他自然也谈不上"影响"。也有人说过我的写作"像"海明威，但我不能说他的写作影响了我的。许多作家是我二十多岁才开始阅读并欣赏的，达雷尔是其中之一，海明威也一样。

所以，我不了解文学的影响，对其他种类的影响倒有些看法。我了解的那些影响总是以看似神秘的方式袭来，有时甚至几近奇迹。不过随着我写作的进展，这些影响也在我眼前明了起来。它们是无休止的，过去是，现在也是。是它们将我送往这个方向，让我来到这一小片土地而不是别的地方——比如湖另一边的那块地方。但如果我人生和写作中所受的主要影响是消极、压抑的，甚至常常是带有恶意的——我认为确实如此——我该拿它们怎么办？

让我从一个叫亚多的地方说起，这地方就在纽约州的萨拉托加温泉小镇外。我就在这儿写这篇文章。八月初，一个星期日的下午。时不时地，大概每隔二十五分钟左右，我能听到至少三万人的声音汇集成巨大的声响。这种绝妙的喧闹来自萨拉托加赛马场。一场著名的集会正在这里举行。我在写作，但每隔二十五分钟就能听见解说员的声音从扩音器里传来，播报马匹的名次。人群的呐喊升腾起来。树梢上爆发出巨大的、声嘶力竭的呼喊，越来越高，越来越响，直到马匹冲过终点线那一刻。结束时，我精疲力竭，仿佛自己也参与其中。我能想象手里拿着马票赌赢了，或者差一点就赌赢的感觉。如果最后是终点摄影定输赢，我能预料到一两分钟后，照片冲洗出来、最终结果公布，喊叫会再次爆发。

自从来到这里，初次听到扩音器里解说员的声音和人群激动的呐喊以来，我一直在写一篇设定在埃尔帕索市的短篇小说。我以前在那儿生活过一阵子。这篇小说里讲到几个人去埃尔帕索郊外的赛马场看赛马的故事。我不想说这个故事一直等着我去写它。不是。这么说就变味了。但就这个特定的故事来说，我的确需要些什么推动我把它写出来。当我来到亚多，第一次听到人群的呼喊和扩音器里解说员的声音，埃尔帕索那段时光里一些特定的东西又回来了，唤起了这个故事。我想起我去过的那个赛马场，想起两千英里外的地方曾发生、本该发生、会发生——至少在我的故事里会发生——的一些事。

我就这么写起了我的故事，这也是我说的"影响"的一个方面。当然，每个作家都会受到这种影响。这是最普通的一种影响——这个指向那个，那个指向别的什么。这种影响对我们来说普遍而自然，像雨水一样。

不过在进入正题之前，让我再举例说一种跟上文相似的影响。不久前我住在雪城，正写小说时电话响了。我接了。电话那头是一个男人的声音，明显是个黑人，找一个叫纳尔逊的家伙。我说打错了，就挂了，又回去写我的短篇。但没过多久，我就不自觉地把一个黑人角色写进了故事，他多少有点邪恶，名字就叫纳尔逊。在那一刻，故事转向了。但我现在高兴地看到，那时其实也或多或少意识到了，这个转向是对的。当我开始写那个故事时，我并没有做好会有一个纳尔逊的准备，也并不知道他的存在有什么必要。但在故事完成、即将在全国发行的杂志上发表的当下，我觉得纳尔逊的出现，连带着他邪恶的一面，是正确的、合适的，相信在审美层面上也是恰如其分的。另外，这个角色刚好带着一种贴切感找到了进入我小说的路径，而我也用良好的判断力相信了这种感觉。这一点对我来说也恰到好处。

　　我记性不好。我是说生活中经历的事情，我大半都忘了——这绝对是好事，只不过有大段的时间我说不清楚，也想不起来。生活过的城镇，一些人的名字，还有那些人本身。大片的空白。但有些事我记得。一些小事——什么人用一种特别的方式说了些什么，什么人狂野或低沉而紧张的笑声，一处风景，一个人脸上悲伤或困惑的表情。我也记得一些戏剧化的事情——谁拿起刀怒气冲冲地对着我，或者我听见自己的声音威胁着谁；我看着谁去撞门，或者谁从一段楼梯跌落。那些更富戏剧性的回忆，只要需要，我也能想起来。但我没有那种记忆力，能把一整段对话在当下重现，连带着真实对话中所有的手势和细微之处；我也想不起我住过的任何房间的陈设，更别说一整户的装潢了。甚至一个赛马场里具体有些什么，我也记不住——除了，我想想，一个看台，下注窗口，闭路电视屏幕，人潮。喧闹。我给自己的故事补足对话，按照需要给故事里的人创造环境，把家具陈设放进去。可能这就是为什么有时别人说我的故事朴素，洗练，甚至"极简"。但也许，这不过是必要性和便利性的一种行之有效的联姻，能让我以自己的方式写出这类故事。

　　我写的故事自然没有真的发生过——我也不是在写自

传——但它们大多都和特定的生活事件及处境有相似之处，哪怕只是微小的相似。不过当我试着回想一些和故事场景相关的环境或摆设时（比如当时有没有花，是什么花，有没有散发什么气味），我常常陷入完全的茫然。所以我只能边写边编——故事里的人互相说了什么，这么说之后做了什么，接下来又发生了什么。他们互相说的话是编的，但对话中可能也有一些词，一两句话，是我在这样或那样的时刻，在某个特定场合听来的。这样的句子甚至可能成为我故事的起点。

亨利·米勒在四十多岁时写《北回归线》，顺便说一句，这本书我非常喜欢。那时他说在借住的房间里想办法写作，随时都可能不得不停笔，因为坐着的椅子不知道什么时候会被人从屁股下抽走。直到不久之前，这一直都是我生活的常态。在我的记忆中，从十几岁的时候开始，对于坐着的椅子随时会被抽走的担心就没有变过。年复一年，我和妻子东奔西走，就为了保住头上的一片屋顶，为了桌上能放着面包和牛奶。我们没有钱，没有可见的也就是能赚钱的技能，做不了任何事来改善这种勉强过活的日子。我们没受教育，尽管我们两个人都非常渴望。教育，我们那时相信，会为我们打开几扇门，帮我们找到几份工，让我们过上自己想要和想给孩子的那种生活。我们那时有远大的梦想，我和我妻子。我们以为我们可以埋下头，努力工作，做所有全心要做的事。但我们想错了。

我得说，对我的人生和写作影响最大的，包括直接和间接的，是我的两个孩子。他们出生的时候，我还不到二十岁。我们同住一个屋檐下的十九年里，从始至终，我生活中没有任何一个角落免受他们沉重且时常有害的影响的侵袭。

弗兰纳里·奥康纳在她的一篇文章里说，一个作家二十岁之后的人生里就不需要再发生太多的事了。能写成小说的大多数经历，在这之前就已经发生了。够用了，她说。足够一个作家往后的创作生涯用了。但我不是这样。大部分能让现在的我觉得是小说"素材"的，都在我二十岁之后才出现。我不太记得自己当上父亲以前的生活了。我觉得生活里没发生过什么事。直到我二十岁左右，结婚，有了孩子。然后，事情开始发生了。

二十世纪六十年代中期的一天，我在爱荷华城一个忙碌的洗衣店里，努力洗着五六缸衣服，大多是孩子的，当然也有妻子和我的。那个星期六下午，我妻子在大学的运动俱乐部当服务员，我做杂务、照看孩子。那天下午，孩子们跟其他小孩在一块儿，可能有个生日会。大概是吧。而我那个时候在洗衣服。我刚跟一个暴躁的老太婆吵过，就因为我得多用几台洗衣机。现在我跟她都在等下一轮，可能还有别人也和她一样。我紧张地盯着这个拥挤的洗衣店里正在工作的烘干机。一旦哪台停下来，我就准备带着我那一满筐湿衣服冲过去。要知道，我已经在店里守着一满筐衣服干等了半个多小时，就等一个空当。我之前已经错过了两三台，都被别人抢了先。我快被逼疯了。我说过，我不知道孩子们下午在哪儿。一想到可能还得去哪儿接他们，天又快黑了，我的心态就更糟了。我也知道就算我现在把衣服放到烘干机里，等它们烘干也还要一个多小时，到时候我才能把它们装好，带回我们住的已婚学生公寓里。终于，有台烘干机停了。就停在我面前。里面的衣服停止了翻滚，不再动了。三十秒内，如果没有人来收，我就准备把那些衣服拿出来，把我自己的放进去。这是洗衣店的规矩。但就在这时，一个女人走过来，打开了烘干机的门。我站在那儿等着。她把手伸进去，抓起几件衣服捏了捏。她下了判断：没干透。她关上门，又往机器里加了两枚十美分的硬币。恍惚中，我带着洗衣筐走开了，继续等待。但我记得那时，我在一阵几乎让我掉泪的无望的挫败感中想到，世上所有发生在我身上的事情里，没有一件——兄弟，我是说任何一件，能有一丁点像我有两个孩子这个事实一样，对我这么重要，能产生这么大的不同。他们永远都是我的，永远让我背负无法解脱的责任，承受永无休止的干扰。

　　我在说的是真正的影响。我说的是月亮和潮汐。就像这样，影响施加于我。像是刮开窗户的刺骨的风。在那一刻之前的人生中我一直想，虽然我也说不清具体在想什么，但我想着事情总会好起来——我想要的、想去做的一切都是可能的。但在那一刻，在那个洗衣店里，我意识到这根本不可能。我意识到——我以前都在想些什么？——我人生的大部分都无关紧要，混乱不堪，没多少光亮能透进来。那一刻我感觉到——我明白了——我的生活和我最敬仰的作家的生活大不相同。我所理解的作家，不会在星期六待在洗衣店里，不需要在醒着的每一分钟都被他们孩子的需求和任性牢牢绑住。是，是，也有很多作家的工作受到过比这严重得多的阻碍，比如坐牢、失明，受到这样那样的折磨或死亡的威胁。但我知道这些带不来一点安慰。在那一刻——我发誓所有的一切都发生在那间洗衣店里——我眼前看不见别的，只有年复一年的责任和困惑。世事会变，但不会真的变好。我明白了，但我能受得了吗？那一刻我知道我必须做些调整了。眼光必须得放低些了。后来我意识到，那是一个顿悟。但那又怎么样？什么是顿悟？它们帮不了任何忙。只会让事情更糟。

　　多年来我和我妻子都拥有一种信念：只要我们努力做对的事情，对的事情就会发生。试着把生活建筑在这种信念之上并不是什么坏事。勤劳，有目标，善意，忠诚，我们相信这些都是美德，有一天会给我们回报。我们有时间做梦的时候，就做做梦。但最终，我们意识到勤劳和梦想是不够的。在某个地方，可能是爱荷华城，可能是不久后的萨克拉门托，梦想开始破灭了。

刹那间，每一件我和妻子认为神圣可敬的事，每一种精神价值，都完全破碎了。可怕的事情出现了。我们从没见到这种事在别的家庭出现过。我们也不能完全理解发生了什么。那是一种侵蚀，而我们无力阻止。不知道怎么回事，趁我们不注意，孩子们坐上了驾驶席。我知道现在听来这很疯狂，但缰绳是他们的了，鞭子也是他们的了。我们根本料不到会发生这种事。

在那些养育孩子的残酷年月里，我常常没有时间也没有心力去写任何长篇的东西。我生活的状态不允许我这么做，就像 D. H. 劳伦斯写的那样，"不能松懈，举步维艰"。身边有两个孩子的处境命令我去做别的事。它说，如果我还想写并且写完任何东西，如果我还想体会任何作品完成的满足感，就只能继续写短篇小说和诗。这些短小的作品我坐下来就能写，运气好的话能写得快，也写得完。我很早就知道我写不来长篇小说，早在搬到爱荷华城之前就知道，因为焦虑让我没办法将注意力持续集中在任何事情上。

现在看来，那饥渴的几年正逐渐把我逼疯，让我绝望。总之，那种状态在所有层面上决定了我可能的写作形式。别误会，我并不是在抱怨，只是怀着一颗沉重而仍旧不知所措的心陈述一些事实。

哪怕我当时能沉下心，专注于长篇小说或别的什么，我也没法去等一个几年后、在路的尽头才能得到的回报，如果真能有回报的话。我看不到眼前的路。我得坐下写些我现在就能写完的，写些今晚或者最迟明晚就能写完的，要赶在下了班之后，失去兴趣之前。那时候我常常干些烂活，我妻子也一样。她要么做服务员，要么挨家挨户上门推销。好多年后她去教高中。但那是好多年后了。我做过锯木头的活，保洁的活，外卖的活，加油站的活，仓库的活——你能说出来的，我都做过。有一年夏天，在加州的阿克塔，为了赚钱，我白天摘郁金香，我发誓这是真的，晚上等一家汽车餐厅关了门就进去做清洁，还要打扫他们停车的地方。有一次我甚至想过，至少在申请表就摆在我面前的那几分钟里想过，要去做个收账的！

那个时候，如果在下了班做完家务之后，我一天还能挤出一两个小时给自己，就算很不错了。那就算是天堂了。有那一个小时会让我很高兴。但有时，因为这样那样的原因，我没法拥有那一个小时。那时候我就会盼着星期六，尽管有时星期六也会因为什么事情泡了汤。但还有星期天可以指望。星期天，也许。

我没法想象自己用这种办法写长篇小说，换句话说，根本没有办法。在我看来，写长篇小说的作家必须生活在一个有意义存在的世界里，一个他们可以相信、理解进而准确描绘的世界里。一个至少在一段时间内能稳定在一处的世界里。除了这些，作家还得对这个世界最根本的正确性有一种信念，相信这个已知的世界有理由存在，值得书写，并且不会在写作的过程中灰飞烟灭。而这不是我了解和生活的世界。我的这个世界好像每天都在变速，变向，改变规则，每一天。我一再陷入最多只能看见和规划到下个月头一天的境地，只能用尽一切办法凑钱来付清房租，来给孩子们买校服。真的。

我想在我身上看到实实在在的所谓文学实践的成果。不要什么欠条或者允诺，不要什么定期存款。所以我有意识地把我的写作限制在坐下来之后一次就能写完的事情上，最多两次，这是必要的。这里我说的是初稿写作，对修改我总是很有耐心。那时候，我总是高兴地期待着修改，因为我乐意让它占用我的时间。从某方面来说，我并不急着完成我正在创作的短篇小说或诗歌，因为一旦完成，就意味着我得再找时间和信念去开始写别的作品。因此我对初稿完成后的作品有极大的耐心。我好像会把作品留在身边很长一段时间，摆弄着，改改这个，加点那个，再删点别的什么。

这种碰运气的写作方法持续了将近二十年。当然，也留下了一些美好的时光，一些为人父母才能体会的成人的喜悦和满足。但如果要我再来一遍，我宁愿服毒。

如今，我生活的境遇已大不相同，但现在的我选择写短篇小说和诗。至少我觉得是这样。也许这完全是因为那时留下的写作习惯，也许我还不能适应自己有大把时间做事——做任何我想做的事！——而不用担心椅子会被人从屁股下面猛地抽走，担心哪个孩子会因为晚饭没有按他们的心意准备好而开始撒泼。不过这一路我也明白了不少事情。我明白了过刚易折。而有时候，不刚也会折。

我还想聊聊另两个对我的人生产生过影响的人。一个是约翰·加德纳。一九五八年秋天，我在奇科州立学院[1]注册了一门小说写作入门课，他就是我的老师。我和我的妻子孩子那时刚刚从华盛顿州的亚基马搬到了加州一个叫天堂镇的地方，就在奇科十英里开外的小山丘上。我们是冲着廉价的房租去的，当然，那时我们也觉得搬到加州是一场大冒险。（那段时间和之后很长一段时间里，我们总是准备着冒险。）我的确得工作，赚钱养家，但我也打算在学校

---

① 现加州州立大学奇科分校。

选点课，半工半读。

加德纳当时刚从爱荷华大学毕业，获得了一个博士学位，我知道他还有些没发表的长篇和短篇小说。我从没碰到过任何写长篇小说的人，不管是发表了小说的，还是没发表的。上课第一天，他带我们出了教室，在草坪上坐下。我记得一共有六七个人。他走动着，问我们喜欢读哪些作家。当时提到的人我一个都想不起来了，但我们肯定都没说对。他说他觉得我们中没有任何人有成为真正的作家的资质——在他看来，我们谁都没有心里必须有的那团火。但他说会尽他所能来帮我们，尽管他显然也没指望有什么结果。不过这也意味着，一段旅程即将开启，我们最好抓牢帽子。

我记得另一节课上，他说他不准备提到任何一份发行量大的杂志，除非是为了嘲讽它们。他会带一摞"小"杂志来，一些文学季刊，让我们读那上面的作品。他说全国最好的小说都在那上面发表，最好的诗歌也是。他说他在这儿的任务就是告诉我们去读哪些作家，怎么去写作。他惊人地自负。他给我们列了一个单子，上面是一些他认为有价值的小众杂志。他跟我们一起过了一遍，每份杂志都介绍一二。当然了，我们中没有一个人听说过这些杂志。我是第一次知道它们的存在。我记得那段时间，好像是在一次会议上，他说作家是天生的，也是后天的。（真的吗？天哪，我到现在也不知道。我想每个教创意写作并且严肃对待这份工作的作家多少都得相信这一点。音乐家、作曲家、视觉艺术家都能有学徒时期——作家怎么不能有？）我那时很容易受影响，我想现在仍然如此，但那时他说的和做的每一件事都给了我极深的影响。他会在我早期的小说练习中挑出一篇跟我一起读。我记得他十分耐心地想让我明白他试图让我看到的东西，一遍一遍地告诉我用妥帖的字词来表达我想表达的意思是多么重要。不要暧昧，不要模糊，不要烟色玻璃式的散文。他也一直对我念叨语言的重要性，要运用——我不知道用别的话怎么说——平实的语言，正常说话的语言，我们用来交谈的语言。

　　不久前，我们一起在纽约州的伊萨卡吃晚饭，我向他提起当年我们在他办公室里的一些谈话。他回答说，他告诉我的一切都可能是错的。他说："我对很多事情的看法都变了。"但我只知道那些日子里他给出的建议恰恰是那时的我需要的。他是个出色的老师。在人生的那段时间里，有一个人能那么认真地对待我，能坐下来跟我一起看我的稿子，这对我来说是一件很棒的事。我知道有什么重要的事正在我身上发生，一件要紧的事。他让我意识到，只把想说的话准确地说出来是多么重要，不使用"文学"的辞藻和"伪诗意"的语言是多么重要。他会试图向我解释比如"一只草地云雀的翅膀"（wing of a meadowlark）和"草地云雀之翅膀"（meadowlark's wing）的不同。不一样的声音和感觉，对吗？再比如"地面"（ground）和"大地"（earth）。地面就是地面，他说。意思就是地面，灰尘，这一类的。但如果你说"大地"，那就是另外的东西了，那个词别有枝杈。他教我在写作中运用缩略形式。他帮我明白怎么用最少的字数说想说的话。他让我看到短篇小说中的任何一切都是绝对重要的。逗号和句号的位置也是重要的。我永远感激他，为这样和那样的事情，为他给我他办公室的钥匙让我周末有地方写作，为他容忍我的莽撞和一贯的胡言乱语。他对我产生了影响。

十年后我还活着，还和我的孩子们住在一起，还偶尔写写小说和诗歌。我把偶尔写的一篇小说发给《时尚先生》，想着这样能忘掉它一段时间。但这篇小说被退了回来，附了一封当时杂志的小说编辑——戈登·利什的信，信上说他把这篇小说退回来了。他没有为退稿而抱歉，没有"不情愿"地退回来，而是直接退稿了。但他说想看看其他的。于是我马上把所有的作品寄给了他，他也马上把所有的作品退了回来。不过和我寄给他的作品一道寄过来的，又是一封友好的信。

那时是七十年代初，我和家人一起住在帕罗奥多。我三十出头，有了第一份白领工作——在一家教材出版社当编辑。我们住的房子后面带着个旧车库，以前的房客在那儿建了个娱乐室。每天晚上吃完晚饭，只要有机会，我就去车库里试着写点什么。要是写不出，这也是常事，我就在那儿自己坐一会儿，庆幸自己能远离房子里似乎永远失控的吵闹。但我当时正写着一篇叫"我的邻居"（*The Neighbors*）的短篇小说。终于写完之后，我把它寄给了利什。他的回信几乎马上就来了，告诉我他有多喜欢这篇小说，说他准备把题目改成"邻居"（*Neighbors*），正推荐杂志把这篇小说买下来。小说被买了下来，发了出来，对我来说，一切都不一样了。不久，《时尚先生》买下了另一篇，又一篇，一篇接一篇。詹姆斯·迪基在那段时间成了杂志的诗歌编辑，他也开始接受并发表我的诗。从某方面来说，情况再好不过了。但孩子们那时像吠叫的猎狗一样对我穷追不舍，像我那时听见的赛马场的人群一样扯着嗓子喊，要把我生吞活剥了。我的生活很快改变了方向，一个急转，在一条岔路上猝然停下。我哪儿也去不了，不能退后，没法向前。也就是这时，利什把我的一些小说结成集，交给麦格劳希尔公司出版。那时的我还停在岔路上动弹不得，就算心里曾有团火，也已经熄灭了。

影响。约翰·加德纳和戈登·利什的影响无法磨灭。我的孩子们也一样。他们的影响是最大的。他们是我生活和写作的原动力和塑造者。你能看到，我仍然在他们的影响之下，虽然如今的日子清净了不少，寂静得刚刚好。

约翰·加德纳：作为老师的作家

　　很久以前——那是一九五八年夏天——我和妻子带着两个年幼的孩子从华盛顿州的亚基马搬到了加州奇科市外的一个小镇上。我们在那儿找了栋老房子，每个月付二十五美元房租。为了筹出这笔搬家的费用，我不得不从一个药商那儿借了一百二十五美元，他叫比尔·巴顿，我曾经帮他跑腿送过药方。

　　提起这件事我是想说，那时我和妻子身无分文。我们只能勉强维持生活，可我还计划着去那时还叫奇科州立学院的地方修一些课。但在我的记忆里，很早以前，早在我们搬到加州追求新生活、追求属于我们的那一片美国派之前，我就想当一个作家。我想写作，什么都写——小说是当然的，但还要写诗歌、剧本、脚本，要写文章给《运动去远方》《真实》《大船》《恶棍》（一些我当时正在看的杂志），要写稿件给地方报纸——总之，任何涉及把字词组织成连贯的整体并能让除我之外的其他人感兴趣的东西。但我们搬家那会儿，我从骨子里觉得我得去受点教育，这样才配成为一个作家。我那时对教育高度重视——我确信比现在重视得多，不过那是因为现在我老了，也受过教育了。要知道，我家里从没有人上过大学，说起来甚至没有一个过了八年义务教育还往上读的。我什么也不知道，但我知道自己什么也不知道。

跟这种受教育的渴望同时存在的是一种非常强烈的写作欲。这欲望是那么强烈，它和大学时我受到的鼓励、获得的领悟一起，让我一直写下去，哪怕"良好的判断力"和"冰冷的事实"——我生活的"现实"——一再告诉我，我应该停笔了，不能再做梦了，应该安静地去找点别的事做了。

那年秋天在奇科州立，我选了大多数新生会选的几门课，但同时也选了门叫"创意写作基础入门"的课。教那门课的是一个新来的老师，叫约翰·加德纳，他身上已然围绕着些许神秘浪漫的色彩：听说他之前在欧柏林学院教过书，不知道为什么又离开了。有个学生说加德纳是被开除的——学生们跟其他人一样，在传言和阴谋中茁壮成长——另一个说加德纳只是因为某种变故辞了职。还有人说他在欧柏林每学期要教四五个班的大一英语课，教学任务太重了，搞得他找不到时间写东西。听起来，加德纳是一个真正的，也就是仍在写作的作家——一个写过长篇，也写过短篇小说的作家。总之，他要在奇科州立教创作基础入门，而我选修了。

选上一门真正的作家教的课让我很兴奋。我以前从没见过作家，因此心怀敬畏。但那些长篇和短篇小说都在哪儿呢？我想知道。噢，都还没发表呢。听说他没能发表他的作品，就随身带在盒子里。（成为他的学生之后，我看到了那几盒子书稿。那时加德纳注意到我没地方写作，他知道我孩子还小，在家备受束缚，就把他办公室的钥匙给我了。如今我把这个礼物视为一个转折点。这礼物不是随便给的，我也接受了，像接受一种使命——也的确是。每个星期六和星期天我都会在他办公室待上一阵，他那一盒盒手稿就在那里，堆在书桌旁边的地上。用油性铅笔写好、放在其中一个盒子里的《镍币山》，是我唯一记得的标题。但就是在他的办公室里，面对着满目未出版的书稿，我开始了最初的严肃写作尝试。）

　　我第一次见到加德纳时，他坐在女子健身房登记处的一张桌子后面。我在学生名单上签了名，拿到了一张课程卡。他跟我想象中作家的样子毫不相像。实际上，他的外表和衣着像个长老会的牧师，要么就是联邦调查局的人。他总是穿黑西装，白衬衫，打领带。留着平头。（大部分跟我一般大的年轻人都留着所谓的"DA"头——"鸭屁股"头——就是把头发沿头两侧向后梳到脖颈，再打上发油或发膏固定。）我是想说加德纳看起来非常老派。给这种印象添砖加瓦的还有他开的黑色四门雪佛兰，黑壁轮胎，车上没有任何娱乐设施，甚至没有车载收音机。等我跟他熟起来，收下钥匙频繁地用他的办公室工作之后，我会在星期天的早晨坐在他窗边的桌子前，在他的打字机上一顿猛敲。但他的车在前面的街上减速停下时我会看着，每个星期天都是这样。加德纳和他的第一任妻子琼会从车里出来，穿着他们庄重的深色衣服，沿着人行道走向教堂，进去做礼拜。一个半小时以后，我也会看着他们出来，他们沿着人行道走向他们的黑车，坐进去开走。

加德纳留平头，穿得像牧师或是联邦调查局的人，星期天去教堂。但他在其他方面并不守旧。他第一天上课就破了规矩，他是个大烟枪，在教室里也一直抽烟，用一个金属垃圾桶当烟灰缸。那年头，没有谁在教室里抽烟。一个跟他共用教室的老师举报了他，加德纳只是评论了两句那人的小气和狭隘，就打开了窗，继续抽烟。

他对班上短篇小说写作者的要求是写一个故事，十到十五页。对想写长篇的人——我想那时应该有一两个这样的人——二十页左右的一个章节，加上余下部分的大纲。难的是这一篇短篇小说，或长篇小说的这一章，可能得在整个学期里改上十遍才能让加德纳满意。他的基本信条是，一个作家只有在持续不断的过程中才能看见自己想说的是什么。而看见，或者看清，必须通过修改达成。他信奉修改，无休止的修改。这件事如此贴近他的心，在他看来这是对于作家，无论处于哪个阶段的作家都生死攸关的大事。他似乎也从未对重读学生的习作失去耐心，哪怕他可能已经见过这故事之前的五生五世了。

　　我认为他一九五八年对短篇小说的看法和他一九八二年的看法大体接近。得有一个清晰可辨的开头，中段，还有结尾。有时他会在黑板上画图来阐释他对故事中情绪起伏的观点——高峰、低谷、高原、结局、收场，诸如此类。尽管我做了尝试，仍然没法对这方面提起太大的兴趣，也没法真正理解他写在黑板上的东西。不过我真正理解的，是他在课堂讨论中对学生习作的评论方式。比如，一个作者写了一个残疾人的故事，却直到最后才点破这个人跛了足的事实。这时加德纳会大声质疑作者的动机。"读的人到最后一句才知道这人瘸了腿，你觉得这样很聪明是吗？"他的语调传达了不赞同，而班上的每一个人，包括那个故事的作者，都在一瞬间明白过来，这并不是个好策略。任何向读者隐瞒重要和必要的信息并期望以这种结尾处的惊异来赢得读者的策略，都是作弊。

　　在课上，他常常提及一些我不熟悉的作家。有些我即使知道名字，也没读过他们的作品。康拉德。塞利纳。凯瑟琳·安·波特。伊萨克·巴别尔。沃尔特·范·蒂尔堡·克拉克。契诃夫。霍特森·卡希尔。柯蒂斯·哈纳克。罗伯特·潘·沃伦。（我们读过沃伦的一个短篇，叫《春寒》①。因

---

① 原文为 *Blackberry Winter*，又译《黑莓之冬》。在英文中，指春末的低温时期。

为这样那样的原因，我对它并不上心，也这么告诉了加德纳。"你最好再读一遍。"他说。这不是玩笑话。）威廉·加斯是他提到的另一个作家。加德纳那时正筹办他的杂志《MSS》，准备在第一期上发表加斯的《佩德森家的小孩》。我读了故事手稿，读不懂，就又向加德纳抱怨。这次他没要我重读，只是把手稿拿走了。他像聊家常一样聊起了詹姆斯·乔伊斯、福楼拜，还有伊萨克·迪内森，好像他们就住在尤巴城的街区里似的。他说："我在这儿除了教你们怎么写，也告诉你们该读谁。"下课后我会带着茫然离开，直奔图书馆找他提到的那些作家的书。

那时海明威和福克纳正统治文坛，但他们的书加在一起，我可能最多也只读过两三本。总之，他们那么有名，又总是被人提起，他们不可能真的那么好，对吧？我记得加德纳跟我说："先把所有你能找到的福克纳的作品全读了，再把海明威的读完，把福克纳从你的系统里清出去。"

他向我们介绍那些"小"期刊，也就是文学期刊。有一天他带了一盒子这种杂志来上课，让我们传阅，让我们熟悉它们的名字、样子，以及拿在手上的感觉。他告诉我们国内大部分最好的小说和几乎所有的诗歌都涌现在这里。小说、诗歌、散文随笔、新书书评，还有活的作家对活的作家的评论。那时候的我因为这些发现欣喜若狂。

他为班上我们这七八个学生订购了厚重的黑色活页夹，

让我们把写好的作品放进去。他说他自己的作品也是放在这种活页夹里，于是也为我们准备了。我们带上装着自己故事的文件夹，感觉自己独特、出众、与众不同。我们也确实如此。

我不知道加德纳怎么跟别的学生讨论他们的作品，我猜他为所有人都很花心思。但就我当时和现在的印象来说，那时他对待我的故事格外认真，阅读得也格外仔细，远远超过了我所能奢望的程度。我对他给我的那种评论毫无准备。在我们讨论之前，他就在我的故事上圈点好了，划掉了他无法容忍的句子、短语、单词，甚至一些标点；并让我明白，这些删减是无可置疑的。另一些地方，他会用括号括起一些句子、短语、单词，这些地方是可以讨论的。他也会毫不犹豫地在我写的东西上面加点什么——这里一个词，那里一个词，要么加几个短语，要么添一句话，把我的意思说明白。我们讨论我小说中的逗号，好像世上没有什么比这更重要的东西了——的确如此，没有。他也总是去找作品中的闪光点。一个句子，一行对话，一段叙述，要是他喜欢，或者觉得"能行"，能把故事朝理想的或是出人意料的方向推进，他就会在空白处写上"不错"，或者"好！"，这些评论总是让我倍感振奋。

他给我的评点十分细致、逐字逐句。他告诉我他为什么这样评点，为什么这里得这样，不能那样。这些在我成为作家的道路上弥足珍贵。在对文本进行这样的细聊之后，我们会讨论作品中一些更宏观的问题：想要揭示的"问题"，试图克服的矛盾，以及故事本身是否契合小说写作的大框架。他坚信，如果小说词句的含混不清是作者的迟钝、粗心或情绪化造成的，这个故事会带有严重的残疾。但还有更糟的，还有不惜一切代价也要避免的：如果词句和情感不真诚，如果作者假意去写一些他不在乎也不相信的事，那么也没有任何一个人会在乎。

作家的价值和技艺。这是他教授的，也是他所代表的。在那短暂但至关重要的时光之后，许多年来，我始终将它们带在身边。

加德纳在一九八二年九月十四日猝然离世，他在此前完成的《成为小说家》，在我看来是对于什么是作家、如何成为作家、如何保持作家身份的一份智慧且坦率的阐述。它立足常识，视野广阔，有着一套绝不妥协的价值观。任何人读来，都会被作者纯粹而不屈的诚实，被他的幽默和高尚折服。留心的读者会注意到，作者在书中一直在说："就我的经验来说……"就他的经验来说——也就我当创意写作老师的经验来说——写作的一些特定方面是可以教授、传递的，通常可以传授给更年轻的作家。这种看法应该不会让任何对教育和创造性行为有真正兴趣的人感到惊讶。大多数优秀甚至是伟大的指挥家、作曲家、微生物学家、芭蕾舞者、数学家、视觉艺术家、天文学家，乃至战斗机飞行员，都是从更年长、更有成就的实践者那里学到本事的。上创意写作课跟上陶艺课和医学课一样，并不会让人直接变成伟大的作家、陶艺家或医生——甚至可能不会让人对这些事变得擅长。但加德纳坚信，它同样不会减损你成为作家的可能性。

教写作课和上写作课的危险之一——这又是就我的经验来说了——在于对青年作家的过度鼓励。但我从加德纳那里学到的是去承担这种风险，别犯因噎废食的错误。他给予，不断地给予，即便对那些生命轨迹疯狂变动的人也是如此：渴求知识的年轻人就会这样。和试图进入其他领域的年轻人相比，一个年轻的作家真的需要同等，要我说甚至更多的鼓励才行。不用说，这种鼓励必须是坦率的，绝不能夸大其实。这本书尤为可贵的，便是其中鼓励的质量。

对所有人来说，失败和希望破灭都是常事。对生活的巨轮沉没的恐惧，对事情不按计划进行的担忧，总会在这样或那样的时刻击中我们。十九岁之前，你就差不多知道自己不会成为什么样的人了。但更常见的是，这种对于自身局限的认知，这种真正深入骨髓的理解，发生在青年时期即将结束，或中年阶段刚刚到来的时候。没有任何一个老师、任何程度的教育能让一个本质上无法成为作家的人成为作家。但任何人从事某种职业，或听从某种召唤，都面临挫折与失败的风险。有失败的警察、政治家、将军、室内设计师、工程师、公交车司机、编辑、文学代理人、商人、编织篮子的手艺人。也有失败的、幻灭的写作课老师，失败的、幻灭的作家。约翰·加德纳两者都不是。原因就藏在《成为小说家》里。

我欠他太多，只能在这篇简短的文字中触及一二。我很想他，比我说的更想。但能得到他的评价和慷慨的鼓励，我觉得自己是最幸运的人。

友谊

左起：托拜厄斯·沃尔夫，雷蒙德·卡佛，理查德·福特

好家伙，这几个人可真开心啊！他们在伦敦，刚刚在座无虚席的国家诗歌中心举行完朗读会。到现在，他们已经被英国报刊杂志的评论家和审稿人们叫了一阵"肮脏现实主义作家"了，但福特、沃尔夫和卡佛没太当真。他们拿它开玩笑，就像拿很多别的东西开玩笑一样。他们不觉得自己是什么组织的一部分。

没错，他们是朋友。没错，他们的作品中有一些共同的关注点。他们也有很多共同的朋友，有时在同一本杂志上发表作品。但他们并不认为自己属于某种运动，或是这种运动的先锋。他们是共度好时光的朋友和作家，在一起感念所拥有的一切。他们知道所得的一切中有运气的成分，也知道自己是幸运的。但他们像别的作家一样自负，觉得自己值得所有降临在自己身上的好运气——尽管当好运来临时，他们也常常感到吃惊。他们已经产出了几部长篇小说、几部短篇小说集和诗集，还有中篇小说、散文、报刊文章、剧本和评论。但他们的作品，还有他们的个性，就像海风和盐水一样不同。正是这些不同，和他们的相似之处一起，和一些别的难以定义的东西一起，让他们成了朋友。

纽约州的雪城（沃尔夫），密西西比州的科厄霍马（福特），还有华盛顿州的安吉拉斯港（卡佛）。他们没有回到自己该在的这些地方，而是在伦敦共度这重大的时刻，是因为他们都有书要在英格兰出版，前后脚而已。他们的书并不怎么相像——至少我没觉得像——但这些作品确实有相通的地方，我认为，它们都难得地好，对世界都是重要的。哪怕有一天我们不再是朋友了——老天保佑，这不会发生——我也仍然会这么觉得。

再次看到这张三年前在伦敦的小说朗读会后拍摄的照片时，我的心动了，差点被骗得相信友谊是一件地久天长的事。在某种程度上，这话说得不错。此刻，很显然，照片里的朋友们共同享受着美好的时光。他们唯一认真思考的就是摄影师什么时候收工，好让他们能离开这里去别的地方潇洒快活。他们为傍晚做好了安排，不想让时间早早结束。他们并不怎么期待深夜、疲乏，不期待事情平缓或突然地慢下来。事实上，他们很久没有见面了。他们如此享受在这好时光里相聚，释放自己——简单来说，做朋友，他们愿意一切就这样继续下去。永远这样。他们会的。就像我说的，在某种程度上，这话说得不错。

他们无法左右的是死亡。在这张照片里，这是他们最不容易想到的东西了。但在他们独处时，而不是像在伦敦那样开心地相聚时，死亡从未从他们的头脑中远离。会收场的。结局会到来的。人的生命会结束。可能照片中的两个朋友会不得不注视着另一个朋友的遗骨——遗骨，当那个时刻到来的时候。这想法让人悲伤，也让人害怕。但如果不想埋葬你的朋友，唯一的办法就是让他们埋葬你。

我在想到友谊时，却思考起这么一件令人沮丧的事情，那就是在至少一个方面，友谊就像婚姻——另一个共筑的梦，参与其中的人必须信仰它，信任它，相信它会永远继续下去。

和朋友在一起就像和爱人、情人一样：你记得你们是什么时候、在哪儿遇见的。我是在达拉斯的希尔顿酒店大堂里被人介绍给理查德的，那会儿有十来个作家和诗人在那儿吃住。我们共同的朋友——这里有张关系网——诗人迈克尔·瑞安邀请我们到南卫理公会大学参加一个文学节。但直到在旧金山上飞机那天前，我都不知道自己是不是有勇气飞去达拉斯。六年来，我靠酒精度日，在这种毁灭性的放纵之后，几个月前才刚刚戒了酒。这是我第一次冒险探出巢穴，我清醒着，也战栗着。

而福特散发出一种自信。他举止优雅，衣着不俗，说话泰然、优雅，充满南方气质。我想我很敬仰他。可能我甚至想变成他，因为他身上有我所没有的一切！总之，我才读完他的小说《我的一片心》，我很喜欢，也很高兴能有机会这样告诉他。他也对我的短篇小说表现出热情。我们本还想多聊聊，但那天晚上很快就散场了，我们得离开，就又握了次手。不过第二天一早，我们又在酒店的餐厅遇见，在一张桌上吃了早饭。我记得理查德点了烤软饼、乡村火腿，还有粗燕麦配一碗肉汁。他会对女侍者说"是的，女士""不了，女士""谢谢，女士"。我喜欢他说话的方式。他还让我尝了他的粗燕麦。我们整顿饭都在交谈，离开的时候感觉彼此相识已久，像人们常说的那样。

之后的四五天里，我们能待在一起就待在一起。最后一天告别时，他邀请我去普林斯顿看他和他妻子。我估计我去普林斯顿的机会说好听点也是微乎其微，但我说我期待那一天。不过我知道我交了个朋友，好朋友。那种你能为他义无反顾的朋友。

两个月后，一九七八年一月，我发现自己身处佛蒙特州的普兰菲尔德，在戈达德学院的校园里。托比·沃尔夫住在我隔壁，看上去焦虑又惊恐，我当时肯定也一样。他那牢房一样的屋子挨着我的，就在一栋该死的简陋的危楼里，这栋楼以前是给那些不想接受普通大学教育而选择来这里的富家子弟住的。我和托比两个人要在这儿住两周，回家后还要和五六个研究生保持邮件联系，教他们写短篇小说。当时的气温是零下三十六华氏度[①]，地上的积雪有十八英寸厚。普兰菲尔德是全国最冷的地方。

　　在我看来，没有谁会比我和托比更想不到自己会在一月前往佛蒙特的戈达德学院。托比会去，纯粹是因为本来要去的那位作家在最后一刻因病取消了行程，推荐了托比来替他。而这个项目的主任艾伦·沃伊特不但邀请了素未谋面的托比，奇迹中的奇迹是，她还给了我这个仍在康复早期阶段的酒鬼一个机会。

　　在这栋简易楼房里的头两个晚上，托比失眠了，睡不着。但他并没有抱怨，反而开玩笑说是自己放弃了睡眠，这点我很喜欢。我觉得我也被他吸引了，被我感受到的他的脆弱感所吸引。某种程度上来说，他甚至比我更脆弱，这就很说明问题了。和我们相伴的有作家和教师同事，他

---

① 约 −38℃。

们中的一些人是全国最优秀的人才。那时托比没有出过书，不过已经在文学杂志上发表了几篇小说。我出了书，还出了几本，但很长时间没写东西了，觉得自己不像个作家。我记得有一天早上，我五点钟在焦虑的煎熬中醒来，发现托比在厨房的餐桌前吃三明治，喝牛奶。他看起来有些错乱，像是几天没睡觉了。他也确实没有。我们都很高兴有对方的不安相伴。我给我们俩做了点热巧克力，聊起了天。那天早上在厨房的交谈似乎是重要的。屋外天还黑着，很冷，不时能听见树枝折断的声音。从水池上方的小窗户望出去，能看见北极光。

那段时间剩下的日子里，我们总待在一起，一同教一门契诃夫的课，常常开怀大笑。我们都觉得自己时运不济，但也都觉得运气也许马上就来了。托比要我有机会就去凤凰城看他，我也说一定。一定。我向他提起不久前认识的理查德·福特，结果发现福特是他哥哥杰弗里的好朋友。差不多一年后，我自己也见到了杰弗里，和他成了朋友。又是那张关系网。

一九八〇年，理查德和托比成了朋友。我很高兴我的朋友们能彼此认识，相互欣赏，建立起他们的友谊。我觉得这样更加丰富充实。不过我记得理查德见到托比之前还有所保留："我相信他是个好人，"理查德说，"但是我现在的人生里不需要更多的朋友了。我的朋友已经够多了，实际上光是老朋友我都没法一碗水端平了。"

我有过两段人生。第一段结束于一九七七年六月，我戒了酒。那时的我不剩几个朋友，只有几个泛泛之交，几个酒友。我失去了我的朋友们。他们要么淡出了我的生活——谁又能去怪他们呢？——要么突然就消失了。遗憾的是，我甚至不想念他们，也没有注意到他们的离去。

如果不得不选择贫病交加的生活才能留住朋友，我会选吗？不。如果需要为了任何一个朋友，让出救生艇上我自己的位置，也就是说，去死，我会做吗？我会犹豫，但答案仍然是一个懦弱的"不"。他们，他们之中的任何一个，也不会为我这样，我也不愿意他们为我这样。在这件事情上我们完全互相理解，大多数别的事情也一样。我们能成为朋友，一部分原因就是我们确实理解这一点。我们爱彼此，但我们爱自己更多一点。

说回这张照片。我们对自己和对人生中其他的事情都感觉良好。我们喜欢当作家。在这世上我们也不想成为别的什么了，虽然在这样或那样的时刻，我们都曾经是别的什么。不管怎么说，我们非常高兴事情都进展顺利，我们能在伦敦，在一起。你看，我们多开心。我们是朋友。朋友在一起时，总会有好时光。

对圣特蕾莎一句话的沉思

圣特蕾莎的作品中有一行散句，我越想越觉得符合今天这种场合，因此我将为这句话献上我的沉思。我亲爱的朋友和伴侣——苔丝·加拉格尔——今天也和我一起在这里。她将这句话用在她最近出版的诗集上作为题词，我就是从她的题词里拿来的。

圣特蕾莎，这位生活在三百七十三年前的非凡女性曾说："言引导行……让灵魂准备就绪，向温柔前行。"

这样的想法，这样的表达，既明晰又美丽。让我重说一次，因为我们这个时代已不再在乎言行之间的密切关系，这句话中有些陌生的情感，隔着时间的屏障引起我们的注意："言引导行……让灵魂准备就绪，向温柔前行。"

这句话带着谜样的色彩，不仅如此——原谅我这么说——这些用词甚至有些玄秘，满载着圣特雷莎信仰的分量。的确，我们发现这些词句像是更遥远、更被尊崇的时代的回响。尤其是她提到"灵魂"，一个除了在教堂或者音像店的"灵魂乐"分区之外不太常见的词。

"温柔"——这是另一个如今我们不怎么听到的词，尤其是在今天这种公开、愉快的场合。想想看：你上一次用这个词，或者听到别人用这个词是什么时候？它也很稀缺，和另外那个词"灵魂"一样。

契诃夫的小说《第六病室》中有一个刻画精妙的角色，叫莫谢伊卡，虽然他被送到医院里属于疯人院的那间侧房，但他养成了某种温柔的习惯。契诃夫写道："莫谢伊卡喜欢帮助人。他给同伴端水，睡觉的时候给他们盖好被子；他答应从街上给每个人带回来一枚小铜板①，给每个人做一顶新帽子；他用勺子给他左边的邻居喂饭吃，那人瘫痪了。"

虽然没有用到温柔这个词，但我们能在这些细节里感受到它的存在，哪怕契诃夫紧接着就借以下的评论给莫谢伊卡免了责："他这么做既不是出于同情，也不是出于什么人道的考虑，而是一种模仿。他无意识地受了他右边的邻居格罗莫夫的影响。"

契诃夫用一种刺激性的文字炼金术，通过言与行的结合让我们重新思考温柔的起源及本质。它从哪里来？作为一种行动，哪怕温柔已从人道动机之中被抽离，它是否仍然打动人心？

不知怎的，那个孤独之人的形象，带着那些不抱任何期望甚至不自知的温柔举动，久久不去。在我们面前，它

---

① 原著中为戈比，俄国货币，100 戈比等于 1 卢布。

展现出一种奇异的美丽，甚至可能向我们的生活投回问询的眼光。

在《第六病室》的另一个场景里，两个角色突然开始讨论人的灵魂。他们一个是心怀不满的医生，一个是专横的邮政局长，局长比医生年纪大些。

"那么您不相信灵魂不朽吗？"邮政局长忽然问。

"不，尊敬的米哈伊尔·阿韦良内奇，我不相信，也没有理由去相信。"

"老实说，我也怀疑。不过我又有一种感觉，好像我永远也不会死。哎，我暗暗跟自己说：'老家伙，你也该死了！'可我灵魂里头总有个小小的声音在说：'别信这话，你死不了。'"

这一个场景结束了，但言语像行动一样徘徊不去。"灵魂里小小的声音"诞生了。另外，我们也许曾对一些生死观念不以为然，但又在意想不到的地方屈从于这些信仰。它们固然十分脆弱，却又十分坚决。

不管过几周或是几个月，当我的话被你忘掉以后，留下的就只有参加过一次大型公共活动的感觉，它标志着你人生一个重要阶段的结束，另一个重要阶段的开始。当你们为各自的命运寻求答案时，请试着记住，言语，恰当而真实的言语，能够具有行动的力量。

也请记住那个不常用的、在公共和私人领域都快要退出的词：温柔。它没什么坏处。还有另一个词：灵魂——也可以说是精神，如果你愿意这么叫，或者觉得这么叫更容易界定范围的话。也别忘了它。注意你言行的精神。这些准备就足够了。就这些。

早期短篇小说

狂怒的季节

金字塔化成雪柱，悠悠百年，一瞬之间。

——托马斯·布朗爵士

　　雨就要来了。群山环抱谷地，浓重的黑雾遮住了山尖。黑云疾行，带着白须白顶，从山头压向山谷，飞掠过公寓房前的田野和空地。要是法雷尔放任自己的想象力，他能从云中看到黑色的马群，它们白鬃烈烈，身后的黑色战车缓慢而不可逆转地成形，戴白羽的车夫在其中隐现。他关上纱门，目送妻子款步走下台阶。走到底时，她转过身来微笑，他打开纱门，挥挥手。转瞬间，她开车离开了。他回到房间，在黄铜灯底下那张大皮椅子里坐下，两只胳膊直直搭在扶手上。

　　艾丽斯泡完澡，裹着宽大的白色浴袍出来时，房间又暗了一点。她从梳妆台下面拉出凳子，在镜前坐下。她右手拿起一把白色塑料发刷，刷柄上嵌着仿造的珍珠。她梳起自己的头发，一下，一下，长长的节奏，从头梳到底，刷子在头发上往下走时发出轻微的呲呲声。她用左手把头发拢到一侧肩膀，用右手梳着，一下，一下，长长的节奏，从头梳到底。

她停了一下，去开镜子上面的灯。法雷尔从椅子旁边的架上拿起一本光面的杂志，又伸手到那只仿羊皮纸灯罩里摸索灯链，笨拙地把灯拉亮。那灯在他右肩上方两英尺的地方，棕色灯罩被他碰到时发出噼啪的爆裂声。

外面黑了，空气里有雨的味道。艾丽斯问他能不能把窗关上。他抬头去看窗户，那窗变成了镜子，他看见自己，看见身后坐在梳妆台前看着自己的艾丽斯，看见另一个更幽暗的法雷尔在她身后，盯着另一扇窗。他还得打个电话给弗兰克，跟他确认好明早打猎的事。他翻着杂志。艾丽斯放下发梳，在梳妆台边缘轻叩一声。

"卢，"她说，"你知道我怀孕了？"

灯下，光面的杂志在一张半色调的跨页照片处翻开，是近东地区什么地方的受灾现场，一场地震。五个偏胖的男人穿着松垮的白裤子，站在一栋夷为平地的房子前。其中一个男人看着像他们的头儿，一顶脏兮兮的白帽子斜戴着遮住一只眼，让他看上去神秘又凶恶。他斜睨着镜头，手指越过成片的废墟指向河流，指向碎石堆那头的入海口。法雷尔合上杂志，站起身，任由杂志从他腿上滑落下去。他拉灭了灯，快走到浴室时间，"你打算怎么办？"这几个字干瘪又匆忙，像是被卷进房间黑暗角落里的那些枯叶。话一出口，法雷尔就觉得这问题在很久以前就有人问过了。他转过身，进了浴室。

全是艾丽斯的味道；一种温热、潮湿的气味，微微有些黏。"新春"爽身粉，"国王牧歌"古龙水。她的浴巾散在马桶后边。水池里，她打翻了爽身粉，这会儿全湿了，糨糊一样，在白色的水池边缘结了厚厚一圈黄渍，他擦了又擦，用水冲了下去。

他刮起胡子。一转头，就能看见客厅，看见艾丽斯的侧影，她坐在旧梳妆台前的凳子上。他把剃须刀放下，洗了脸，又拿起来。这时，他听见最初的几滴雨洒落屋顶……

过了一会儿，他关了梳妆台上面的灯，又在那张大皮椅子里坐下，听着雨声。雨声沙沙，急促地拍打着窗户。一只白鸟轻轻震动翅膀。

是他姐姐抓住的它。她把它放到盒子里，从上面给它扔花，有时她晃着盒子，他们就能听见它振动翅膀、拍打侧壁的声音。直到一天早晨，她拿出盒子给他看时，翅膀不动了。只剩下粗笨的刮擦声，在她把盒子从一边向另一边倾斜时响起。当她把鸟儿扔给他处理时，他一股脑丢进了河里，盒子也没打开，因为已经闻得出怪味了。那纸盒有十八英寸长，六英寸宽，四英寸深，他确定是只装雪花饼干的盒子，因为之前还有几只鸟，她也是用这盒子装的。

他顺着湿软的河岸追着跑。满是泥沙的河是尼罗河，举行葬礼的船在河上，很快要驶进海洋。但在那之前，船会起火，白鸟会飞出来，钻进他父亲的田地，他就会在密密匝匝的蓝草丛里把它找出来，还有鸟蛋什么的。他顺着河岸跑，灌木抽打他的裤子，还有根树枝刮到了他的耳朵，但船还没有烧起来。他从河岸上撬起几块石头，开始朝小船扔过去。然后雨来了。巨大的雨点被狂风裹挟着，噼里啪啦砸在水面上，从河岸这头横扫向那头。

法雷尔已经在床上躺了好几个小时了，到底几个小时，他不知道。他怕吵醒妻子，只能时不时地用一侧肩膀支起身，往她的床头柜那边瞟，想看看时间。从他的方向几乎只能看到钟的侧面，而他又是这样格外小心地用一边肩膀支起身子，因此只能看到黄色的指针，告诉他现在不是 3:15 就是 2:45。屋外，雨拍打他的窗户。他平躺下来，双腿在床单上大开着，右腿勉强挨着妻子的左脚。他听着床头柜上时钟的声音。他又往被子里钻了钻，但因为太热，手出了汗，他又把被子掀开一点，把床单绞进指缝中紧紧攥住，在手掌里绕着，直到感觉手上的汗变干。

屋外的雨大股大股地落下，翻涌着盖住窗外微弱的黄色灯光，像千万只黄色的小虫狂暴地扑向他的窗，噼啪作响，滑落成潺潺流水。他翻了个身，慢慢地往洛兰那边挪，直到他的胸碰到她光洁的后背。他把手放在她腹部下凹的地方，轻轻地抱了她一会儿，然后手指往下滑，滑进她内裤的松紧带，指尖刚刚碰到下面的硬毛，刷子一样。一种奇妙的感觉，像是泡着一个热水澡，他仿佛又变成了孩子，回忆涌了进来。他把手抽出来，悄无声息地下了床，走到雨水流淌的窗边。

外面是被睡梦笼罩的夜晚，巨大而陌生。路灯是枯瘦的方尖碑形，伤痕累累地伫立雨中，尖顶上有一盏微暗的黄灯。灯下的街是黑色的，发着光。黑暗在光亮的边缘拉扯缠绕。他看不见别的公寓，有那么一会儿，它们就像被毁坏了似的，像几个小时前他看着的照片里的房子。雨帘在窗外出现又消失，像一张黑面纱撩起又落下。地面上的水蓄满水沟，漫过路缘。他又倾身靠近了点，感觉冷气流正从窗底往额头上吹，他看着自己的呼吸结成雾气。他在哪儿读到过，可能是在《国家地理》上面，他依稀记得看过一张照片，一群棕皮肤的人站在他们的小屋边上看冷天里升起的太阳。上面标注说，他们相信呼吸里能看见人的灵魂，所以他们往手心吐唾沫、吹气，将他们的灵魂献给上帝。他看着的时候，呼出的气消散了，只留下一个小圈，一个点，最后什么都没了。他转身离开窗边，去找他的东西。

他在衣柜里摸索他的绝缘靴，手在一条条外套袖子上摸过去，直到找到那件橡胶的防水雨衣。他去抽屉里拿上袜子和保暖内衣裤，又取出衬衫和裤子，抱着一堆衣服穿过走道进了厨房，然后才开了灯。穿好衣服套上靴子之后，他煮起了咖啡。他本想为弗兰克打开廊灯，但艾丽斯就这样躺在那边的床上，他总觉得不太好。咖啡渗滤的时候，他做好了三明治，等咖啡煮好，他倒进保温杯里，又从碗柜里拿了只杯子下来，倒了一杯，在窗边看得见街道的地方坐下了。他抽着烟，喝着咖啡，听炉子上的钟咿咿呀呀地走。咖啡溅出了杯子，褐色的几滴沿着杯子流到桌上，他用手指抚摩粗糙桌面上咖啡渍的圆环。

他正坐在他姐姐房间的桌前。垫着本厚厚的字典坐在直背椅上。他的脚趾在椅子下蜷起，鞋跟搭在横梁上。要是他往前倾得太多，一只桌腿就会从地面上翘起来，他不得不拿本杂志垫在下面。他正在画他住的山谷。一开始他想描一张姐姐课本里的画，但画了三张还是感觉不对，就决定画他自己的山谷和自己的房子。时不时地，他停下来，用手指抚摩桌面的木纹。

屋外，四月的空气依然又湿又冷，下过雨的午后带着寒意。地上绿了，树上和山上也绿了，四处都是水汽，铅笔一样的汽柱慢慢地从畜栏的饲料槽里，从父亲造的池塘里，从牧场里冒出来，从河里升起来，像烟雾一样飘过山去。他听得见父亲正对什么人喊叫着，听见其中一个人叫骂着喊了回来。他放下画笔，从椅子上滑下来。他看见父亲在下面薰房的门前拉着滑轮。他脚边有一圈棕色的绳子，他的父亲边拉边拽，想把滑轨从畜棚的墙上拉出来。他头上戴一顶棕色的羊毛军帽，皮衣上布满划痕，领子翻出来，露出脏兮兮的白色衬里。拉完最后一把，他转过身来面朝另外那几个人。有两个是加拿大人，大个子，红脸，油腻的法兰绒帽子，拖着羊往他父亲那儿走。他们的拳头深埋进羊毛里，一个人还用胳膊箍住羊的前腿。羊被半拽着往畜棚走，后腿拖着地，像是在跳某种狂野的舞蹈。他父亲又喊了起来，于是那羊被抵在了畜棚的墙上，一个人跨上去，把它的头往后掰，那颗头仰起来正对着他的窗。深色的长鼻孔里流出两条细细的黏液，顺着流进嘴里。它用苍老又无神的眼睛仰视着他，盯了他片刻，还没来得及咩叫，只听尖利的一声，它被父亲一刀割了喉咙。血浆喷涌，浸红了跨在羊身上的那人的手，他没动。不一会儿，他们把那动物吊上滑轮。父亲把它越吊越高，他能听见滑轮咔嗒咔嗒的钝响。几个人都出了汗，但他们的外套都扣得紧紧的。

沿着大敞的喉咙口，父亲切开胸腹，另外几个人用小一号的刀子开始剥羊腿上的皮。灰色的内脏从冒着热气的肚皮里滑出来，厚厚的一圈，滚到了地上。父亲嘟哝着把它们抱起来放进一个盒子，嘴里说了句熊什么的。那些红脸汉都笑了。他听见厕所里水箱的链子叮当响，然后是水流冲进马桶的汩汩声。不一会儿，脚步声近了，他扭头去看门口。他姐姐进来了，身体微微冒着热气。有一瞬间，她在门口一动不动。她头发上裹着浴巾，一手抓着浴巾角，一手放在门把上。她的乳房浑圆光滑，乳头像客厅桌子上那只暖色陶瓷水果的茎。她松了手，浴巾落下去，在脖子上流连了一瞬，滑过乳房，最后堆在脚边。她微笑着，慢慢地用手捂住嘴，把门拉上了。他又把头转回窗前，鞋子里的脚趾蜷了起来。

法雷尔坐在桌前抿着咖啡，又空着肚子抽起了烟。有一次他听到街上有汽车的声音，便马上从椅子上站起来，走到门廊的窗户旁边去看。车子挂了二挡在街上开着，在他房前减速，小心地转弯，积水翻滚着漫过半截车轮，然而车还是开走了。他重新在桌前坐下，听着炉子上的电钟咿咿呀呀地走。他的手指抓紧了杯子。一会儿他又看见了车灯，它们穿过夜色在街道上颠簸着。两盏信号灯紧挨着狭窄的车头，白雨又急又密，穿过灯光倾盆而下，砸落在前面的街道上。车子沿街开着，水花飞溅，然后减速，慢慢在他窗下停了下来。

他收拾好东西，走到门廊。艾丽斯就在那儿，在一堆杂乱的厚被子下平躺着。就算他为自己的行为寻找着理由——仿佛他已经从自己的身体里被抽离，仿佛他伏在床的另一边看自己做着这件事，同时又知道这些都已结束——他还是靠近了她的床。他无法克制地弯下腰去看她的身形，像是自己被悬吊在半空中，除了嗅觉，所有的感官都被释放。他深深地吸气，去找她身上那转瞬即逝的气味。直到他的腰越弯越低，脸碰到她的被子，他才又闻到那个气味，只有一瞬间，随即就消散了。他后退了几步，拿上枪，在身后带上了门。雨水抽打在他脸上。他抓紧了枪扶住栏杆，定了定神，感到一阵晕眩。有一瞬间，当他站在门廊上看向下面泛着涟漪的漆黑的人行道时，他觉得自己好像独自站在什么地方的桥上，昨晚有过的那种感觉又来了，他感觉这一切已经发生过并且还会再发生，就跟现在他多少知道的一样。"操！"雨像刀割一样打在他脸上，滑过鼻梁，落到嘴唇上。弗兰克按了两次喇叭，法雷尔才从湿滑的台阶上慢慢下来，朝车走去。

"下点他妈正常的暴雨！"弗兰克说。他是个大块头，厚棉袄拉链拉到下巴，褐色鸭舌帽让他看起来像个阴郁的裁判。他帮着挪了挪后座的东西，好让弗兰克把他自己的东西放进来。

雨填满水沟，堵在街角的排水口，往后倒灌着。他们不时看到水漫过路缘，进入院子。他们开到街道尽头，右拐上另一条能带他们上高速的路。

"这雨可得把我们拖上一会儿了，但是你看看，想想那些野鹅得成什么样！"

又一次，法雷尔放任自己看到了它们，把它们从那个连雾都在石头上冻结的时刻、他们开始打猎的时刻拉回到现在。当时，天那么黑，可能是午夜，可能是傍晚。它们从断崖那边飞过来，飞得很低，凶猛又寂静。幽灵一般，它们忽然从雾中出现，在他头顶一声振翅。他跳起来瞄准最近的一只，往前推了保险，但保险卡住了。他戴着手套的僵硬手指还钩在护环上，扣着锁住的扳机。它们都朝他来了，飞过断崖冲破雾气，飞掠过他的头顶。雁阵冲着他叫。三年前是这样的。

他看着水田出现在车灯下，掠过车边，退到车后。雨刷来来回回，咯吱咯吱地响。

艾丽斯用左手把头发拢到一侧的肩膀上，另一只手握着发刷梳头。发刷有节奏地从头梳到底，在头发上发出轻微的呲呲声，又一下子扬起，在头发侧边落下，重复着刚才的动作和声响。她刚刚告诉他，她怀孕了。

洛兰去洗澡了。他还给弗兰克打电话确认打猎的事。放在膝上的光面杂志摊开，是一张受灾现场的照片。照片里那个一看就是头儿的人伸出手指，越过灾难现场指向一片水域。

"你打算怎么办？"他转过身进了浴室。她的浴巾留在马桶后面，浴室是"新春"爽身粉和"国王牧歌"古龙水的味道。水池里，爽身粉留下一圈黄色的糨糊似的印记，他刮胡子之前得用水把它擦洗干净。他能看见客厅里她坐着梳头的地方。他洗了脸，擦干，又拿起剃须刀时，最初的几滴雨砸落屋顶。

他看了看仪表盘上的钟，但它不走了。

"几点了？"

"看都别看那边那个钟一眼，"弗兰克说着，大拇指从方向盘上抬起，指了指从仪表盘上凸出来的那个亮黄色的大钟面，"停了。现在六点半。你老婆说了你几点前必须回家吗？"他笑了。

法雷尔摇摇头，不过弗兰克看不到。"不是。就是想看看几点了。"他点了支烟，窝进座位里，看雨横扫向车灯，溅在窗户上。

他们从亚基马开车去接艾丽斯。刚上哥伦比亚河公路时雨就下起来了，过阿灵顿时成了一片洪流。

像是在长长的坡地隧道里一样，他们在漆黑的道路上高速行驶着，密林杂树遮住头顶的天空，车前的雨水倾泻如瀑布。洛兰的手顺着椅背伸过来，轻轻搭在他的左肩上。她坐得那么近，他感觉得到她的左胸随呼吸起伏。她刚刚试着调了会儿收音机，但杂音太多了。

"她就在门廊那儿，有地方睡觉放东西就行。"法雷尔说着，眼睛看着前面的路，"不会太久。"

洛兰在座椅上稍稍往前探，把另一只手搭上他的大腿，转头看了他一会儿。她左手的指头捏住他的肩，头靠了过去。过了一会儿她说："你是我的，卢。我一刻都不想跟别人分享你。哪怕是你亲姐姐。"

雨渐渐小了，头顶的树木变得稀疏，常常一棵也没有。有一次法雷尔看见了月亮，明亮的黄色新月尖尖的，在朦胧的灰云中闪着清辉。他们穿过树林，顺着蜿蜒的道路进了山谷，河水在下面流淌。雨已经停了，天空像一块黑毯，一颗颗星星闪耀着，点缀其间。

"她要住多久？"洛兰问。

"两三个月。最多三个月。圣诞节前她西雅图的工作就能开始了。"路上，他感觉腹部轻微颤动。他点了支烟。灰烟从鼻子里喷出去，很快从三角窗里飘散了。

香烟开始烫到舌尖时，他把窗户开了条缝，把烟扔了出去。弗兰克开下高速，上了通往那条河的平滑的柏油路。他们现在正开过广阔的麦子地，麦子丰收了，麦浪翻滚，一直向远山的淡影里延伸，其间偶尔夹杂着几块泥泞的田地，像是被翻过了，星星点点的小水坑闪着微光。来年地里会播上种，夏天麦子能长到齐腰高，风来的时候会弯下腰，嘶嘶作响。

"真丢人哪，"弗兰克说，"这么多地，一半时间都空着，世界上还有一半的人在挨饿。"他摇摇头。"要是政府不对着这些田指手画脚，不知道能好到哪里去。"

铺好的路面在一个布满裂缝和路坑的缺口处到了头，车开始颠簸，夜色中松软坑洼的道路像一条长长的柏油大道，一直延伸向山峦那边。

"你看过他们收割吗，卢？"

"没有。"

清晨的天色变得灰白。法雷尔看着田地里的麦茬慢慢显出一种不真实的黄。从窗户看出去，天空上灰云翻涌，云层分离成巨大厚重的云块。"雨快停了。"

他们来到山脚下农田的尽头，一转弯，沿着田地的边缘顺着山势往前开去，停在了峡谷口。峡谷岩壁陡峭，棱柱状的山石下面躺着那条河，河的远处雾气弥漫。

"雨停了。"法雷尔说。

弗兰克把车倒上一条狭小的石沟，说这儿就够好的了。法雷尔拿出自己的猎枪靠在后挡泥板上，拿出弹药袋和备用外套。然后他取出那个装三明治的纸袋，手紧紧攥住温热坚硬的保温杯。他们从车边走开，沿着下落的山脊走进一座能通向峡谷的小谷地，一路没怎么说话。大地上布满尖石，还有滴着水的黑色灌木。

地面浸湿了脚底，靴子每走一步都被扯住，抬起来的时候发出啵的一声。弹药袋的皮带被他拽在右手里，袋子垂挂着，被他像投石索一样甩着。一阵潮湿的风从河上吹来，吹着他的脸。断崖低矮，悬于底部的河流之上的是深深的凹槽，一节一节向内侵蚀着岩壁，留下平台状的石层向外突出，标记出过去几千年来不断变动的高水位线。成堆的白色原木裸露在外，和数不清的浮木一起横七竖八地躺在岩架上，像是白骨累累的石冢被某种巨大的鸟类拖到了悬崖上面。法雷尔试着去回忆三年前，回想那些野鹅是从哪里飞过来的。他在一面山坡正向峡谷倾斜的地方停下，把枪靠在岩石上。他拔了些草，从附近捡了些石头，又到河滩旁找了些浮木，准备用它们建一个掩体。

他坐在雨衣上，背靠坚硬的灌木，下巴抵着膝盖看天色变白，再稍稍变蓝，云随风飘动着。河那头的迷雾中，野鹅在什么地方含混地叫。他休息着，抽了根烟，看烟雾从嘴里喷出来。等着太阳。

现在是下午四点。太阳刚刚隐进午后的灰云里，他矮了一截的影子落在车上，又随他绕过去，给他妻子开门。他们接吻。

他和艾丽斯会在一小时四十五分钟后回来接她，不早也不晚。他们要先去五金店，再去杂货铺，五点四十五分回来接她。他又滑进驾驶座，很快就瞅准了空当融进车流里。出城的路上全是红灯，他不得不一次次停下来等，总算一个左转上了辅路，油门猛得让他们俩在座位上轻微后仰。现在是四点二十。在三岔口，他们上了柏油路，两旁是果树林。越过树梢，低矮的褐色山丘更远处，一片深蓝色的山，顶上有一点白色。近处一排排树的黑影向路肩侵入，蔓延向车前的路面。新盒子杂乱地堆放在每排果树的尽头，一堆一堆的白色。支在树边、伸进树枝里，或是斜靠在树杈上的，是一架一架的梯子。他减速，停了车，停在路肩离其中一棵树极近的地方，艾丽斯一开门一伸手就能够到树枝。她放手的时候，树枝把门刮了一下。苹果又沉又黄，他咬了一口，香甜的汁水溅得满嘴都是。

柏油路到了头，他们沿尘土飞扬的硬土路一直开到山丘的边缘，果树林的尽头。不过他还能再往前开，开上顺着灌溉渠延伸的乡间小路。这会儿渠里没水，陡峭的泥堤干裂开来。他换了二挡。路更陡了，车开起来更难更慢。他把车停在水闸外一棵松树下。渠水从山上流下，经过闸门进入一个圆形水泥槽。艾丽斯把手搭在他的腿上。天快黑了。风从车子里穿过，有一次他听见树梢咯吱咯吱地响。

他下车点了一支烟，走到山丘边缘，向山谷俯瞰。风更紧了，空气更凉了。他脚下的草长得稀疏，零星有些花。烟头旋转着落进山谷，划出扭曲的红色短弧线。现在是六点。

太冷了。完全麻木的脚趾，慢慢爬上小腿、钻进膝盖下面的寒意。还有手指，哪怕握成拳头放进口袋，也依然僵硬、冰冷。法雷尔等着太阳。河上是巨大的云，他看着它们翻涌聚散，变幻成形。起初，他几乎没注意到云层最低处的那条黑线。刚进入视线时，他还以为是掩体近处的蚊群。他看着，云和天之间那条遥远的黑色裂缝越来越近，然后转向了他，在下面的山丘上蔓延开来。他激动又镇静，耳边是如雷的心跳催促他快跑，但他的动作迟缓而笨重，仿佛腿上坠着沉重的石头。他跪着往前挪了几步，脸几乎压进灌木墙时才停下，眼睛看向地面。他的腿在抖，膝盖陷进松软的泥土里。腿突然麻了起来，他一只手按进泥土里，指头都陷了进去。他惊讶地发现土是热的。而后是野鹅在他头顶轻柔含混的叫声，呼啸而过的振翅声。他的手指扣紧了扳机。一阵阵叫声短促刺耳；一看见他，它们猛地往上疾飞了十英尺。法雷尔站了起来，瞄准，打下一只，转向另一只，又马上转到更近的一只。它一个急停越过头顶往河那边飞，他的枪追着。他开了一枪、两枪，那些野鹅仍旧飞着、叫着，四散开来，出了射程，低矮的雁阵融进起伏的山峦。他又开了一枪，重新在掩体里跪下。他听见弗兰克的枪声在他身后靠左处响起，在山里的某个地方，像鞭子一样尖锐的噼啪声从峡谷中滚落。他感到有些困惑：更多的野鹅从河那边过来，在低矮的山丘上排成雁阵，从

184

峡谷往上飞，保持着人字队形飞向峡谷顶部，飞越后面的田野。他重新装上弹药，小心地将那些绿色螺纹的二号霰弹推入后膛，咔嚓一声将其中一颗泵进炮膛。要是他还有六颗霰弹，一定会比三颗更好些。他迅速松掉枪管下的塞子，把弹簧和木塞丢进口袋里。他听到弗兰克又开枪了，一群之前没见过的野鹅飞了过去。他正看着，侧边又低低地飞来三只。它们在三十码外的山坡上游荡，头慢慢地、一下一下地从右摆到左，眼睛乌黑，放着光。他等着它们和自己的视线平齐。它们飞过去的时候，他单膝跪地，算准了前置量，在它们张开双翅前的那一刹那扣动了扳机。离他最近的一只扭动着，一头扎进地里。它们转向时，他又放了一枪，其中一只猛地停住，打到墙似的，扑腾着像是要越过那面墙，但最终身子一翻，头一低，翅膀往外支着，打着旋慢慢掉下去了。第三只野鹅差不多已经飞出了射程，但他还是对着它打空了子弹；打到第五枪时，它的尾巴一紧，落了下来，但翅膀还在不停扇着。他看了很久，看着它离地面越来越近，消失在峡谷里。

法雷尔把两只野鹅平放在掩体里，抚摸它们光滑的白色腹部。它们是加拿大雁，黑雁。不重要了，那些野鹅是飞得太高还是沿着河飞到什么别的地方，之后都不重要了。他靠着灌木丛坐着，抽着烟，看天空在头顶转动。在这之后，大概下午一两点的样子，他睡着了。

醒来时他浑身僵冷，发着汗。太阳不见了，天空是沉沉的灰色云幕。他听见什么地方野鹅叫着飞着，那些怪异尖利的回声在山谷飘荡。但他看不见别的，只有潮湿的黑色山丘，尽处有一团迷雾笼罩着本该在那里的河流。他用手擦擦脸，身体发起抖来。他站了起来。他看见雾气在峡谷中向上翻涌，越过山头，在地上步步逼近，越收越紧，他感到湿冷的气息将他包围，摸上他的额头、脸颊、嘴唇。他冲破掩体出来，向山上跑去。

他站在车外面，不停地猛按喇叭，直到弗兰克跑上来，一下子把他的胳膊拉出车窗外。

"干吗呢你？疯了还是怎么的？"

"我要回家我告诉你！"

"老天！我的老天！走吧走吧，进去！"

他们没说话，但法雷尔在离开麦子地前问了两次时间。弗兰克夹了支雪茄在嘴里，眼睛一直盯着路。遇上最初那几片飘散的雾气时，弗兰克开了灯。转上高速公路后，雾开始散了，积在车上方什么地方的黑暗里，最初的几滴雨开始敲打挡风玻璃。有一次，三只鸭子飞到车灯前，栽进路旁的水坑里。法雷尔眨了眨眼。

"你看到没？"弗兰克问。

法雷尔点点头。

"你觉得怎么样了？"

"还行。"

"打着鹅没有？"

法雷尔搓了搓手心，十指交叠，最后在大腿上放下。"没，大概没有吧。"

"哎。我听到你放枪了。"他把雪茄移到嘴的另一边准备抽一口，但已经凉了。他又叼了一阵儿，在烟灰缸里放下，看了法雷尔一眼。

"当然啦，这不关我的事，不过你要是家里有什么不称心的……我建议你别太当真。你还有得过呢，不像我，都长白头发了。"他咳起来，笑了。"我知道，我以前也这样。我还记得……"

法雷尔坐在黄铜灯底下那张大皮椅子里，看艾丽斯梳她的头发。他腿上放着本光面的杂志，在一张受灾现场的照片处翻开，是近东地区什么地方的一场地震。屋里是暗的，只有梳妆台上有一盏小灯。发刷快速地在头发上梳着，一下，一下，长长的节奏，从头梳到底，在房间里发出轻微的呲呲声。他还没有给弗兰克打电话确认明早打猎的事。湿冷的空气从窗外涌入。她的发刷在梳妆台的边缘轻叩一声。"卢，"她说，"你知道我怀孕了吧？"

她浴室里的味道让他恶心。她的浴巾散在马桶后边。水池里，她打翻了爽身粉，这会儿全湿了，糨糊一样，在白色的水池边缘结了厚厚一圈黄渍。他擦了又擦，用水冲了下去。

他刮起胡子。一转头，他就能看见客厅，看见艾丽斯的侧面，她坐在旧梳妆台前的凳子上。她梳着她的头发。他把剃须刀放下，洗了脸，又拿了起来。这时，他听见最初的几滴雨落在屋顶……

他把她抬到门廊那里，让她脸对着墙，把她的身体盖了起来。他回到浴室，洗了手，把浸满了血的沉重的浴巾塞进洗衣筐里。过了一会儿，他关了梳妆台上的灯，又在窗边他的椅子上坐下，听着雨声。

弗兰克笑了。"就没事了，一点事都没有。后来我们挺好的。噢，平常拌嘴还是有，时不时地，但是等她发现到底谁说了算就都好了。"他亲切地在法雷尔膝上拍了拍。

他们开进小镇的边缘时，路过一长串汽车旅馆，赤红的霓虹灯闪烁着。路过咖啡店，窗户上蒙着雾气，有些车聚集在门口。路过小商铺，灯黑着，门上了锁，要明天才开。弗兰克在下个路口往右一拐，再往左一拐，就上了法雷尔住的那条街。弗兰克在一辆黑白相间的车后面停好，那车的后备厢外面用白色的小号字体刷着"警长办公室"。借着他们自己的车灯，看得见车里有另一块玻璃，嵌着金属网，将后座变成了一个笼子。蒸汽从他们的车前盖里升起，混入雨中。

"没准是来抓你的，卢。"他开了门，窃笑一声，"说不定他们发现你没有执照就去狩猎了。来来，我亲自把你交出去。"

"不了。你走吧，弗兰克。没事，我没事的。你等会儿，让我出去！"

"老天爷，你还真以为是来抓你的啊！等会儿，拿上枪。"他摇下窗户，把猎枪递给法雷尔。"这雨看起来一时半会儿停不了了。走了。"

"嗯。"

楼上，他的房里灯火通明，窗户那儿有模糊的人影，像雕带上的造像一样立着，透过雨帘往下看。法雷尔站在警车后面，抓住湿滑的车尾翼。雨直直地落在他的头上、脸上，滑落进他的衣领里。弗兰克把车开出几码之外，在街上停了下来，回过头去。法雷尔抓着车的尾翼，身子微晃，细雨穿不透他，在他周身落下。沟渠里的水往他脚上冲去，在街角的排水口处形成巨大的漩涡，泛着泡沫打着旋，直坠入大地的中心。

头发

他用舌头忙活了好一会儿，又从床上坐起来，开始用手指抠它。窗外天气不错，鸟儿在唱歌。他撕下火柴盒一角，在牙缝里刮着。什么都没有。可他还能感觉得到。他又用舌头从后牙往前牙舔了一遍，碰到那根头发时停住了。他在那里摸索了一阵，舌头轻抚着两颗门牙之间它嵌进的地方，顺着捋了有一英寸才找到头，将它拉直贴住上颚。他用手指去碰。

"唔——我的老天爷！"

"怎么了？"他妻子问道，坐了起来，"我们睡过头了？几点了？"

"我牙缝里有什么东西。弄不出来。不知道……像是根头发。"

他进了浴室，看了眼镜子，用冷水洗了手和脸，打开了剃须镜上的灯。

"看是看不到，但我知道就在那儿。要是能捏住它，应该就能扯出来了。"

他妻子也进了浴室，打着哈欠挠着头。"找到没？亲爱的。"

他龇着嘴，嘴唇抵在牙上，手指甲把牙龈都划破了。

"等会儿，我看看。"她说着靠了过来。他凑近了灯光，大张着嘴，脑袋来回扭，拿睡衣袖子擦着镜子上的雾。

"什么也没看到。"她说。

"但我感觉得到。"他关了灯，开始往浴缸里放水。"去他的吧！不管了。我得准备好去上班了。"

他不想吃早饭，上班时间也还早，于是他决定走到市中心去。钥匙就一把，在老板那儿，去早了也只能等。他从空无一人的街角走过去，往常他就在那儿等公共汽车。一条他之前在这附近见过的狗翘起一条腿，往站牌上撒尿。

"嘿！"

那狗不尿了，朝他跑过来。另一条他没见过的狗颠儿颠儿地跑过去，冲着站牌嗅了嗅，也尿起尿来。金黄的，微微冒着热气，顺着流到人行道上。

"嘿——走远点！"那狗又喷出几滴来，两条狗这才一起过了街。它们看起来几乎是在发笑。牙缝间的头发在他舌头的摆弄下前后移动。

"这会儿天气不错啊，是不是？"老板问着，开了前门，拉起帘子。

大家都扭头往外面看了看，笑着点点头。

"是的，先生，天儿真不错。"一个人说。

"这天气上班可惜了。"另一个人说，其他人跟他一块儿笑了起来。

"真的是，这话没错。"老板说。他吹着口哨，钥匙甩得叮当作响，上楼去开"男孩服装"店的门。

等他从地下室上来，在休息室里抽烟歇气的时候，老板穿着短袖进来了。

"天儿真热啊，是不是，嗯？"

"是的，先生。"他之前从没注意到老板胳膊上有这么多毛。他坐着剔他的牙齿，盯着老板手指缝里成簇的黑毛。

"先生，我在想——当然如果你不同意就算了，但是要是你觉得可以的话，我是说要是不会麻烦到其他人的话——我想回家去，我不太舒服。"

"嗯，这个嘛，我们当然是没问题的。不过这也不是重点。"他喝着可乐，喝了很久，一直看着他。

"好吧，那没事的，先生。我能行。我就是想问问。"

"不不，没关系。你回家吧。晚上给我打个电话，让我知道你怎么样了。"他看了看表，喝完了他的可乐。"十点二十五。算十点半吧。回家去吧，就算是十点半。"

到了外面，他松了松领子，在街上走了起来。就这样在街上走着，嘴里卡着根头发，感觉有点怪。他不停地用舌头去碰它，不去看任何碰见的人。不一会儿，腋下就开始出汗，他能感觉到汗水顺着腋毛打湿了衬衣。有时候他在橱窗前停下，盯着玻璃，嘴巴张开又合上，用手指摸索着。他绕了远路回家，穿过狮子俱乐部公园，看孩子们在浅水池里玩耍；付给一个老太太五十美分，去小动物园里看鸟和别的动物。有一次他隔着玻璃在吉拉毒蜥的面前站了很久，它睁开一只眼，看着他。他后退离开了那面玻璃，继续在公园里兜着圈，一直待到他平常回家的时间。

他不是很饿，晚饭只喝了点咖啡。几口之后，又卷起舌头去碰那根头发。他从桌前站了起来。

"怎么了，亲爱的？"他妻子问，"你去哪儿？"

"我想上床去了。我不太舒服。"

她跟着他进了卧室，看他脱了衣服。"给你拿点什么吗？要不给医生打个电话？我要是知道这是怎么回事就好了。"

"没事的，我会好的。"他把被单拉上来盖住肩膀，翻了个身，闭上了眼睛。

她把窗帘拉了下来。"我把厨房收一下就来。"

只是四肢摊开平躺在床上，就已经感觉好多了。他摸了摸脸，感觉像是发烧了。他舔舔嘴唇，用舌头碰到了那根头发的发尾，打了个哆嗦。几分钟后他开始瞌睡，又突然惊醒，想起要给老板打电话。他慢慢从床上爬起来，进了厨房。

他妻子正把盘子往沥水架上摆。"我以为你睡了呢。好点没，亲爱的？"

他点点头，拿起电话，找出联系方式。拨号的时候，他觉得嘴里有股不好的味道。

"您好。是的，先生，我感觉好些了。就是想跟您说一声我明天来上班。对，八点半准时到。"

回到床上后，他又用舌头舔他的牙。可能这事总会习惯的。他不知道。快睡着之前，他几乎不再去想这事了。他想起今天真暖和，想起蹚着水的孩子们，想起早晨鸟儿在唱歌。但夜里有一次，他叫出声来，醒了，满身是汗，差点喘不过气来。不，不，他不停说着，脚蹬着被子。他妻子吓坏了，不知道到底是怎么了。

迷

他们坐在露台上小铁桌前的阴凉处，用沉甸甸的金属杯子喝葡萄酒。

"你为什么现在非得这么想呢？"他问她。

"我不知道。"她说，"时候一到我就会悲伤。这一年太短了，别的人我还一个都不认识呢。"她倾身去够他的手，但他急忙躲过去了。"她们看起来实在很不专业。"她拿起腿上的餐巾擦了擦嘴，这一个月以来，她这副样子让他讨厌。"不说这些了，"她说，"我们还有三个小时。想都别想了。"

他耸了耸肩，眼睛越过她看敞开的窗户，看被窗户切割成方块状的、毛毯一样的白色天空，看街上的一切。尘土覆盖着低矮斑驳的建筑，铺满了街道。

"你一会儿穿什么？"他问，头也没回。

"你怎么这么说话？"她靠在椅子上，手指交叉，转动着食指上那枚铅戒。

露台上没有别的顾客，街上也没什么动静。

"我应该会穿白色，老样子。但也可能不会。我不！"

他笑了，喝干了他的酒，杯底的叶子细碎柔软，味道发苦，碰上他的唇，他品尝着。"走吧？"

他付了酒钱，又数出五千比索给店主。"这是给你的。"

那老妇人犹豫着，看了年轻的女人一眼，像受惊的鸟一样把皱巴巴的纸币抓了过去，塞进前兜里去。"谢谢。"① 她僵硬地鞠了个躬，恭敬地摸了摸自己的额头。

暗色的露台散发出一股腐木的味道。低矮宽阔的黑拱门环绕四周，其中一扇通向街道。中午了。惨白的光亮让他一时头晕目眩。热浪从土坯墙隔出的狭窄街道上升起，他的眼是湿的，脸上是干热的空气。

"你没事吧？"她挽住他的胳膊。

"没事，马上就好。"临近的街上，一支乐队在演奏。音乐升腾着，在没有屋顶的建筑上流动，融化在他头顶的热气里。"我们得去看看这个。"

她皱了皱眉。要是谁跟她说现在的年轻人没几个对竞技场感兴趣，她也会这样皱眉。"你要是想看的话。亲爱的。"

"我想看。来嘛，这是我最后一个下午了，你不纵容我一下吗？"

她挽得更紧了，和他在一堵矮墙的阴凉下慢慢沿街走

---

① 原文为西班牙语。

着，快到街尽头时，音乐更近了。在他还是个孩子的时候，乐队一年会演奏好几次，后来很长一段时间是一年两次，到现在一年里只游街演奏一次了。突然间，他脚前蓬松的尘土飞了起来，他穿着皮凉鞋的脚甩开了粘在大脚趾上的一只褐色蜘蛛，他把它踢走了。

"该装装样子吗？"他问。

她的目光一直追着蜘蛛，现在转向了他，潮湿的前额下面那无神的、灰蒙蒙的、一动不动的眼睛。她的嘴唇噘了起来："装？"

一个冲动，他吻了她。她的嘴唇干裂，他用力吻着，把她压在滚烫的砖墙上。乐队高叫着，丁零咣啷地从街道尽头穿过，停下，又前进。他们踏着步子行进着，转上另一条街，乐声渐渐小了。

"像是我们第一次遇见时那样，那时我还是个苦苦挣扎的小学徒。记得吗？"反正他是记得的。竞技场炎热、漫长的午后；练习，练习，锤炼精进——每一个动作，每一次思考，每一种风姿。当他的伙伴们一一完成，他热血沸腾，内心涌动着激情。他是幸运的，也是全情投入的一个。他终于和少数几个合格者一起升了上去，甚至超过了那些人。

"我记得。"她说。

她也许记得她作为他妻子的这一年，也许能记得这个下午。有那么一个片刻，他任由自己去想这个下午。

"那时候是很好的——的确是。"她说。她的眼睛冷冷的，阴云密布，了无生气地嵌在她的脸上，像他曾经在八月的山中杀死的那条蛇的眼睛。

他们在街道尽头停下，四周很安静。能听见的只有一阵干涩作呕的咳嗽声，从街那头乐队的方向传来。他看向她，她耸耸肩，拐上了街。他们路过一群坐在门口的老年人，背后是木板封起来的门，灰扑扑的大阔边帽拉下来遮住了脸，双腿紧紧蜷在胸前，或者直直伸到街上去。咳嗽声又开始了，又干又粗，像是从地底传来的，喉管里塞满了土。他仔细地听着，看着。

她指向两栋建筑物之间的狭道里一个光着脑袋的不起眼的矮个男人。那人张开了嘴……咳嗽了一声。

他把她的身体转向自己。"你和我们中的几个人同居过了？"

"怎么了……五六个吧。我得想想。问这个干什么？"

他摇摇头。"你记得路易斯吗？"

她从他怀里抽出自己的胳膊，沉甸甸的镯子发出一声闷响。"他是我的第一个。我爱过他。"

"他几乎教给了我一切……一切我需要知道的。"他咬着唇，太阳像一块滚烫的扁石一样压在他脖子上。"还记得豪尔赫吗？"

"记得。"他们又走了起来，她又挽起他的胳膊。"是个好人。有点像你，但我没爱过他。好了，别说这些了。"

"好。我想步行去广场。"

他们走过时，目光空洞的男男女女盯着他们。这些人有的颓靠在门上，有的缩在黑暗的壁龛里，还有些从低矮的窗户里木然地注视他们。他们走得更远了些，出了城镇，走到平地上。四处散落着砂浆块，老旧的掺了石灰的白水泥块，还有些零零碎碎的小颗粒，踩在脚下一碾就碎。厚厚的一层尘土覆盖了一切。镀金般的太阳在头顶闪着炫目的白光，烧得衣服紧贴住他们汗津津的后背。

"该走了。"她说，稍稍用力拉住他的胳膊。

"马上。"他指了指，一簇细长的淡黄色小花从水泥路黑暗的裂缝里伸展出来。他们站在索卡洛大广场上，面对着墨西哥城主教座堂的废墟。广场边缘是一排坑坑洼洼的褐色小土丘，侧边各开一个面对他们的洞。土丘之外，一排排褐色的土坯房铺展开来，向山那边延伸，直到远处，那里只有最高的房子的屋顶才能显露出来。从山谷望出去，起伏的灰色山脉勾勒出一条长长的曲线，绵延向他目之所及的远方。这些山总让他想起那些斜倚着的女人，胸脯饱满，但这会儿看起来却肮脏又怪异。

"好了，亲爱的，"她说，"现在回去还有时间能喝点酒。"

竞技场那头，乐队开始演奏，几段乐曲断续着穿过平地传了过来。他听着。"是，我们不能迟到。"他看着地面，用鞋跟划着尘土。"好，走吧，去喝点酒。"他弯下腰把那一簇小黄花摘给她。

　　他们去了曼努埃尔那儿。曼努埃尔看见他们在他的一张桌前坐下，行了个礼，进酒窖拿出了他们那儿最后一瓶深色葡萄酒。

　　"今天下午你会来竞技场吧，曼努埃尔？"

　　曼努埃尔研究着桌后一条竖向贯穿墙面的裂缝。"对。"[①]

　　"别这样，我的朋友。没那么糟。你看。"他倾斜酒杯，温热的葡萄酒顺着喉咙流下去。"我高兴吗？要是我不高兴那还有什么意义呢？那一刻该是完美的，所有参与进来的人都应该感到喜悦和满足。"他朝他笑笑，没别的意思。"一直都是这样过来的，所以你看——我得高兴。你也应该高兴，我的朋友。我们是一体的。"他又喝完一杯，汗湿的手掌往裤子上擦了擦。他起身和曼努埃尔握手。"我们得走了。别了，曼努埃尔。"

　　他们走到住处的入口时，她靠过来，抚摸着他的脖子轻声耳语。"我是爱你的！我只爱你。"她把他拉了过来，手指嵌进他的肩里，让他的脸贴近她的。然后她转身向入

[①] 原文为西班牙语。

口跑去。

他喊着："还想好好打扮的话就快点！"

这会儿他走在傍晚的绿色阴影中，穿过一个荒凉的广场，穿着凉鞋的脚插进冒着热气的疏松的泥土里。一时间，太阳从一缕白云后消失了。在他踏上通往竞技场的那条街时，天色浅得发白，地上也没了影子。一小群人沉默地拖着步子沿街走着，他经过时，没人向他投来目光，没人认出他来。竞技场前，无精打采的男男女女已经在那儿等候了，有的盯着地面，有的看着卷云覆盖的天空，有几个张大了嘴，后脑勺几乎抵着肩，随着云的动向，像参差的玉米秸秆一样来回摇晃。他从侧门进去，径直往更衣室走去。

他躺在桌上，脸偏向滴着蜡的白烛，看着那些女人。扭曲缓慢的动作在墙上投下摇曳的暗影，她们脱去他的衣服，用香薰油涂遍了他的身体，才再次给他穿上那件质地粗糙的白色衣服。四方土墙隔出的狭小房间几乎容不下那张桌子和六个在他头顶盘旋的女人。一张油亮的棕色脸庞满是皱纹，盯着他呼出一口陈腐食物的湿气，那气息在她喉咙里刮出刺耳的声音。两片唇裂得更开了，分离、张大、闭合，伴着嘶哑的古老音节。其他人继续着，帮他下了桌，把他领进竞技场。

很快他就躺在小平台上，闭着眼睛听女人们的吟诵。明晃晃的太阳照在他脸上，他把头偏了过去。乐队的声音骤起，近极了，就在竞技场里什么地方，有那么一刻他就这么听着。突然，吟诵声跌落成低语，又停了。他睁开眼，把头转向一侧，再转向另一侧。一瞬间所有的脸庞都聚焦在他身上，脖子都伸向前去。他对着这光景闭了眼。耳边，沉甸甸的镯子叮当一声闷响。他睁开眼，她站在他面前，身着白袍，手里的黑曜石长刀闪闪发亮。她俯下身子靠近他，那簇花已编织进她的发辫——更低些，靠近他的脸，她祝福他的爱与忠诚，请求他谅解。

"原谅我。"

"有什么用？"他低声说。然后，当刀尖刺进他胸口时，他大叫了出来："我原谅你！"

人们听见了，跌回自己的座位里，精疲力竭。她剜出他的心，朝光辉的太阳举起。

波塞冬和他的伙伴

　　他什么也没看见，只是风突然紧了起来，吹得海上的薄雾覆上他的脸，让他猛地惊醒过来。又做梦了。他用手肘支撑着，往俯瞰海滩的崖边挪了挪，朝大海扬起了脸。风吹打他的眼睛，泪流了下来。崖下别的男孩在玩打仗的游戏，但声音听起来微弱又遥远，他努力不去听。在那之上是海鸥的叫声，叫声传来的地方，大海轰鸣着拍打庙宇下的岩石。波塞冬的庙宇。他趴回地上，脸微微偏向一边，等待着。

　　太阳从他背上滑落，腿和肩上泛起了寒意。今晚他要裹着被子躺下，回忆这几分钟里感受到的时间，日光消散。不像站在那伊阿得斯山上的洞穴中那样，会有人在岩石缝隙的涓涓细流中握住他的手。谁也不知道它在那里滴了多久，他们说。也不像在齐膝深的海浪中跋涉那样能感到一种奇异的拉拽。那也是时间，但不一样。他们会告诉他什么时候涉水而过，什么时候远离海滩。但这是属于他自己的时光，每天下午趴在这里俯视海面，等待变化，等待时间像芒刺一样从背上经过。

他一边品尝唇间的海盐，一边大声在风中念诵了几句昨夜新听来的诗。有几个词他很喜欢，便又含在嘴里咀嚼了一番。他听见下面的大埃阿斯诅咒着另一个男孩，还召唤来一位神祇。关于诸神，人们说的那些话都是真的吗？他记得听过的每一首歌谣，每一个流传下来、在夜晚的炉火边传诵的故事，还有所有亲历的事情。但是，他也听过一些人用不敬、不信的态度谈论诸神，所以很难知道到底还能相信什么。总有一天他要离开这里，自己去找答案。他要翻山越岭到厄立特里亚去，商船就是从那里过来的。或许，他甚至会登上一艘船，他们去哪儿他就去哪儿，到那些人们提起过的地方去。

下面的声音越来越吵，一个男孩在一片棍子击打盾牌的当啷声中抽噎起来。他跪下身来听，身体随意摇晃着。晚风吹来恼怒的声音，回忆和思绪让他头晕目眩。他听见两伙人在海滩上跑来跑去，其中阿喀琉斯的叫声最响。然后他听见了自己的名字，便马上躺下来，不想被看见。叫声近了，是他姐姐。身后传来脚步声，他一下子坐了起来，被发现了。

"你在这儿呢！"她说。"我跑这么老远来找你！为什么不回家？你从来不做你该做的事情。"她逼近了。"手给我！"

他感到她的手抓住了他的，把他往上拽。"不！"他说着，发着抖。他猛地挣脱出来，用那根有时被他叫作"戟"的棍子摸索着下去的路。

"好吧，等着瞧吧，小孩装大人。"她说，"你等着吧，妈妈说的。"

鲜亮红苹果

"我尿不出来，妈妈。"老哈钦斯说着，眼里含着泪从厕所走出来。

"把你裤链拉上，爸！"鲁迪大喊。这老头让他恶心，气得他手直抽搐。他从椅子上跳出来，到处找他的回旋镖。"妈，你看到我的回旋镖了吗？"

"没有，我没看见。"妈妈哈钦斯耐心地说，"你这会儿乖乖的，鲁迪，我要照顾你爸。你刚听见他说尿不出来了。爸爸，听鲁迪的，拉上你的裤链。"

老哈钦斯抽了抽鼻子，但还是照做了。妈妈哈钦斯朝他走过去，两手插在围裙兜里，脸上挂着忧虑。

"波特医生说的确会这样，妈妈。"老哈钦斯说着，靠墙瘫下去，好像下一秒就要死了一样。"他说会有这么一天，我早上起来就尿不出尿了。"

"闭嘴！"鲁迪叫着，"闭嘴！说，说，说，成天就是些下流话。我受不了了！"

"你安静点，鲁迪。"妈妈哈钦斯虚弱地说，抱着怀里的老哈钦斯往后退了一两步。

鲁迪在铺着油毡布的地板上来回走了起来，这间客厅里家具不多，倒还算整洁。他把手从屁股后边的裤兜里抽出来又放进去，不时恶狠狠地盯上几眼有气无力地挂在妈妈哈钦斯手臂上的老哈钦斯。

就在这时，一阵新鲜苹果派的香气从厨房飘过来，暖暖的，馋得鲁迪舔了舔嘴，这提醒了他，哪怕正怒气冲天，也快到点心时间了。他时不时紧张地用眼角瞟一眼他哥哥本，他就坐在房间角落里脚踏缝纫机旁一张沉重的橡木椅上，眼睛就没离开过他那本磨了边的《不安分的枪》。

鲁迪搞不懂本。他在客厅里拖着沉重的脚步走来走去，一会儿撞翻一把椅子，一会儿打破一盏灯。妈妈哈钦斯和老哈钦斯一点一点退回厕所，鲁迪一下子停住了，瞪了他们一眼，然后又去看本。他搞不懂本。他搞不懂他们任何一个，但是他最搞不懂的是本。有时候他希望本会注意到他，但本总是在看书。本读赞恩·格雷，路易斯·拉摩，欧内斯特·海科克斯，卢克·肖特。本觉得赞恩·格雷，路易斯·拉摩，欧内斯特·海科克斯都还行，但没有卢克·肖特那么好。他觉得卢克·肖特是这批作家里最好的一个。卢克·肖特的书他读过四五十遍了。他总得找点东西打发时间。七八年前替太平洋木材厂修剪树梢时他的绳索松了，从此他不得不找点什么打发时间。自那以后，他只有上半身还能动，似乎还失去了说话的能力。反正从摔下来那天起，他就没再说过一个字。不过他从前住在家里时就一直是个安静的孩子，一点都不烦人。现在也不烦人，他妈妈坚持这么说着，要是她被问到的话。安静得像只耗子，不怎么需要留心。

除此之外，每个月的第一天，邮箱里都会有一张本的残障补贴支票。不多，但够他们一家人生活了。支票一寄过来，老哈钦斯就辞了职，当时他的理由是不喜欢自己的老板。鲁迪没离开过家，高中也没读完。本读完了高中，但鲁迪辍了学。现在他最怕的是要服兵役。一想到要被征去服兵役，他就很紧张，他一点也不想去。妈妈哈钦斯一直是家庭主妇，在家打点操持。她不算精明，但也能勉强维持收支平衡。不过有时候，要是月底之前钱花光了，她就得背上一箱漂亮的苹果走到城里去，在街角的约翰逊药房前叫卖，十美分一个。约翰逊先生和员工们都认识她，她总是会把一个鲜亮的红苹果在衣服上擦亮了送给他们。

鲁迪开始在空中挥剑猛砍，口里还咕哝着些什么，似乎忘了蜷缩在过道里的老两口。

"好了亲爱的，别担心了。"妈妈哈钦斯轻轻地对老哈钦斯说，"波特医生会治好你的。这么说吧，前列腺手术对他来说就是，就是家常便饭。你看看麦克米伦首相，记得麦克米伦首相吗，爸爸？他做首相的时候做了前列腺手术，做完立马就起来活动了，立马就好了。你高高兴兴的啊，干吗——"

"闭嘴！闭嘴！"鲁迪狰狞地冲过来，老两口在狭小的过道里又往后缩了缩。好在妈妈哈金斯用尽了剩下的力气，"嘘"的一声引来了老黄①，一只毛发浓密的大狗。它立刻从后廊跑进来，把爪子搭在鲁迪的小胸脯上，让他后退了一两步。

鲁迪被狗嘴里喷出的臭气镇住了，慢慢往回撤。穿过客厅时，他拿起了老哈钦斯心爱的财产——一只由麋鹿蹄子和前腿制成的烟灰缸，使劲把这臭玩意儿扔进了花园里。

老哈钦斯又哭了起来。他的胆子已经全没了。自从上个月鲁迪对他的生活进行了一次恶毒的攻击后，他本来就小的胆子就全部消失了。

事情是这样的：那天老哈钦斯正在洗澡，鲁迪溜进来，把那台维克多留声机扔进了浴缸。要不是鲁迪匆忙中忘了插上电源，后果可能会很严重，甚至会要了老哈钦斯的命。那台维克多从敞开的门里飞了进来，给老哈钦斯右边的大腿留下了一大块瘀青。这事就发生在鲁迪去镇上看了一部叫《007之金手指》的电影之后。现在他们或多或少会随时保持警惕，尤其是鲁迪大着胆子进城回来以后。谁知道

---

① 原文为 Yeller，出自 1957 年的美国电影《老黄狗》（Yeller）。

他会从电影里学些什么东西？他可太容易被影响了。"他这个年纪就是容易受影响。"妈妈哈钦斯是这么跟老哈钦斯说的。本从来不说话，什么都不说。谁都搞不懂本，就连他妈妈，妈妈哈钦斯也不懂。

鲁迪待在畜棚里，囫囵吞了半块苹果派，给他最喜欢的骆驼埃姆套上了缰绳。他领她从后门出去，稳稳地绕过了那些精心设计的网罗，掩好的陷阱和圈套——这些是为粗心大意、不够警觉的家伙们准备的。走到安全地带，他扯了扯埃姆的耳朵，命令她跪下，骑上去离开了。

嘚嘚，嘚嘚，他骑着骆驼穿过农场边还没开发的地方，来到干燥的长满鼠尾草的山脚下。上一个小坡时他停了一下，回头去看那座老农场。他希望自己能用炸药和引爆器把它从这片风景里抹掉——像阿拉伯的劳伦斯炸掉那些火车一样。他讨厌看到它，那座老农场。反正那里的人都疯了，也没人会在意他们。他会想他们吗？不，他不会想他们的。再说，地还会在那儿，苹果也在。去他的地和苹果！他就想要点炸药。

他调转埃姆进入一条旱谷，烈日压在他后背上。他慢慢踱到箱形峡谷的尽头，停下来下了骆驼。他走到一块岩石后面，揭开帆布，里面是史密斯威森的军用左轮手枪，阿拉伯长袍和头饰。穿戴好后，他把左轮手枪插进腰带里。枪掉了出来。又插进去，又掉了出来。于是他决定就拿在手里，不过手枪太重，会妨碍他指挥埃姆。这需要一番精巧的操作，但他觉得他能做到。他觉得他做得到。

回到农场，他把埃姆留在畜棚里，自己朝屋子走去。他看到那麋鹿腿烟灰缸还在花园里，几只苍蝇在上面忙活，他冷笑了一声。老家伙还不敢出来自己捡回去。不过这倒给了他一个主意。

他闯进厨房打断了他们。老哈钦斯正舒舒服服地坐在餐桌旁搅着他的咖啡和奶油，一见他便完全僵住了。妈妈哈钦斯在炉子边上，正把另一块派放进去。

“苹果，苹果，苹果！”鲁迪尖叫起来。接着，他一声狂笑，挥动着柯尔特点四五手枪，把他们赶进了客厅。本带着一丝兴趣抬了头，然后又埋头看起了书。是卢克·肖特的《生皮小径》。

“就这样了，”鲁迪提高了嗓门，“就这样了，就这样了，就这样了！”

妈妈哈钦斯噘着嘴——几乎像是等着一个吻似的——想吹口哨把老黄叫来，但鲁迪嘲讽地笑了。他用他那把温切斯特的枪管指了指窗户。“老黄在那儿呢。”他说。妈妈哈钦斯和老哈钦斯看见老黄叼着烟灰缸，一颠一颠地往果园跑去。“你的老黄在那儿呢。”鲁迪说。

老哈钦斯发出一声悲鸣，痛苦地缩成一团跪了下去。妈妈哈钦斯伏在他身边，向鲁迪那边投去乞求的目光。鲁迪离她四英尺远，就在那只红色的瑙加海德革①脚凳右边。

"鲁迪，现在你什么都不会做的，乖，一会儿该后悔了。你不会害我和你爸的，鲁迪，对吧？"

"他不是我爸——不是，不是，不是。"鲁迪说着，在客厅里绕来绕去，不时瞥一眼本。而本除了开始时一闪而过的兴趣之外，再没了任何反应。

"可别这么说，鲁迪。"妈妈哈钦斯温和地责备着。

"儿子，"有那么一瞬间，老哈钦斯抽鼻子的声音停了，"你不会害一个又老又可怜，身体垮了没人帮，前列腺还有病的老头子吧，是不是，啊？"

"把你那玩意儿伸过来，伸过来，我给你炸掉。"鲁迪说着，在老哈钦斯的大鼻子下面挥着他那支丑陋的点三八短管左轮。"给你看看我怎么帮你！"他拿着枪在那儿左挥右挥，挥了一阵儿又走开了。"不，不，我不打你，开枪可太便宜你了。"但他用那把勃朗宁自动步枪朝厨房墙壁上开了一枪，证明给他们看他是认真的。

本抬起眼睛，脸上的神情温柔又慵懒。他无意识地盯着鲁迪看了一会儿，然后继续看书。他正在弗吉尼亚城一家叫"宫殿"的旅店中一间精致的房间里。楼下酒吧里有三四个愤怒的男人正等着他，但他正准备享受这三个月以

①指人造革。

212

来的第一次洗澡。

鲁迪犹豫了一会儿，狂躁地环顾四周。他的目光落在家里放了七年的老式铁路挂钟上。"看到那边的钟了吗，妈？等大指针走到小指针那儿，爆炸就来了。嘭！轰！全炸飞啦！金丝猫①！"说着，他蹦出前门，从门廊跳了下去。

他在离房子百来码远的一棵苹果树后面坐下。他打算等他们都聚到前廊上，妈妈哈钦斯，老哈钦斯，甚至还有本，等他们都带着想留下来的几件可怜的物什聚到那儿，就把他们解决掉，一个个都解决掉。他透过瞄准镜扫视前廊，把十字准线依次对准窗户、藤椅、门廊台阶上被太阳晒着的开裂的花盆。然后他深深地吸了口气，专心地等了起来。

他等啊等啊，但他们没有来。一小群加利福尼亚山鹌鹑飞进了果园，时不时停下来啄一口落在地上的苹果，要么就是绕着树根周围翻找美味多汁的幼虫。他一直看着他们，不一会儿就不再注意门廊了。他一动不动地坐在树后，几乎屏住了呼吸。而它们没看到他，离他越来越近，一边轻声地说些鹌鹑之间的话，一边啄着苹果，仔细打量地面。他微微往前倾了倾身，竖起耳朵想偷听它们在谈什么。鹌

---

① 指 1965 年的美国电影《女贼金丝猫》(*Cat Ballou*)，又译《狼城脂粉侠》。

鹑们在谈论越南。

鲁迪受不了了。他本可以哭，却拍打起胳膊说了声："谁！"本，越南，苹果，前列腺：这些都什么意思？狄龙元帅和詹姆斯·邦德之间有关系吗？奥德乔布和易队长呢？如果有关系的话，卢克·肖特又该在什么地方？泰德·特鲁布拉德呢？他开始晕了。

他向空荡荡的门廊投去最后的绝望一瞥，把那鲜亮的、刚刚变蓝的双管十二口径霰弹枪的枪管塞进了嘴里。

长篇小说片段

《奥古斯丁笔记本》片段

十月十一日

"不行，宝贝。"她定定地看着他说，"想都别想。绝对不行。"

他耸耸肩，抿了口杯子里的柠檬鸡尾酒，没去看她。

"你一定是疯了，真的。"她环顾旁边的桌子。这时是上午十点，每年这时候，岛上的游客已经所剩无几。院子里大部分桌子都空着，有的已经被服务员摞上了椅子。

"你是疯了吗？这么说是真的了？"

"算了，"他说，"别管了。"

他们坐在桌边喝着柠檬鸡尾酒，院子里空空荡荡。一只孔雀从旁边的集市上踱进来，在院子边缘处一只水龙头前停下，把尖嘴放在滴着水的龙头下，喝水的时候喉咙上下起伏。它信步绕过几张空桌子，朝他们走来。哈普林往石板上扔了块威化饼，那鸟就在石板上啄碎了，头也不抬地吃了起来。

"这只孔雀让我想到你。"他说。

她站起身说:"你就留在这里好了。反正我想你也是没救了,你已经疯了。为什么不杀了自己一了百了呢?"她抓着钱包等了等,从空桌子之间走开了。

他朝服务员招了招手。服务员看到了刚才的一切,马上又把一瓶柠檬鸡尾酒和一个干净的玻璃杯放在他面前,把她剩下的酒倒进他的杯子里,一声不响地拿走了她的酒瓶和杯子。

从哈普林坐的地方可以看到海湾和他们的船。港口水浅,这样大小的船进不来,就停在防波堤后边,离岸四分之一英里远。早上他们是靠一条补给船上的岸。海湾入口狭窄,两千多年前就诞生了一个传说:在更古老的年代里,巨石像跨立在海港的入口处——巨大的青铜腿一边一个矗立在港口。一些集市里出售的明信片上就印着庞大的卡通巨石像,船只在它的两腿之间进进出出。

不一会儿,她回到桌边坐下,像是什么也没发生过。每过一天,他们对彼此的伤害就加深一点,对伤害彼此就多习惯一点。到了晚上,怀着这种感知,他们做爱也更为凶狠放肆,身体纠缠着,像两把刀在黑暗中碰撞。

"你不是认真的,对吗?"她说,"你不是那个意思,对不对?说你要留在这儿什么的?"

"我不知道。是,我说出来了,是不是?我是认真的。"

她依旧看着他。

"你身上有多少钱？"他问。

"一分钱都没有。一分都没有。全在你手里，宝贝。全归你掌管。我真不敢相信这事会发生在我身上，我连买烟的钱都没有。"

"抱歉。我说，"他过了片刻才说，"要是我们能不像海明威笔下那些破碎的人物一样说话做事就好了。我就怕这个。"他说。

她笑了。"我的天，你要是就怕这个的话，"她说。

"你还有自己的打字机呢。"她说。

"倒也是，他们这儿应该也卖纸笔。你看，比如说这儿就有支笔，我口袋里就正好有支笔。"他胡乱在纸杯垫上划出几道锋利的竖线。"还能用。"他头一次咧开嘴笑了。

"要多久？"她说完，等待着。

"我也不知道。可能六个月，可能更久。我知道有些人……可能更久。你知道的，我以前也没这么做过。"他拿起杯子喝了一口，没去看她，呼吸慢了下来。

"我觉得我们做不到。"她说，"我觉得你或者我们俩没这个本事。"

"说实话，我也这么想。"他说，"我不是求你或者要你留下。船还有五六个小时才开，你还有时间做决定。你不是非留下来不可。当然了，我会把钱分一分的，是我对不起你。我不想勉强留你，除非你自己确定想留下。但我会留下。我的人生已经过去了一半，一大半。这么多……这么多年来，我身上唯一发生过的真正不平凡的事情，就是爱上你。这么多年来唯一真正不平凡的事情。既然现在这一大半人生已经结束，就没有路可回头了。我不信那些做出来的样子，从小就不信，从跟克里斯蒂娜结婚前就不信，但我想这可能也是某种形式的做样子吧。你要是想这么说也可以，前提是我能做到的话。不过如果我留下来，也许我能做到。我知道这听起来很荒唐。但我不知道我们之间该怎么办。我想你留下，你知道你对我有多重要。但从现在起，你应该做对你来说正确的事情。在我清醒的时候"——他转动手上的玻璃杯——"我知道这是真的，我们之间真的完了。唉，看着我吧！老天啊，我的手在抖。"他把手伸到桌子上面给她看，又摇了摇头。"不管怎样，如果你想走，这世上总会有人在等着你的。"

"就像从前你等我一样。"

"是啊，就像从前我等你一样，没错。"

"我想留下。"过了一会儿，她说，"不行的话，不行了的话，我们会知道的。要不了多久，一两周就知道了。我到时候再走也可以。"

"随时。"他说，"我不会拦你的。"

"你会。"她说，"如果我决定离开，你会想办法留住我的。你会的。"

他们看着一群鸽子在头顶振翅转向，朝船那头飞去。

"那就试试看吧。"她说着，碰了碰他握杯的左手的手背。他的右手紧紧握成拳头，放在自己的大腿上。

"你留下，我也留下，我们一起留在这儿，好吗？到时候我们再看。行吗，宝贝？"

"好吧。"他说着，从桌边起身，又坐下来。

"那好吧。"他的呼吸又正常了一些。"我去找人把我们船上的行李拿下来，申请把剩下的旅费退回来。然后我再把所有的钱跟你分一分，今天就分，这样我们俩都会舒服点。今晚找个酒店分钱，明天再找个住处。不过你知道，你可能是对的：我疯了。又病又疯。"说这话的时候，他的神色是认真的。

她哭了起来。他轻抚她的手，感到自己的眼里也有了泪。他握住她的双手，而她缓缓地点头，泪从眼里止不住地流下来。

那个服务员猛地背了过去。他走到水池边，过了一会儿洗起杯子，把它们擦干后对着光举了起来。

一个头发精心梳理过、留着小胡子的瘦削男人——哈普林认出他也是从船上下来的，这人跟他们一块儿在比雷埃夫斯上的船——拉出一把椅子，在一张空桌上坐下了。他把外套搭在其中一个椅背上，袖子卷起来一道，点了支烟。他朝他们这边瞥了一眼——哈普林还握着她的双手，她还在哭——又移开了视线。

服务员手臂上搭着条白色的小毛巾，走到那个男人身边。在院子的边缘，那只孔雀缓缓转着头，一双冰冷闪着光亮的眼睛把一切收进眼底。

十月十八日

他啜着咖啡，回想着开端。想象，他忖度着，再抬起头时已然是中午。屋子里很安静。他从桌前起身走到门口，有女人的声音从街上传来。台阶周围开满各色鲜花——花朵硕大蓬松，大多是红黄杂色的垂枝花卉，几朵绰约的紫花点缀其间。他关上门，走到街上去买烟。他没吹口哨，但沿陡峭的鹅卵石街道往前走时摆起了胳膊。太阳正好从白色建筑物的侧面落下，他眯起了眼。奥古斯丁。还能是什么呢？毫无疑问。也没什么简称，从来没有。他从没叫过她别的，只有：奥古斯丁。他继续走着，对男人、女人和马匹一视同仁地点点头。

他撩起门上的珠帘走了进去。年轻的调酒师迈克尔戴着黑色臂章，手肘支在吧台上，嘴里叼着烟，跟乔治·瓦罗斯说着话。瓦罗斯是个渔夫，一次事故中失去了左手。他现在还偶尔出海，但因为没法再撒网收网，他说乘船出去已经不合适了。他整天叫卖一种甜甜圈状的芝麻卷，这会儿就串在两根扫帚柄上，靠着瓦罗斯旁边的吧台。两人看到他，冲他点点头。

"来包烟，再来杯柠檬鸡尾酒。"他对迈克尔说，拿上烟和酒坐到临窗的一张小桌上，从那儿看得见海湾，两条小船随海浪起起伏伏。坐在船里的人只盯着海水，不动也不说话，小船随海浪起起伏伏。

他抿着酒抽着烟，过了一会儿从口袋里掏出一封信来读。时不时地，他停下来看窗外的渔船。吧台边的两个男人继续聊着天。

"这是个开始，真的。"她说。她用手臂环住他的肩，乳房轻轻摩擦着他的后背。她在读他刚写好的东西。

"还不错，宝贝。"她说，"说实话很不错。不过那个时候我在哪儿呢？是昨天吗？"

"什么意思？"他扫了一眼那几张纸，"你说的是这里吗，屋子里很安静？我不知道，可能你在睡觉呢，或者在外面买东西。我不知道。这重要吗？我只是说——屋子里很安静。这里我不需要解释你在哪儿。"

"这个嘛，我早上才不会睡觉，中午也不会。"她朝他做个鬼脸。

"我觉得我没必要交代你每分每秒都在哪儿吧。你不觉得吗？什么啊。"

"不是，我是说，我一点都没读懂。我是说，只是有点怪，你知道，我是这个意思。"她用手指了指那几页纸，"你懂我什么意思。"

他从桌边站起来伸了伸胳膊，透过窗户去看海湾。

"你还想再工作一会儿吗？"她说，"老天！我们也不是非得去海滩，那只是个建议。要是你想工作的话，我宁愿你多工作一会儿。"

她一直在吃一只橙子。当她倚在桌边再次认真地看起那几页纸时，他能闻到她呼吸中的橙子味儿。她露齿一笑，伸出舌头舔舔嘴唇。"好，"她说，"好，很好。"

他说："我想去海滩。今天差不多了，反正这会儿是差不多了。可能晚上再写点，今天晚上再琢磨琢磨。重要的是我已经开了个头，之后就欲罢不能了。我会继续写下去的，没准它能自己冒出来。去海滩吧。"

她又笑了。"好。"她说着，把手放他的阳具上。"不错，不错，瞧瞧，我们的小家伙今天怎么样？"她隔着裤子抚弄他的阳具。"我之前就想着今天你能开个头，"她说，"不知道为什么，我就想着可能是今天。我们走吧。我不知道怎么跟你形容我今天这一刻有多快乐。就好像……今天的我比很长很长一段时间里的我都快乐。可能——"

"别想什么可能了。"他说着，把手伸进她的系带露背上衣里，摸她的乳房，手指捏住乳头揉搓着。"我们说好

的，一天一天来。一天，下一天，再下一天。"乳头在他的
摆弄下硬了起来。

"等游完泳回来，我们可得互相做点什么。"她说，"当
然，除非你想把游泳往后推一推？"

"我都行。"他说，"不，等等，我先去换条泳裤。等到
了海滩上，我要告诉你回来以后我想对你做的，你告诉我
你的。趁还有太阳，现在就去海滩吧，不然要下雨了。现
在就走吧。"

她哼起小曲，往一只小袋子里放了几只橙子。

哈普林套上泳裤，把那几页纸和圆珠笔一起放进柜
子。他盯着柜子里面看了一会儿，哼唱声消失了，他慢慢
转过身来。

她穿着系带露背上衣和短裤站在敞开的门前。白色遮
阳草帽下面，黑色的长发垂肩落下。她把橙子和草编瓶抵
在乳房前面，她看了他一会儿，眨眨眼，扭了扭屁股，笑
了。

他的呼吸急促起来，腿开始发软。有那么一会儿，他
担心自己的癫痫又发作了。他看见她身后是蔚蓝天空的一
角，海湾中蓝色的海水忽明忽暗，微小的浪花起落不定。
他闭上眼又睁开，她还在那里笑着。我们做的事是重要的，
兄弟。他记得很久以前，米勒这么说过。他的胃里一阵空
洞的翻搅，牙关不自觉越咬越紧。他感到自己的脸也许会

告诉她一些他自己也还没意识到的事情。他头晕目眩，感官却高度警觉：闻得到房间里剥开的橙子的味道，听得见苍蝇嗡嗡叫着撞击床边窗户的声音。他听见台阶周围的花朵，长长的花枝偎依着，在和暖的微风中摇曳。海鸥鸣叫，海潮升起，又在海滩上落下。他感到自己正逼近什么东西的边缘，像是从前不明白的事情也许马上就要明白了。

"我爱死你了，"他说，"爱死你了，宝贝。宝贝。"

她点点头。

"把门关上。"他说，阳具在泳裤里翘了起来。

她把东西在桌上放下，用脚踢上门。然后摘下草帽，甩了甩头发。

"瞧瞧，瞧瞧，"她说着，粲然一笑，"让我来跟我们的小家伙打声招呼，"她说，"不是小家伙了。"她走向他，眼睛亮亮的，声音也慵懒了起来。

"躺好，"她说，"别动。就躺在床上，别动。不许动，听见了吗？"

缘起

关于《邻居》

　　我最早意识到"邻居"可以作为小说素材是在一九七〇年秋天，我从特拉维夫回到美国两年后。在特拉维夫时，我们帮几个朋友照看过几天他们的公寓。虽然故事中的那些胡闹并没有在我们照看公寓的时候发生，但我不得不承认，我确实对冰箱和酒柜窥探了一番。每天在别人的空房子里进出两三次，在别人的椅子上坐上一会儿，翻翻他们的书和杂志，透过他们的窗户看看外面，我发现这些都给我留下了相当深刻的印象。这些印象花了两年时间才浮现成一个故事，但它一旦出现，我一坐下，就把它写了出来。在当时这似乎是个相当容易的故事，一动笔便很快成形了。这个故事真正所花的工夫，或者说其中真正的艺术价值后来才出现。最初的手稿有现在的两倍长，我在随后的修改中不断删减，再删减，直到它变成现在的长度和尺寸。

　　除了小说中主要人物性格上的困惑与混乱之外——这大概称得上是故事的主题——我认为这篇小说捕捉到了一种本质上的神秘感或者陌生感，它部分源于对题材的处理，具体来说是小说的风格。如果一定要下个定义的话，这是篇高度"风格化"的小说，正是这一点赋予了它更高的价值。

每去一次斯通家的公寓，米勒就在他自己制造的深渊里多陷入一分。自然，当阿琳坚持这次她要独自去邻居家时，故事的转折来了。最终，比尔不得不去把她找回来。她的言语和外表（她的脸发红，"背后的毛衣上粘着白色线头"）透露出，她也一直在做着跟他差不多的事，沉溺在同样的翻找搜寻之中。

我认为这篇小说在艺术上多少是成功的。我唯一担心的是它太单薄，太减省微妙，太不人道。我希望事实并非如此，但实际上我觉得它并非是那种能让读者毫无保留、倾其所能去喜爱的小说；那种横扫一切，因其人物的广度、深度和栩栩如生的情感而最终被人铭记的小说。不，这是另一种小说——未必更好，我也肯定不希望更糟，但无论怎么说都是不同的——这篇小说内在和外在的真实性与价值恐怕都并不来自其中的人物，也不来自短篇小说历来珍视的那些优点。

至于我喜欢的作家和作品，我倾向于关注其中我喜欢的部分，而不是我不喜欢的。我认为现如今各式各样的好作品都已经被写出来了，发表在大大小小的杂志刊物上，还有的以单行本的形式出版。的确也有不怎么样的，但是操心那些干什么呢？在我看来，乔伊斯·卡罗尔·奥茨是我这一代，或许是最近几代人里最好的作家，我们都必须学着活在她的阴影和魅力之下，至少在我们可见的未来里。

关于《开车时喝酒》

　　我不是个"天生"的诗人。很多时候我写诗都是因为我并不总是有时间写小说，那才是我的初恋。这种对小说的兴趣衍生出我对故事线的兴趣，也许正因如此，我的诗歌中存在叙事的倾向。我喜欢那些读第一遍时就能告诉我一点什么的诗，不过对于我非常喜欢的诗，或者并不特别喜欢但觉得有价值的诗，我会读上两遍、三遍、四遍，看看是什么让它们这么好。在我所有的诗里我都追求一种特定的情绪或氛围。我总是使用人称代词，尽管我写的许多诗都是纯粹的虚构。不过很多时候，那些诗在现实中的确有一些若有似无的根基，《开车时喝酒》就是这样。

　　这首诗是几年前写的。我认为它存在一定的张力，也相信它成功地表现了一个至少在我看来神魂不定的叙述者，以及他在这种危险状态下的失落感和淡淡的绝望。写这首诗时，我正做着一份早八晚五的白领工作，多少还算体面。但跟做其他任何全职工作一样，我没有足够的空余时间。有一段时间我没写也没读过任何东西。说"我六个月没读过一本书"是有些夸张了，但当时我觉得这也离事实不远。

在写这首诗之前，我读了拿破仑手下一位将军科兰古的回忆录《从莫斯科撤退》，还在那段时间里和我哥哥一起坐上他的车，在夜里游荡了一两次。两个人都感觉漫无目的，四面又都是高墙，就一口一口喝着那一品脱瓶的老乌鸦威士忌。总之，当我坐下来写这首诗时，这些记忆模糊的事实或痕迹就跟当时我自己非常真实的沮丧情绪一起留在我脑海里。我想这里面有些东西凑到一块儿了。

我真的说不出更多关于这首诗或者写作过程的东西了。我不知道这首诗有多好，但我觉得它是有优点的。我可以说这是我最喜欢的诗之一。

关于修改

当有人问我想不想给这本《火》写个前言时，我说不想。但我越想越觉得有几句话该说。不过不是前言，我说。不知道为什么，写前言总让人觉得有些自以为是。在小说或诗歌领域，前言或作者序应该留给五十岁以上的文学巨匠去写。我说我就写个后记吧。所以接下来的这些话，好坏是些事后的闲话。

选进这本书的诗作都是在一九六六年到一九八二年之间完成的，其中一些最早出现在《在克拉马斯河附近》《冬季失眠症》和《鲑鱼夜溯》的单行本里。我还收录了一些在一九七六年后，也就是《鲑鱼夜溯》出版那一年后写的诗——这些诗在杂志期刊上发表过，但还没被收录进哪本书里。它们没有按时间先后排序，而是或多或少按照对事物特定的思考和情感——情感和态度的集合——来粗略分类的，这是在我用结集的眼光检视这些诗作时找到的办法。有些诗似乎很自然地落入了特定的区域或癖好里。比如说，其中有些多少跟酒精有关，有些跟出国旅行和人物有关，还有些仅仅关注家庭内部熟悉的事物。例如在一九七二年我写了一首《干杯》，将它发表了。十年后的一九八二年，我过着一种截然不同的生活，写了很多性质各不相同的诗歌，而这时我又写了一首《酒》，也发表了。因此当我开始为这本书挑选诗歌时，告诉我哪首诗应该分去哪儿的常常是内容，或其中的执念（我并不在乎"主题"这个词）。这个过程并没有什么特别值得书写或值得注意的。

最后再说一句：几乎所有早前出现在我其他选集里的诗歌，这次都经过了细微，有些甚至是极细微的修改。但它们的确被改过了，是今年夏天改的。我认为在这个过程中，它们成了更好的作品。关于修改的事，我等一会儿再接着说。

有两篇随笔是一九八一年写的，都是命题作文。其中一篇是《纽约时报书评》的编辑希望我写写"任何关于写作的事"，那一小篇《论写作》就是这么来的。另一篇是我受邀为一本叫《赞美，得以留存的》的书写点关于"影响"的东西，这本书是《美国诗歌评论》的史蒂芬·伯格和哈珀与罗出版社的泰德·索罗塔洛夫合作的。我的投稿便是《火》——把这个名字用作这本书的书名是诺埃尔·杨的主意。

小说中最早的一篇《小木屋》是一九六六年写的，之前被收录在《狂怒的季节》里，今年夏天为了本书的出版我又改了改，会在《印第安纳评论》一九八二年的秋季刊

235

上发表。更近期的一篇小说《野鸡》会先在梅塔卡姆出版社这个月一套限量发行的丛书里发表，今年秋天也会出现在《新英格兰评论》上。

我喜欢在我的小说里东删删西改改。相比于将故事的初稿写出来的过程，我更喜欢在写完之后敲敲打打，再修修补补，这里改点，那里再改点。在我看来，初稿好像是我必须抵达的艰难之地，只有这样才能继续前进，享受故事的乐趣。修改对我来说不是什么苦差事，而是我喜欢做的事。我觉得在我的天性之中，谨慎小心比自然随性的成分更重些，这也许能说明点什么。也许不能。可能根本没什么关系，只是我瞎联系。不过我确实知道，完稿后的修改工作对我来说是自然而然的，是我乐于做的事情。也许正是修改将我一步步领入故事的核心，告诉我它到底跟什么有关。我必须一直寻找，看我能不能把它找出来。这与其说是一个定点，不如说是一个过程。

有段时间，我觉得是性格缺陷让我不得不如此挣扎，现在我不这么想了。弗兰克·奥康纳曾说他经常修改他的小说（这还是在有时把初稿改上二三十遍之后），还想着有天能给他的修改出个修订本。某种程度上来说，我现在就有了这么个机会。《距离》和《家门口就有这么多的水》这两篇小说（《狂怒的季节》原有的八篇小说中的两篇）一开始随《狂季》单行本发表，后来被收录在《当我们谈论爱情时我们在谈论什么》里。当卡普拉出版社找到我，说想把《狂怒的季节》和《鲑鱼夜溯》这两本书当时已经绝版的书合并成一本书重印时，我萌生了关于这本书的想法。不过对于这两篇卡普拉想要收录的小说，我多少有些犹豫，因为在它们被克诺夫出版社结集出版时，我已经进行了很大幅度的修改。权衡再三，我决定在相当程度上保留它们初次在卡普拉出版社出版时的样子，而把修改维持在最低限度。我确实又把它们改过了，但修改量根本没法跟上次比。不过这能持续多久呢？我是说，我猜最终总归有一个收益递减规律。但我现在敢说，我更喜欢这些小说后来的版本，它们更贴合我目前写短篇小说的方式。

总之这里所有的小说我都或多或少改过了，并且现在的它们跟最早在杂志和《狂怒的季节》里的样子都不太一样。我很高兴自己能处在一种有能力把这些小说变得比之前更好的状态里，我认为现在就是这样。至少，天知道，我希望它们更好。反正我自己这么想。但说真的，对于一篇散文或一首诗——我自己的或是别人的——来说，如果把它们放上一段时间再改，很难不会改得更好些。

感谢诺埃尔·杨给我这个机会，让我有动力再次回看这些作品，看到它们的价值。

关于电影剧本《陀思妥耶夫斯基》

　　一九八二年九月初，导演迈克尔·西米诺打电话来问我愿不愿意改写一个关于陀思妥耶夫斯基生平的电影剧本。聊完后我表示感兴趣，于是我们决定等业务上的事情敲定之后再进一步讨论。他的经纪人联系了我的，协议达成，然后西米诺和我在纽约共进晚餐。当时我在雪城大学教书，学期还没结束，我正在写《大教堂》的最后一个故事，还在编辑整理要收进《火》里的作品。我不知道哪里还有时间写个剧本，但我断定这件事是我想做的。

　　我打给了苔丝·加拉格尔。她那年秋天向雪城大学申请了学术休假，待在华盛顿州的安吉拉斯港照顾她饱受肺癌折磨的父亲。我问她想不想跟我合作。这个项目时间很紧，我知道我没时间研究资料，也没时间重读他的小说。苔丝答应帮忙。她去研究资料，在必要的地方编写新的场景，同时编辑我已经写好的部分。总之她愿意跟我合力改写——或者说，像最后的结果那样，跟我合写了一个全新的脚本。

　　我和西米诺在"保罗和吉米家"碰头吃了晚饭，那是格拉梅西公园旁的一家意大利餐厅。饭后我们进入了正题：陀思妥耶夫斯基。西米诺说他想拍一部关于文学巨匠的电影。在他看来，之前没人做过这事儿。他不想做像《日瓦戈医生》那样的电影。聊到这里我才想起来，我们只能在那部电影的一个场景里看到这位作家兼医生日瓦戈试着写点什么。那是在冬天，布尔什维克内战①进入白热化，日瓦戈和情人拉娜藏身在一处偏远的乡间小屋里。（要是有谁忘了的话，电影里这两个角色是奥马尔·沙里夫和朱莉·克里斯蒂演的。）有一个场景就是日瓦戈坐在桌前，戴着御寒的羊毛手套写诗。镜头推进，给了那首诗一个大特写。诚然，诗或小说的写作本身不是出彩的素材。西米诺想从始至终地凸显陀思妥耶夫斯基的小说家身份。他认为，陀思妥耶夫斯基一生中戏剧化甚至常常是情节剧化的境遇，与他对小说创作的沉迷形成一种鲜明的反差，对于电影来说，这提供了一个绝妙的机会。

想要制作这部陀思妥耶夫斯基电影的卡洛·庞蒂，在七十年代早期就已在俄国拍了一部《向日葵》，主演是他妻子索菲亚·罗兰和马塞洛·马斯楚安尼。庞蒂与不少苏联电影人关系友好，还和一些政治领袖是朋友。因此，西米诺希望能在俄国出外景，包括西伯利亚和其他通常不对西方

---

① 我国一般称为俄国内战、苏俄内战、苏俄国内战争等。

人开放的地区。

我想着剧本的事，就问那些俄国人会不会想搞什么审查。西米诺说不会，在这件事情上他们是打算配合的。首先是因为今年是陀思妥耶夫斯基逝世百年（实际上那应该是一九八一年），他们正希望能有一部大片来纪念他的生平和著作。不会搞审查的。这部电影甚至不会在俄国的电影洗印厂里冲洗制作，每天的"毛片"会被送到法国去。

这时西米诺拿出了剧本——黑色文件夹里一叠厚厚的手稿，放到了桌上。我拿起来翻了几页，边翻边读了几行，想把握个大概。哪怕只是这样草草浏览，我也马上看出这事并不乐观。"这里面有故事情节吗？"我问，"有没有戏剧性叙事？"西米诺摇摇头。"这是其中一个问题。不过我觉得里面是有一种精神上的发展的。"他这么说着，眼睛眨也不眨。我被打动了。我也可以看下去，但刚才匆匆一扫之下，感觉几乎不像是英语，而且还不只是因为里头有大量的俄国名字。"说不定等你读完，就只想举手认输，把这事儿忘了。"西米诺说。这剧本看起来很怪——大段的叙述长得叫人沮丧，其间零星点缀着些对话。我之前没看过任何电影剧本，可这个跟我对于剧本的理解没有一丁点相像的地方。西米诺此前就知道我没看过什么剧本，改过的没改过的都没看过（我事先警告过他了），因此他还给我带了本剧本来，好让我对正确的格式有个清楚的概念。（当我读着他带来的剧本样本时，不得不问他 INT 还有 EXT 是什么意思。"内景"和"外景"，他解释说。那 V.O. 和 OS. 呢？"旁白/独白"和"画外音"。）第二天我就回了雪城，开始工作。

不管有没有精神上的发展，这个剧本里陀思妥耶夫斯基的生平跟我了解到的完全不一致。我感到困惑，不知道从哪里开始才好。也许还不如"举手认输"，这念头确实在我脑子里闪现。我夜以继日地工作，除了勉强挤出上课的时间外，所有的精力都扑在这上面，终于拟出一份长长的粗稿，便马上寄给了苔丝。这个时候，为了给剧本做准备，苔丝已经读完了她手头能找到的所有传记，还看完了《罪与罚》《赌徒》《死屋手记》和《波琳娜·苏斯洛娃日记》①，她接手后添加了不少新场景，四处扩写，然后打了一份发回给我。我在这个基础上接着改，又打了一份发给苔丝，她再改。我记得她会在不同的时间打来电话，跟我聊陀思妥耶夫斯基，时不时读上一段她刚用打字机写好的新场景。然后再把剧本寄还给我，我又接着改。剧本打了一遍又

---

① 波琳娜·苏斯洛娃（1839—1918），俄国短篇小说家，陀思妥耶夫斯基的情人，被认为是陀思妥耶夫斯基小说中多个女主人公的原型：《赌徒》中的波琳娜，《白痴》中的娜斯塔霞·菲立波夫娜，《罪与罚》中的卡捷琳娜·伊万诺夫娜·马尔梅拉多娃，《群魔》中的莉莎维塔·尼古拉耶夫娜，以及《卡拉马佐夫兄弟》中的卡捷琳娜和格鲁申卡。陀思妥耶夫斯基称她为他那个时代最杰出的女性之一。

一遍。这时已经是十一月下旬，剧本有二百二十页长——只能说，让人望而却步。（一般的剧本长度大概在九十到一百一十页之间，按一页一分钟算，可以粗略估算出电影的时长。而西米诺并不会让电影的进度变得更快。他《天堂之门》的剧本是一百四十页，结果拍出来的电影有将近四个小时。）

那段时间里，除了各自生活中本来就要做的一切之外，我和苔丝疯狂地写剧本。"这活儿任何时候来都行，我多希望不是这会儿。"在我们频繁的电话往来中，有一次她这么告诉我。但她也很兴奋。"想想吧，"又有一次她说，"陀思妥耶夫斯基！我们又让他活过来了。"她的父亲眼看要被癌症打败，我知道她一直在这样的生活底色中抵抗着一点一滴的失去。"陀思妥耶夫斯基给了我面对这一切的勇气，"她对我说，"他也让我能哭出来了。"

十一月底，我把完稿送到了西米诺那里。除了我和苔丝之外，会有别人也觉得它像我们想的那么好吗？而西米诺很快打来了电话，告诉我他对这些有多满意，多惊讶。除了剧本的长度之外——他从没见过像我们的《陀思妥耶夫斯基》这么长的剧本——他对结果极为高兴。

我不知道这个剧本什么时候，甚至会不会变成一部电影。西米诺告诉我卡洛·庞蒂从洛杉矶搬出去了，可能搬回了欧洲，总之他已经消失了，也没见他为制作这个剧本作出过任何努力。西米诺把这份二百二十页长的剧本放到一边，开始做其他项目了。

当我受邀加入"背靠背系列丛书"时，我想如果我们能从剧本里提取一些素材，用连贯的方式呈现出来，可能会很有意思。我们选取了剧本开头几页：圣彼得堡在革命中风雨飘摇，陀思妥耶夫斯基去医院的精神病房探望一位年轻的作家。然后我们转到陀思妥耶夫斯基刚刚因叛国罪被捕入狱，和几位共谋者一起面临死刑的场景。（有趣的是，弗拉基米尔·纳博科夫的祖父是此案的法官之一。）之后我们略过了一部分，跳到陀思妥耶夫斯基被减刑以后，他在监狱里等着被流放到西伯利亚去。

西伯利亚的场景过后，我们跳到十年后，陀思妥耶夫斯基回到圣彼得堡，和波琳娜·苏斯洛娃有了关系。他从她身上获得灵感，创造了《赌徒》中的女主人公。

最后一段讲的是陀思妥耶夫斯基和安娜·格里戈利耶夫娜，这个女人后来成了他的第二任妻子。（在他从西伯利亚回到圣彼得堡两年后，他的第一任妻子便死于肺结核。）起初安娜是陀思妥耶夫斯基的速记员，后来爱上他，跟他结了婚。她在陀思妥耶夫斯基最后的时日里，也就是《群魔》和《卡拉马佐夫兄弟》的写作期间，守护着他的平静和安宁。

关于《浮漂》和其他诗歌

对我来说，写下每一首诗的时刻都极为重要。我想正因如此，我能记得写下那些诗时的心境，周遭的事物，甚至当时的天气是什么样子。要是再往下问，我差不多可以想起那是星期几。至少在大多数时候，我能想起那些诗是在周中还是周末写的。我记得最清楚的是写诗的时刻——早上、中午、下午，或者极偶尔地，在深夜。这种记忆对我写的短篇小说并不奏效，尤其是我写作生涯早期写的那些。比如说，当我回看我的第一本小说集时，我得瞄着版权日期才能确认小说的出版年份，根据这个再来猜它们应该是什么时候写的—— 一般再往前推个一两年。只在极少数情况下，我才能记起有关写作时间的特别或不寻常的地方，更不用说记起当时的感受了。

不知道为什么，我对写每一首诗时的时间和环境都记得那么清楚，对小说的创作场景却不怎么记得。我想一部分原因在于，我实在觉得诗歌对我来说更亲近、更特殊，比其他的体裁更像是一种礼物，尽管我确实也知道，那些小说同样也是礼物。

244

我的诗歌当然不是真实的——那些事并没有真的发生过，至少没有按我说的那样发生。但跟我的大多数小说一样，这些诗也有自传的成分。跟诗里相似的情形确实曾经发生过，然后回忆跟随着我，直到它得以表达。又或者，诗里描绘的常常在某种程度上是我写作时心绪的映射。我那时深信，这些诗歌确实比我的小说更私人，因此也更"真情流露"。

我喜欢叙事的诗歌，不管是我自己的诗还是别人的。一首诗并不是非要讲一个有头有尾有过程的故事，但我认为它必须要不断向前，要步伐轻快，要有火花。它可以向任意方向行进——回到过去，去向遥远的未来，或是拐上一条杂草蔓生的小径。也许摆脱地心引力的束缚，向外部星辰寻找一个居所；也许借死人之口说话，或是带着鲑鱼、野鹅、蝗虫去旅行。但它不是静止的。它在动。它行进着，虽然或许有神秘的元素在其中运转，但它的发展是内在固有的，一件事指引向另一件。它是闪耀的——无论如何我希望它是闪耀的。

每一首编辑看中、觉得适合这本选集的诗，在创作之时都触及某种急迫地压在我现实生活之上的忧虑或情形。从这方面来说，我认为这些诗可以被称为叙事诗或故事诗，因为它们总是与某些事有关。它们有一个"主题"。与每首诗都"有关"的事情里，其中一件就是我写作时的所思所感。每一首诗都留存着一个特殊的时刻，当我看着它时，我看得到我写它时的心境。现在再读我的诗，我才是在真正意义上回望一张关于我自己过往的地图，它粗略，但真实。可以说，它们帮我维系我的生活，而我喜欢这个想法。

《浮漂》是这组诗中最老的一首。六月一个晴朗的早晨，我在从伯克利前往伊利诺伊州洛克岛的途中，在怀俄明州夏延市的一间汽车旅馆里写下了它。一年半以后，一九六九年秋天，我住在加州，在圣克鲁兹往北几英里的本洛蒙德山。我就是在那儿写出了《普罗瑟》。有天早上一醒来，我想起我的父亲。他去世两年了，却出现在夜晚我梦境的边缘。我试图在梦里拼凑出些什么，但没有成功。但那天早上我想起了他，回忆起我们一起出去打猎的日子。我清楚地记起我们一起打猎时的那片麦地，记起普罗瑟小镇，一个我们经常在傍晚打完猎后停下来找东西吃的小地方。那是离开麦子地后我们遇到的第一个小镇。我突然想起夜晚的灯光是怎样在我们面前出现的，就像我诗里写的那样。我写得很快，而且似乎毫不费力。（这可能也是我格外喜欢这首诗的原因之一。如果有人问我写过的诗里最喜欢的是哪首，应该就是这首了。）同一周的几天之后，我写下《你的狗死了》，这首诗也写得很快，好像也不怎么需要修改。

《永远》就不一样了。一九七〇年，临近圣诞节，我在帕罗奥多一个车库的工作间里写下这首诗。我写了不下五六十遍，最后才终于找对了感觉。我记得我写第一稿时，屋外雨下得正急，车库里架了张工作台，我时不时透过车库小小的窗户看向我的房子。夜深了，房里所有人都睡了。那雨似乎就是我脑海中想要靠近的《永远》的一部分。

《找工作》写于次年八月，一个混乱而艰难的夏天。那是萨克拉门托一间公寓房里的一个午后，我的妻子和孩子去公园了。气温将近一百华氏度[1]，我光着脚，穿着泳裤。我从公寓的瓷砖地面上走过，留下脚印。

《韦斯·哈丁》也是在萨克拉门托写的。但那是在几个月的十月。我住在另外一个地方，房子在一条死胡同里，说出来你可能不信，叫"月巷"。那天一大早，大概八点钟左右，我妻子刚刚出门去上班，顺便送孩子去学校。我有一整天的时间，难得有时间写作，但我没试着写点什么，反而拿起一本刚刚寄来的书，读起旧西部流亡者的故事来。我看到一张约翰·卫斯理·哈丁[2]的照片，停了下来。不一会儿，我就写出了诗的草稿。

《婚姻》是这组诗里离现在最近的一首，是在一九七八年四月，在爱荷华一间两居室里写的。那时我和妻子已经分居几个月了，但抱着试一试的心态，我们又重新住到了

---

① 约38℃。

② 即诗歌标题中的韦斯·哈丁。

一起。虽然最后结果证明，这段时间相当短暂，但那时我们正再次努力着，看能不能挽回我们的婚姻。我们的两个孩子已经长大，住在加州某处，几乎完全自力更生。但我还是担心他们。我也担心自己，担心我妻子，担心我们这只剩下最后一次的努力尝试的婚姻。我还活着，带着各种各样的担忧。那天傍晚我写了这首诗，我妻子在一间房里，我在另一间。我所经历的恐惧找到了释放的出口。

　　我们的和解没有成功，但那是另一个故事了。

关于《致苔丝》

　　就某种意义而言，这首诗是给我妻子——诗人和小说家苔丝·加拉格尔的一封情书。我写这首诗时是一九八四年三月，我正独自住在我们华盛顿州安吉拉斯港的家中。三月之前我待在纽约州的雪城，苔丝在那边的大学教书，我们大部分时间都住在那儿。但在一九八三年九月，我的出版商推出了我的短篇小说集《大教堂》，书出版后喧嚣了一段时间——这阵喧嚣一直延续到了后一年——我的步调被打断，好像怎么也找不回工作状态。这种文学的骚动和我们在雪城时的日常社交活动赶在了一起——和朋友的聚餐，电影，音乐会，大学里的小说和诗歌朗读会。

　　从很多方面讲，那时算是"高光时刻"，是好日子，但也让我不堪其扰：我发现自己很难回到工作状态。苔丝注意到了我的沮丧，建议我一个人去我们安吉拉斯港的家，希望我能找到重新提笔写作所需要的平静和安宁。我一路西行，打算一到那边就开始写小说，但等我在家安顿好，待了一段时间之后，我竟然写起了诗，这让我自己也大吃一惊。（我说"吃惊"，是因为我已经两年多没写过诗了，也不知道还会不会再写。)

　　虽然《致苔丝》严格来说不能算是"自传性的"——
我很多年都没用我红色的魔鬼鱼饵钓鱼了，也没随身带着
苔丝父亲的折叠刀；诗里写的那天，我好像没有去钓鱼，
也没有被一条叫迪克西的狗"跟了好一阵儿"——诗里这
些事都在什么时候发生过，我记住了，也把这些细节放进
了诗里。但是，重要的是诗里的情感、情绪（千万别把它
跟多愁善感混为一谈），每一行的情绪都是真实的，我用一
种简洁准确的语言传递了出来。并且，诗中的细节是生动
而具体的。就叙事或者讲故事层面而言，我认为这首诗是
真实的，令人信服的。（我对依赖修辞技巧来推进的诗歌没
多少耐心，对空洞抽象的伪诗意的语言也是。在文学中我
尽量回避抽象和修辞，在生活里也一样。）

　　《致苔丝》讲了个小故事，也捕捉了一个瞬间。要记
住，诗歌不只是一种简单的自我表达。一首诗或一个故
事——任何自称为艺术的文学作品——都是作者和读者之
间的一种交流。任何人都可以表达自我，但作家和诗人想
做的，不仅仅是简单的表达自己，而是交流，对吗？这常
常需要将一个人的想法和最深切的关怀翻译成语言，赋予
它们某种形态——小说的或诗歌的，希望读者能理解、体
验同样的感受和关怀。读者所贡献的别样的解读和感受总
是伴随一件作品而来。这不可避免，甚至令人向往。而如

果作者本该交出的主要货物被留在了库房里，那么按我的想法，这件作品大体上就失败了。我觉得我可以这么想：被理解是每一个好作家应该做的一个基本假设，更准确地说，甚至是他或她的一个努力目标。

最后一点。我不仅试着用一连串特定的细节去捕捉、留存某一个特殊的时刻——换句话说，使它永恒——还在写诗过程中意识到，我在写的正是一首情诗。（说起来，我就没写过几首情诗，这算是一首。）不仅是因为我给这首诗取名为"致苔丝"，想给这个过去十年里和我共度人生的女人带去些我在安吉拉斯港生活的"新闻"——这里我想起埃兹拉·庞德的评论："文学是常看常新的新闻"——也是借这个机会告诉她，她在一九七七年出现在了我的生活里，我很感激。她的出现意义重大，深刻地改变了我的生活。

这是我想在诗里"说"的事情之一。如果我触动了她，也因此触动了其他的读者——能把写这首诗时的真实感受分他们一份——那我就很高兴了。

关于《差事》

　　一九八七年初，杜顿出版社的一名编辑寄给我一本新近出版的传记，亨利·特罗亚的《契诃夫传》。书刚一寄到，我就停下手边的事读了起来。我记得这本书好像是一口气读完的，那时我还有时间整下午、整晚地阅读。

　　读到第三天还是第四天，书临近结尾，我读到一小段讲述了契诃夫的医生——来自巴登韦勒的施沃赫尔医生在契诃夫最后的日子里照料着他——在一九〇四年七月二日的清晨被奥尔加·克尼佩尔·契诃夫①叫到垂死的作家床前，显然契诃夫已接近弥留之际了。特罗亚没做任何解释说明，只是告诉读者施沃赫尔医生叫了一瓶香槟来。并没有谁说要喝香槟，他只是自己拿了主意。可这件细小但有性情的举动震动了我，让我觉得意义非凡。我还没想清楚要拿它做什么或怎么做，就感觉自己在那个时候、那个地方被拽进了一篇我自己的短篇小说里。我写了几行，又写了一两页。施沃赫尔医生是怎么大半夜在这家德国旅店里叫的香

① 莫斯科艺术剧院著名演员，契诃夫的妻子。

槟？怎么送进房的，谁送进来的？香槟送进来的时候有什么规矩？然后我停了下来，接着读完了那本传记。

但我一看完书，注意力就又转回到施沃赫尔医生叫香槟的事上了。我对自己正在做的事情充满了兴趣。但我究竟在做什么呢？我只清楚一点，那就是我觉得自己看到了一个向契诃夫致敬的机会——如果我能恰当而体面地写出来的话。这么多年以来，他对我的意义实在太大了。

我试着写了十一二个开头，一个接一个地写，但怎么都不对劲。后来我逐渐把小说从最后的时刻里挪开，回到契诃夫第一次因肺结核当众吐血的时候，那时他在莫斯科一家餐厅里，和他的朋友兼出版商苏沃林在一起。接着就是住院，托尔斯泰的来访，奥尔加陪他去巴登韦勒，去世前旅店里共度的短暂时光，年轻的服务生在契诃夫套房的两次重要出场，最后还有殡仪师——他和服务生一样，传记故事里并没有他的位置。

就素材的事实基础来说，这篇小说很不好写。我不能偏离已经发生的事情，也不想这么做。最主要的是我必须找到一种方式，为传记里一笔带过或根本没有提到的行为注入生命。最后，我意识到我得放任自己的想象力，在故事的框架之内进行虚构。写这篇小说时我就知道，它跟我以前写的任何东西都完全不同。最后，一切似乎都融合到一起，我很高兴，也很感激。

关于《我打电话的地方》

　　我创作并发表第一篇短篇小说是在一九六三年，也就是二十五年前，此后便一直被短篇小说写作所吸引。我认为这种对文字的简洁性和紧张性的偏好，部分（只有一部分）缘于一个事实：我既是个小说家，也是个诗人。我开始写作并出版诗歌的时间和小说差不多，也是在二十世纪六十年代初，那时我还在上大学。但这种诗人和短篇小说家的双重身份并不能解释一切。我沉迷于写作短篇小说，就算想甩也甩不掉。更何况我不想。

　　我喜欢迅速进入状态的好故事，第一句就激动人心，写得最好的还带有一种美感和神秘感。我也喜欢那种——这一点从一开始就对我至关重要，到现在也还是我的考虑因素——一口气就能写完读完的故事。（就像诗歌！）

　　一开始——可能现在也是如此——对我来说最重要的短篇小说家是伊萨克·巴别尔，安东·契诃夫，弗兰克·奥康纳，还有 V. S. 普里切特。我忘了是谁最先给了我一本巴别尔的《短篇小说选》，但我的确还记得其中的一句话，出自他最好的小说之一，我把它抄在我当时随身携带的小笔记本上。是叙述者在谈到莫泊桑和小说写作时说的："一个恰到好处的句号比任何钢铁都更具刺穿人心的力量。"

初次读来，这句话就带给我一种启示的力量。这就是我在自己的小说里想做到的：将贴切的用词、准确的形象、精准无误的标点整合到一起，吸引读者，让他们参与到故事中来，除非家里房子着火，绝没有办法把眼睛从文字上挪开。让言语来承担行动的力量也许是徒劳的愿望，但这显然是一个年轻作家的愿望。我希望用清晰的写作带来的权威感抓住和吸引读者。直到今天，这依然是我的一个主要目标。

我的第一本小说集《请你安静些，好吗？》一九七六年才出版，离写作第一篇小说已经过了十三年。从写作到杂志发表、书籍出版之间的漫长延迟，一部分缘于我的早婚、急迫的育儿工作和体力劳动、仓促中接受的一点教育——每到月底钱永远不够周转。（也是在这段漫长的时间里，我试着学习作家的手艺，学习如何像河流一样波澜不惊，哪怕我的生活恰恰与此相反。）

我用了十三年时间将第一本书整理出来，找了个出版商。我得补一句，那个出版商极不情愿掺和到这荒唐事里来——无名小作家的第一本小说集！这之后我学着在有空的时候写快一点，在感觉对的时候把小说写好，在抽屉里堆起来。之后再仔细、冷静地回看它们，隔着一段距离，等一切平静下来之后，等事情无不遗憾地回归"正常"之后。

人生就是这样，大块的时间常常不可避免地消失了。很长一段时间里，我没写任何小说。（我多希望那些时光能再找回来！）有时一两年过去了，我甚至想不起要写小说。不过我倒是能时常花些时间写诗，后来证明这是重要的：正因为我写诗，那团火焰并没有像我有时担心的那样，摇曳着渐渐熄灭。冥冥之中，我感觉总有一天我会再开始写小说。我生活的境遇总会有合适的时候，至少能改善一些，那时凶猛的写作欲望会攫住我，我就会动笔。

我写出《大教堂》——其中有八篇小说在这本书里重印——用了十五个月的时间。但在开始写这些故事之前的两年时间里，我发现自己处于一种盘点存货的状态，想要搞清楚不管我准备写什么新故事，我该从哪里开始写，怎么写。我的上一本书，《当我们谈论爱情时我们在谈论什么》，在很多方面都是我的分水岭，但我不想再复制或者重写了。于是我等待着。我在雪城大学教书，写了些诗歌和书评，随笔也有一两篇。然后某天早上，事情发生了。睡了一夜好觉之后，我走到桌前，写下了短篇小说《大教堂》。我知道它对我来说是一种不同的小说，这毫无疑问。不知怎么地，我找到了另一个我想去的方向。我朝它去了。很快。

这里收录的几篇新小说是在小说集《大教堂》之后写

的，也是在特意高高兴兴地"暂停"了两年，去写了两本诗集之后。我相信，它们在类型和程度上不同于我早前的小说。（至少我觉得它们不同于早前的小说，我猜读者也会有这种感觉。不过任何作家都会告诉你他相信自己的作品将经历一个蜕变、巨变、不断丰富的过程，只要他已经写了足够长的时间。）

V. S.普里切特对短篇小说的定义是"余光一瞥所见"。先是一瞥。再是这一瞥被赋予生命，成为照亮此刻之物，或许能深锁进读者的意识里。让它成为读者自身经验的一部分，海明威曾如此贴切地说。永远，作家期望着。永远。

无论作家还是读者，如果幸运的话，读完一篇短篇小说的最后一两行，能静静地坐上一分钟。理想状况下，我们能思索刚才的所写所读；也许我们的心灵和智识能从之前停留的位置上挪动那么一丁点。我们的体温会升高或降低大概一度。那时，我们再均匀、平稳地呼吸一次，作家也好读者也好，收拾好心情，站起身，像契诃夫笔下的人物说的那样，"被鲜血和神经创造"，继续下一件事：生活。永远的生活。

导言

眼望星空，辨明航向

　　这本集子收录了雪城大学创意写作项目中本科生和研究生作家的十一首诗和两篇短篇小说，是项目的一个写作范本。我认为这是本优秀的作品集，也愿意坚持我的选择。换一个编辑来选，的确可能会选出别的诗和小说，但这正是教授创意写作课的一个有趣的地方，也是让我觉得在这个写作项目里比在别处有意思的一个原因：我们是所有人，是学生和教师，是不同种类、不同品味的作家；人们愿意想象我们有多不同，我们就有多不同。

　　而我们所有人的共同点，是对好的写作那种罕见的爱，一旦看到，便产生鼓励的愿望。我们所有人也都乐于谈论自己在写作上的想法，勇于把这些想法付诸实践。我们能够谈论，有时甚至是冷静地谈论起一部作品——有时那些作品实在太新，一周前才刚在打字机上敲出来。由于这种特殊的集体环境，我们可以围坐在研讨桌旁，也可以坐在卖酒的比萨小店桌旁，谈论一篇小说或一首诗的好坏，肯定这个，否定那个。当然，写作课上也会出现糟糕的诗和小说，但是我的天啊，这并不是什么秘密或耻辱：糟糕的写作哪里都会出现。最常见的那种糟糕缘于作者对语言的滥用：对自己想说什么和想怎么说并不谨慎小心，或者对语言的运用只是为了传达某种速食信息，这样的信息还不如留给日报或者晚间新闻的发言人。谁要是这么做了，他身边的其他作家就会这么告诉他，要是他们被问到意见的话。如果诗歌或小说里的情感仅仅是噱头和捏造的东西，或纯粹是一团乱麻使人困惑，如果作家以这样或那样的方式对自己写的东西不上心，或根本没什么可写的，只是觉得在诗歌或小说中无事可写这事本身无法忍受，那么他的作家同伴们，也就是其他的学生和教师，会向他兴师问罪。这个写作集体中的其他作家能帮助年轻作家少走些弯路。

　　一个好的创意写作老师能帮一个好作家节省很多时间。我觉得也能给一个糟糕的作家节省不少时间，不过这个就不用细说了。写作是一项艰难而孤独的工作，很容易走错路。要想工作做到位，创意写作老师得发挥必要的消极作用。要想算得上一个好老师，我们必须教会那些年轻的作家怎么不写，教他们怎么教自己不写。在《阅读ABC》中，埃兹拉·庞德说："表述的根本准确性是写作的唯一道德。"而如果把"准确"这个词理解为诚实地运用语言，理解为确切地表达自己想表达的意思，以此达到自己想达到的确切结果，那么学生写作中的诚实是可以被培养、被鼓励，甚至是可能被教授的。

写作是困难的，而作家需要他们能得到的所有帮助和诚实的鼓励。庞德曾是艾略特、威廉姆斯、海明威（海明威也同时受格特鲁德·斯泰因的指导）、叶芝，还有一些名气稍逊的诗人和小说家的写作老师。反过来，叶芝——由庞德亲自认可——之后又成了庞德的写作老师。这没什么奇怪的。要想算得上一个好写作老师，就得向学生学习写作。

别误会，我这不是在为创意写作项目的存在而道歉，更丝毫没有为之辩护的意思。我丝毫不觉得它们需要这些。在我看来，其他那些作家做的事情，和我们在雪城大学这里做的，只有一个本质上的区别：我们只是做了一种更正式的努力。就是这样。在我们这里，一个文学集体初具雏形。全国每一个名副其实的创意写作项目都有这样的自知，一个文学集体正在运转的自知。你明白我指的是什么。（不过也有很多作家在集体里并不合群。那也没什么。）

在一个创意写作项目中存在，或者怎么也该存在那种共有的集体意识，人们通过相似的兴趣和目标聚在一起——成为一群亲人，要是你愿意这么叫的话。如果你在一个写作项目里，想要参与其中，它就在那儿。单是这个集体存在于同一个镇子或同一座城市的事实，就多少能缓解一点年轻作家的孤独感，这种孤独有时就在真正的隔绝感的边缘。当你走进写完或没写完作品的房间，面对空白的纸页坐下时，总会有一种可怕的兴奋感将你填满。哪怕你知道自己的作家同伴和你在做一样的事，甚至可能是同时，这种感觉也还是挥之不去。但我相信，如果你独自待在那个房间时写出了点什么，而你又知道这个集体中会有人想看看你写了什么，会有人因为你写得贴切真实而高兴，反之便会失望，这是会帮到你的。不管怎样，他会告诉你他的想法——如果你问的话。当然，这终究是不够的，但也会有帮助。与此同时，你的肌肉会变得更强壮，脸皮会变厚，你会开始长出冬天的毛发，帮你抵御前路的寒冷和艰辛。幸运的话，你能学会眼望星空，辨别航向。

所有与我有关的人

　　阅读别人的短篇小说是一件仅次于自己创作的美事。如果你像我这样，接连将120篇短篇小说在相当短的时间内（一月二十五日到二月二十五日）读了又读，读到最后你也会得出一些结论。最明显的结论是，最近显然有很多小说被写了出来，而且总体质量不错——有些甚至极为出色。（也有很多不怎么样的小说，有"知名"作家写的，"不知名"作家写的，但聊它们干吗呢？有就有了，又怎么样呢？我们做自己的事就是了。）我想谈论一下我读到的好小说，说说为什么觉得好，为什么选了这20篇。不过先让我说说挑选的过程。

　　香农·拉芙内尔自一九七七年起就担任这套书的年度编辑，她读了165种不同期刊上的1811篇短篇小说——她告诉我，相比于前几年，这一数字有了大幅的增长。从这些小说里，她选出了120篇供我参考。作为编者，我的职责是挑选20篇小说收录，但我也有自己挑选的自由：我不必非从这120篇里选，设想一下，一篇不选也可以。这120篇是某天早上通过特快专递寄过来的——这让我感觉，就像人们常说的，心情复杂。第一个原因是我自己也在写一篇小说，而且快写完了，自然想不间断地写下去。（像往常写小说时一样，写这篇的时候我也觉得这会是我最得意的一篇，并不愿意把注意力从这上面转到等着我标记的那120篇别的小说上去。）但我对现在手里的120篇小说都有哪些也抱有不止一点的好奇心，于是当场就翻了一遍。虽然当天甚至第二天我一篇也没读，但我注意到了作者的名字。他们有些是我的朋友或熟人，有些我只知道名字，还有一些知道名字和他们之前的作品。但我高兴地看到，大多数小说都是我不知道的作家写的，从没听过的作家——人们叫他们无名之辈，对世上大多数人来说也确实如此。刊载这些小说的杂志差不多和这些作家一样多，一样杂。我是说差不多。《纽约客》上的小说占了多数，这也是应该的。不只是因为《纽约客》发表好小说——有时是极好的小说——仅凭它一年五十二周每周出刊的事实，刊载的小说也比全国任何杂志都多。我选了三篇最早发表在这本杂志上的小说，对于其他杂志我则各选了一篇具有代表性的故事。

一九八四年十一月，当我受邀担任今年的编者时，我就计划在一九八五年一月开始列出我自己的"最佳"名单。在去年的这一阅读过程中，我遇到了十几篇极为欣赏的短篇小说，激动到把它们留了下来，准备之后重读。（归根到底，故事激动人心应该是这种选集收录时的唯一准则，一开始杂志挑选故事也是如此。）我把这些小说放在一只文件夹里，打算今年一月或二月的时候再读，因为我知道那时候我也要看另外 120 篇。在一九八五年，一旦读到了喜欢的、让我激动到留着以后再读的作品，我就常常会想——也是个零碎的念头——不知道同一篇小说会不会也出现在香农·拉芙内尔的选择里。

没错，是有一些重合。有一些我标出来的小说也在她寄过来的作品里，但不知道什么原因，大多数我注意到的小说并不在那 120 篇里。不管怎么样，就像我说过的，我有从她选择的作品里再作挑选的自由，也可以从我自己的阅读范围里把我想要的收进来。（我想，如果我任性发狂，也可以 20 篇全都由自己选，要是她寄给我的小说里没有一篇让我满意的话。）好了——这应该是你们听到的关于这件事的最后一组数字了——细分下来是这样：从邮件中收到的那 120 篇里，我挑了 12 篇入选，都是上品。我又从自己读过的作品里挑了 8 篇佳作出来。

我愿意把这 20 篇作品称为一九八五年北美已发表短篇小说中的最佳。不过我知道有些人不会同意这一点，也知道换一个编者来选结果会大不一样，只有两三篇重要的除外。所以我还是这样说吧：我相信这 20 篇都在一九八五年的最佳短篇小说之列。我还要接着说点废话：换个人来编，这会是本气质和成分都不一样的书。但也理应是这样。没有一个编者在编纂这样的选集时会不带入自己的偏好和对好小说为何是好小说的理解。是什么在短篇小说里起作用？是什么让我们信服？为什么我会被这篇小说感动，变得心神不宁？为什么有些小说第一遍看还不错，却经不起重读？（收录在这里面的每一篇小说我都读了不下四遍。要是我发觉自己读完第四遍后还有兴趣，还感到激动，那我觉得这篇小说大概是我愿意在书里看到的。）

也还有些别的偏好在起作用。我倾向于让现实主义的、"栩栩如生"的人物——也就是说，人——处于真实且富有细节的情境里。我总是被传统的（有些人会说是老派的）故事讲述方式吸引：一层层现实被揭开，让位给一层层或许更丰富的现实；意味深长的细节逐渐沉积；对话不仅揭示出人物的新特征，也推动故事的发展。最后，是我不那么感兴趣的地方：随意被揭露的真相，越来越单薄的人物，空有技法的小说——简而言之，小说里没有什么事情发生，或者真的发生的事情只是为了确证这世界已经疯了的消极观点。同样，我也不信任有些作家在写作中的语言堆砌，夸大其词。不管是动词还是名词，我相信那些实在的词语的效用，而不是那些抽象武断模棱两可的词或短语、句子。我试图避开那些用我的话来说好像写得不好的小说，那些词语不知不觉就搅在一起、意义模糊的小说。如果发生了这种事，如果不管因为什么，读者失去了方向也失去了兴趣，这篇小说就惨了，通常还会死。

摒弃写作中的粗心大意，就像生活中你会做的那样。

本书的出现并不是为了阻止那些草率的写作和糟糕的构思及行文，但就内容来说，它确实站在了上述这一类作品的对立面。我相信，我们可以肯定地说，对这世界上不合理且无关紧要的行为进行装模作样、疯狂琐碎的愚蠢记录的日子已经过去了。我们都该庆幸它已经过去了。我特意挑了一些或多或少以直截了当的方式呈现世界的小说。我希望我选的小说多少能让我们明白是什么造就了我们，让我们在困难重重中保持着人性。

短篇小说就像房子——其实也像车子——应该造得耐用。即使不漂亮，也该看上去让人愉悦，内部的一切都该管用。哪个读者想找"实验性"或者"创新性"的小说，在这儿是找不到的。（跟弗兰纳里·奥康纳一样，我承认纸页上"搞怪"的东西会扫了我的兴。）唐纳德·巴塞尔姆的《她园子里的罗勒》是这里最具有实验性或先锋性的作品，但巴塞尔姆在这里是个例外，他在所有事情上都是个例外：他那些"怪模怪样"的小说常常无法效仿，在挑选想要保留的小说时，这正好是一块极佳的试金石。他的小说也常常以一种古怪的方式打动人心，这一点也是试金石。

提到巴塞尔姆，我就不得不讲讲筛选过程的最后一点。

一方面，你手里有美国和加拿大最好、最知名的在世作家写的第一流的小说——也就是说，英语世界里最好的一些作家写的小说。另一方面，你还有不少没名气或几乎没名气的作家写出的同样出色的小说。而这本选集的编者要从中选出20篇，只能选20篇。可供选择的小说太多了。假如终选的时候有两篇"同样出色"的小说，但书里只剩一篇的位置了怎么办？哪篇小说应该入选？该把有名的大作家的利益放在名气稍逊的作家之上吗？该考虑文学之外的因素吗？好在，我可以高兴地说：这种情况没有出现，基本没有。有那么一两次，事情似乎在朝那个方向发展，而我选择的都是无名作家的杰作。但最后——无一例外，真的——我选择的小说在我看来都是可选的作品里最好的，无论作者有没有名气，之前的成就如何。

不过回头来看，我发现自己的选择很多甚至大多数落在了年轻的不知名作家头上。比如说，杰西卡·尼利。她是谁？怎么能写出《皮肤天使》这么漂亮的小说？看看这个让人无法拒绝的开头吧："夏天刚刚开始，我妈妈每周有四个早上要记熟麦克白夫人的角色，晚上到老年病科室值夜班。"或者伊桑·卡宁。我之前怎么会只读过一篇他的短篇小说？那么好的《星星副食店》干吗出现在《芝加哥月刊》这样的"城市杂志"上——我听说这本杂志已经不打算再发表小说了。还有这位作家，大卫·迈克尔·卡普兰。

他的名字我隐约记得，至少我自己这么觉得。（也可能我想到的是另一个作家，一个有三个笔名的诗人还是小说家，可能其中一个名字听着像大卫·迈克尔·卡普兰。）不管怎么说，《母鹿季节》都是一篇精彩的作品。能遇见这篇小说并让它和其他佳作一起重印，我实在是太高兴，也太荣幸了。再举一个不知名作家的例子，莫娜·辛普森，她那篇绝妙的《草坪》的开头让人无法拒绝："我偷东西。"再比如另一个我不熟悉的作家肯特·尼尔森。他的小说《隐形生物》之所以了得，一部分要归功于别人想写又写不出来的那个新鲜的开头。

再承认一点。我坦白在这之前从未读过大卫·利普斯基，他肯定也发表过别的作品。是我睡过去了吗，才错过了他的一些短篇小说，甚至可能是一两部长篇？我不知道。我只知道从现在起，要是看到一篇短篇小说署了他的名，我打算多留意一眼。《三千美元》是，怎么说呢，这本书里没有一篇跟它相像。这是我想表达的一部分观点，也只是一部分。

詹姆斯·李·伯克。又是一个我一无所知的作家。但他写了一篇《罪犯》，我为这本选集里有这篇小说感到骄傲。小说里特定的时间和地点在起作用，形成一种不同凡响的召唤（我选的每一篇小说都是这样，这毫无疑问是我最初被它们吸引的一个原因；对于地点和位置的感觉以及设定对我来说也很重要）。而年轻的叙述者和他的父亲威尔·布鲁萨德之间也有一种强烈的个人戏剧色彩，父亲告诉这个小男孩："在这个世界上你必须做出选择。"

选择。冲突。戏剧。结果。叙述。

克里斯托弗·麦克罗伊。他到底从哪儿冒出来的？怎么会那么了解酒精、农场生活、糕点，还有印第安保留地的沉闷生活？更不用说人心的秘密了。

格蕾丝·佩利不愧是格蕾丝·佩利——短篇小说读者的基础读物。她写了将近三十年，作品无法被效仿。我很高兴能收录她那篇光彩夺目的小说《讲述》。还有艾丽丝·门罗，杰出的加拿大短篇小说家，这些年一直安静地创作着世界上最好的一些短篇小说。《双帽先生》就是个很好的例子。

我们是自己兄弟的守护者吗？在回答之前，读读门罗这篇小说和托拜厄斯·沃尔夫让人难忘的《富兄弟》吧。"人呢？你兄弟人呢？"这是富兄弟唐纳德在结尾时必须回答的一个问题。

还有安·比蒂那篇写得细致又奇特的《两面神》，完全是在叙述中呈现的。

还有一些作家是我在选择他们的作品前就多少熟悉的，包括乔伊·威廉姆斯、理查德·福特、托马斯·麦奎恩、弗兰克·康罗伊、查尔斯·巴克斯特、艾米·亨佩尔、苔丝·加拉格尔——最后这位是著名诗人。（一个事实：短篇小说在精神上更接近诗歌，而不是长篇小说。）

就这部选集中的小说来说，这些作家有什么共同点？

首先，他们中的每一个都关心如何准确也就是深思熟虑、谨慎小心地写出面目清晰的男人、女人和孩子，写出他们有时平淡无奇的生活。我们都知道，这并不总是一件容易的事。大多数情况下，他们的写作不仅关于活着，更关于努力向前，有时是逆行，有时甚至是逆流而上。简单说，他们写的是重要的事。什么是重要的？爱、死亡、梦想、志向、成长，与自己和他人的局限和解。人人都是戏，在可能比第一眼看到的更大的画布上上演。

再来说一说偏好。我现在看到，书里每篇小说都用某种方式连接着家庭、他人、集体。"真实的人"伪装成虚构的人物住在小说里，做出善与恶的决定（多数是善），到达某个转折点。在有些情况下，过了这个点就没有回头路了。无论如何，一切对他们来说都不一样了。读者会在这些小说中看到成年男女——夫妇、父母、儿女、各种类型的情人，其中还包括一对令人沉痛的父女（莫娜·辛普森的《草坪》）。小说中的人物可能是你熟悉的人，如果不是亲戚或邻居，就是住在附近的街区、临近的城镇，或者是相邻的一个州的人。（我这里说的是州境，地图上的某处，不仅仅是心境。[1]）比如说亚利桑那州的皮马印第安人保留

---

[1] 英文中，"州"与"心境"均为 state。

地；或者加州北部，具体一点是尤里卡和门多西诺县那一块；蒙大拿州维克托附近的高原地区；佛蒙特州北部的一个小镇。又或者他们住在纽约，伯克利，休斯敦，或者就在新奥尔良的郊外——说到底就是不那么奇异的地方。小说里的人物也并没有多奇特。我们在我刚刚提到的城市、小镇和乡村里看到过他们，或者在电视上看到过他们跟新闻评论员交谈、作证，讲述房子被洪水冲走后或者经营到第四代的农场被联邦住房管理局没收抵押后那种劫后余生的感觉。他们是被境遇冲击和改变的人，他们各有各的情况，即将转向这条路，或走上那条路。

我是说这些小说里的人物跟我们很像，只是处在比我们更好或更坏的时刻里。在《流言》中，弗兰克·康罗伊让叙述者说了——更重要的是理解了——这句话："人人都被一张网联结着……痛苦是它的一部分。可尽管如此，人们还是相爱。这一点等你老了就明白了。"和我们一样，小说中人做的决定会影响他们此后的生活。在《共产主义者》中，理查德·福特的年轻叙述者莱斯说："我体会到那种一个人站在栈桥上的感觉，火车就要来了，而你知道自己必须做出决定。"他做了决定，从此以后一切都不一样了。

火车就要来了，我们必须做个决定。这是真的，这是真的？"凡事都有限度，是不是？"格伦——前中央情报局人员、小说里妈妈的男友、猎雁人、"共产主义者"这么说。

是的。

在克里斯托弗·麦克罗伊的小说《所有与我有关的人》中——这个名字恰好可以用作这部选集的总标题——作家让牧场主杰克·奥登伯格出于对密尔顿自毁性酗酒的顾虑这样对密尔顿说："划这样一条线是在帮你。活对了不容易……正路总是清晰可见，我们却要尽力把它遮掩。"

在艾米·亨佩尔珠玉般的小说《今天将是安静的一天》里，一个爸爸尽力抚养着两个早熟的孩子，试着做一个合格的"爸爸"该做的事。在一个下雨的星期日下午，他这样说出了一个父亲的忧虑："你认为自己很安全……但这就像闭上眼睛就觉得没人看得见你一样。"亨佩尔对幸福的描述也是我读过的最好、最简洁的之一："他怀疑自己再也不会比现在——不是说感觉更好，而是感受到更多了。"

托马斯·麦奎恩的《运动员》是一个发生在一九五〇年代伊利湖湖滨小镇的好故事。小说里，我们和两个青年一起吃了一顿奇怪的饭，其中一个在一次跳水时意外摔断了脖子：

> 我不得不用我的巴洛折刀给吉米喂吃的，但早饭加午饭我们已经吃了两大只鸭子了……
>
> "把那块鸭肉给我叉一点。"吉米·米德用他的俄亥俄口音说……

（然后）我把吉米的毯子垫在他下巴下面。

再就是在大卫·利普斯基的《三千美元》里，有下面两句简短的对话：

"我只是不想当个累赘。"

"你是，"她说，"但没关系。我是说，我是你妈妈，你本来就应该是我的累赘。"

你明白我在说什么吗？我也不确定我在说什么，但我想我知道自己试图表达的是什么。不知道为什么，我有种强烈的感觉，这20篇小说是有关联的，它们就该在一起——至少我的想法是这样——我希望你读到它们时，会明白我的意思。

编选这样一本作品集会让读者看到编者喜欢的是什么，心里在乎的是什么，至少对于短篇小说选来说是这样。这也挺好。有一件事是我认定的：虽然短篇小说常常告诉我们一些我们一无所知的事情——这自然很好——但同时它们应该告诉我们那些所有人都知道但是没有人去谈论的事情，这或许更为重要。至少没有人公开谈论，除了短篇小说家。

在本书收录的作家里，格蕾丝·佩利是做这一行时间最长的。她的第一部小说集出版于一九五九年。五年后，一九六四年，唐纳德·巴塞尔姆出版了他的第一本书。艾丽丝·门罗、弗兰克·康罗伊、安·比蒂、托马斯·麦奎恩、乔伊·威廉姆斯——他们也都在这一行做了很久了。理查德·福特和托拜厄斯·沃尔夫是两位最近颇为突出的作家。其他的新作家我一点也不担心。查尔斯·巴克斯特。艾米·亨佩尔。大卫·利普斯基。杰西卡·尼利。大卫·迈克尔·卡普兰。苔丝·加拉格尔。詹姆斯·李·伯克。莫娜·辛普森。克里斯托弗·麦克罗伊。肯特·尼尔森。伊桑·卡宁。他们都是好作家，他们每一个，我也有预感他们会继续写下去。我认为他们已经找对了路，不会半途而废。

　　当然了，假如说这本书跟别的《美国最佳》系列或《欧·亨利奖获奖作品集》有什么相像的地方，那就是我收录的很多作家大概永远都不会再被看见或听见了。（要是不相信，去翻翻这几年随便哪本重要选集的目录吧。打开一本一九七六年的《美国最佳》选集，或者一九六六年的版本，看看有几个名字是你认识的。）我相信我选择的那些已经有所成就的作家会接着创作卓越的作品。但就像我说的，我也不打算为本书的新作家能否找到出路而担心。我感觉他们已经找得差不多了。

　　作家写啊写啊，有时就算智慧甚至常识都告诉他们要停下来，他们还是接着写。总是有很多理由——也有些是让人难以抗拒的好理由——让人放弃，或者让人别写那么多，别那么认真。（可别搞错了，写作是个麻烦，对每个卷入其中的人来说都是。谁又想要麻烦呢？）但极偶尔地，会有人被命运的闪电击中，有时它早早降临到一个作家的生活里，有时要写作多年它才迟迟出现。更常见的情况是，它压根就不出现。奇怪的是，它好像也会击中那些你读不下去的作家，这种事情发生的时候，你会觉得这世上根本没有什么公平可言。（确实没有，多半是没有。）它可能击中你现在或曾经的朋友，击中饮酒过度或滴酒不沾的人，击中一个你参加的聚会散场后和别人的妻子或丈夫或姐妹一起离开的人。坐在教室后排从不就任何事情发表任何意见的年轻作家。一个劣等生，你想。除非想象力过于丰富，否则没有人会让这个作家在自己那里排进前十。黑马确实会出现。命运的闪电会出现，不过也可能不会。（自然，还是出现的时候更有趣些。）但它永远、永远不会落在那些不努力的人身上，那些不把写作这件事当作人生中几乎最重要的事，不把写作和呼吸、食物、住所、爱和上帝排在一起的人身上。

我希望人们阅读这些小说是为了愉悦和消遣，为了慰藉，为了勇气——为了随便什么寄身于文学的理由——并在它们之中不仅找到我们当下的生活图景（尽管一个作家可以做得比以此为目标更糟糕），也找到一些别的东西：可能是一种团结感，一种对于正确性的审美上的感觉；是短篇小说以其特有的、无与伦比的方式将之赋形、使之显形的那种美。我希望读者能时常对他们在这本书中看到的感兴趣，甚至被打动。因为如果短篇小说的写作和阅读与这些无关，那么请告诉我，我们都在做什么？我们这么做是为了什么？我们聚在这里又是干什么呢？

未知的契诃夫

马克西姆·高尔基在读完《带小狗的女人》后写道："相比之下，别的作家的作品好像变得粗糙，像是用木头而不是笔写出来的。其他的一切都变得不再真实了。"

去问任何有思想的读者——文学专业的学生或老师，评论家或另一个作家，你会发现他们在一件事上意见一致：契诃夫是有史以来最伟大的短篇小说家。人们的这种想法有充分的理由。他不仅写了大量的小说——很少有作家（如果有的话）比他写得更多——还以惊人的频率创造出杰作，写出让我们忏悔、喜悦、感动的故事，道出只有真正的艺术才能道出的情感。

人们有时会说到契诃夫的"圣洁"。怎么说呢，他不是圣人，任何读过他传记的人都会这么告诉你。他不仅是伟大的作家，还是一位技艺精湛的艺术家。他曾告诫另一位作家："你的懒惰在每一篇小说的字里行间都格外醒目。你不打磨你的句子。你知道你必须这么做。这样才能创造艺术。"

契诃夫的小说如今仍然绝妙（且必要），和它们刚发表时一样。它们以极其精确的方式，对他那个时代的人类活动和行为举止进行了一种无可比拟的描述，因此永不过时。任何阅读文学的人，任何像人们理应相信的那样相信艺术的超凡力量的人，或早或晚都得读契诃夫。也许没有什么时候会比现在更好了。

有事件和意义的小说（与汤姆·詹克斯合写）

卓越成就永恒。

——亚里士多德

本书的短篇小说搜集工作开始时，我们有一条默认的准则——小说对写什么感兴趣会在我们的挑选过程中起到决定性的作用。我们也认为自己的选择不必包罗万象，甚至不需要有代表性。毕竟留给选集的空间就那么大，我们能收录的小说就那么多。做出必要的选择不总是那么容易的。而除此之外，我们也根本没兴趣给读者展现更多所谓的"后现代""创新性"小说或被尊为"新小说"的样本——自反性的、寓言式的、魔幻现实主义的小说，以及其中的一切变异、分支和边缘运动。我们感兴趣的小说不仅有强大的叙事动力，有能激起我们生而为人的共鸣的人物，其语言、情境、见解所产生的影响也是深刻且全面的——我们对那些不时有志于拓宽我们对自己和世界认识的短篇小说感兴趣。

任务艰巨，确实。但对于任何伟大或优秀的短篇小说

（或任何一个单独的文艺作品）来说，这样的情形难道不是常常发生吗？我们认为本书收录的36篇短篇小说足以证明，小说是可以产生这种效用的。而我们的选集所瞄准的作品，在追求上丝毫不逊于此——有意义的小说以某种重要的方式见证我们自己的生活。不管怎么说，依从我们的感知，遵循我们的准则，我们阅读和选择符合这些标准的作品，一次次被感动，兴奋不已。

我们不会轻易下结论，也绝不是要申辩什么，但我们认为这三十年来最好的短篇小说可以比肩前几代里最好的——比如说，罗伯特·潘·沃伦和阿尔伯特·厄斯金选编的极为优秀的《短篇小说名作》所代表的几代作家。这样看来，我们这部选集可以看成前作的配套书籍。在这一方面最为重要的是，和前作一样，这本选集也偏爱那些栩栩如生的——也就是那些偏向现实主义的，有时甚至接近我们自己生活轮廓的小说。即便不是我们自己的，至少也是我们同类的生活——成年男女在平凡但有时非凡的生活中浮沉，和我们自己一样，看透了人终有一死。

在过去的三十年里，很多作家彻底背弃了现实主义的关注点和技法，背弃了那种被莱昂纳尔·特里林正确地视作小说最佳题材的"风俗与道德"。不少作家——一部分相当有技法和声望的作家——用超现实和荒诞代替了现实主义。一小部分更平庸的作家往无休止的、有时令人不安的虚无主义里掺杂奇异和怪诞。而现在，车轮似乎又往前滚动了，接近生活的小说——充满面目清晰的人物、动机、情节和戏剧性，也就是有事件和意义（二者密不可分）的小说，重新获得了那些已经厌倦碎片化、厌倦怪异的读者的认可。那些要求读者放弃太多，甚至要求他们拒绝理智、常识、情感、是非观所告诉自己的东西的小说最近似乎正在撤退。

因此，谁也不该对现实主义小说这种最古老的讲故事模式的复兴甚至成为新的主导而感到吃惊。本书可以被看作对叙事性短篇小说持久力的庆祝与致敬。同时我们认为，它集合了这个最古老的文学传统新近创造的小说中最好的一些，我们也相信，它们和任何作品一样有机会，并且比大多数作品更有可能经受住"时间的磨砺"。

《短篇小说名作》和本书的一个显著区别在于，前作的36篇短篇小说中，整整三分之一都出自英国和爱尔兰作家之手。而早在我们为这部选集制定挑选小说的基本原则时，就已经决定只收录美国作家的作品。我们觉得在大西洋此岸就有大量重要的作品可供选择。我们还决定不收录那些已在《短篇小说名作》中出现的作家的小说。因此，像彼得·泰勒、尤多拉·韦尔蒂和约翰·契弗这样的作家不得不被我们遗憾地排除在外，因为他们最好的一些作品是在一九五四年（即《短篇小说名作》出版那一年）之后才发表的。

至少从某种角度来说，二十世纪五十年代初期文学世界的生活似乎要更简单一些：沃伦和厄斯金不必谈及"后现代主义"或什么别的"主义"——包括"现实主义"。他们认为没必要解释选择背后的原因，或是阐明自己的品味与方法论。他们只是讨论了一些好的、伟大的小说——按他们的定义，名著——以及这一形式的大师。名著一词在那个时代是有分量的，标志着大多数读者（和作家）都认可的"卓越"的基准。没有谁需要斟酌这个概念本身，或是争辩用这个术语来挑选严肃且富有想象力的写作样例是否明智。编者们找到24篇美国作家的小说，它们跨越了美国五十多年来的生活和文学探索，然后把这些小说和12篇与它年代相近的、出自英国和爱尔兰同仁之手的作品拼到一起。书就成了。我们的选集则像刚才提到的，把范围限定在美国作家，并且覆盖了三十三年的时间——确切地说是从一九五三到一九八六年，这无疑是美国文学史上的最高潮，也是最创伤的年代。创伤的部分原因在于，这段时间内叙事小说的潮流剧烈变化，还受到来自不同方向的各种攻击。而现在或许是试着重建名著这一概念的良好时机，我们可以用它来定义某些存在于可见的叙事传统中具有叙事持久力的独一无二的小说。

斟酌每篇小说的优点时，我们问自己，作家写作中的感受和洞察力有多深？作家对自己素材的真诚（托尔斯泰的话，这是他对于杰作的标准）有多少说服力和一致性？伟大的小说——好小说——正如任何严肃读者所了解的那样，在智识和情感层面都意义重大。我们找不到更好的说法了，但最优秀的小说应该有其分量。（罗马人用庄重一词来谈论具有实质意义的作品。）不过不论人们想怎么称呼这些作品（它们甚至不需要命名），当它出现时，每个人都能认出它来。当读者把一篇绝妙的小说看完并放到一边后，应该不得不停下来缓缓神。在这个时刻，如果作家成功了的话，理应出现一种感受和理解的合一。哪怕不能合一，读者也至少能感觉到，一种重要情形中的差异性已经以新的方式呈现出来，而我们可以从这一点出发。最好的小说，也就是我们所谈论的小说，应该引起这样的反应。这些作品给人留下的印象应该像海明威说的，成为读者自身经验的一部分。否则，严肃地说，干吗还要读呢？再进一步说——干吗要写呢？一部伟大的小说（确实是这样，我们不该骗自己说不是），当它的人性意义显露出来时，总给人一种"认知的冲击"。用乔伊斯的话说，这时小说的灵魂、它的"本质，从外表的法衣中脱离，扑面而来"。

托尔斯泰在《莫泊桑文集序》中写道，才华是"将凝聚起的全部心神倾注到主题之中的才能……是看到他人看不到的地方的天分"。我们认为收入本书的作家已经做到了这一点，已经将"凝聚起的心神"倾注到了他们的主题之中，清晰且笃定地看到了他人看不到的地方。另一方面，考虑到这里面有些小说对描写"熟悉事物"的坚持，我们觉得还有一样东西也同样在起作用——这可能是"才华"的另一种定义。我们想要指出，才华，甚至是天赋，也可以代表以更清楚、全面的方式去看他人所见之处的天分。两者都是艺术。

本书的作家都是有才华的，并且才华横溢。但他们也拥有另外一个共同点：都能讲好故事。而所有人都知道，我们永远需要好故事。借用前作里的一位作家肖恩·奥法兰的话，本书的故事都有一个"明亮的终点"。我们希望读者能受到其中一些作品的影响，能有机会大笑、颤抖、惊叹——简单说，被本书所展现的一些人生打动，甚至隐隐听见余音回荡。

关于当代小说

　　我对如今越来越多的作家以短篇小说的形式完成的各式各样的作品很感兴趣。这里面有很多作家，包括不少颇有才华且已经创作出杰作的，都公开宣称自己可能不会再写长篇小说了——也就是说，他们对写长篇小说没什么兴趣，或者完全没兴趣。应该有兴趣吗？他们似乎还想补充几句。这话是谁说的？短篇小说挺好的，谢谢。如果说到钱（说到底，又有什么不关钱的事呢？），应该说现在短篇小说集的预付款跟同量级作家的长篇一样多，或者说一样少。一般来说，如果出版一本短篇小说集，作家可以指望它的销量跟同量级的长篇小说家的作品相当。另外，所有人都可以告诉你，现如今人们谈论得最多的主要是短篇小说家。甚至有人会说，所谓的"前沿"要在短篇小说里才能找到。

　　历史上曾有过像现在这样的短篇小说家的时代吗？我觉得没有。至少我不知道。不久以前，就说十年前吧，短篇小说家要是想出版自己的第一本书，得经历一段难熬的苦日子。（我不是说现在就容易了，只是十年前更难。）商业出版机构是了解大众趣味的专家，他们知道短篇小说没有现成的受众，确信短篇小说没有读者，因此在出版时会非常谨慎。他们认为，这种吃力不讨好的买卖不如不做——像诗歌一样——留给少数的小型独立出版社，或者更少数的大学出版社就行了。

众所周知，今天的情形大不相同了。不仅小型出版社和大学出版社继续出版短篇小说集，就连大型主流出版商也频繁地出版大量短篇小说家的第一部（或第二、三部）作品集了——同样地，媒体也经常进行大规模宣传讨论。短篇小说兴起了。

在我看来，最好的作品或许是，最有趣和令人满意的作品一定是，甚至最有机会流传下来的作品也有可能是以短篇小说的形式完成的。"极简主义"或"极繁主义"，谁又在乎他们最后想怎么定义我们写的小说呢？（到现在，还有谁没烦透那些老掉牙的辩论呢？）短篇小说会继续吸引更多的注意力、更多的读者，只要短篇小说家们接着创作出经久不衰、真正有影响力的作品，创作出值得越来越多富有洞见的读者关注和赞赏的作品。

在我看来，短篇小说写作和出版的繁盛是我们这个时代最重要的文学现象。它为"贫血"的美国主流文学提供了新的思考，甚至——我猜随时有可能——创造了起飞的原点。（当然，要往哪儿飞仍然众说纷纭。）但不管人们是否同意这种说法，对短篇小说兴趣的复苏都意味着美国文学的复兴。

关于长的短篇小说

　　花几天时间读完选集的编者挑出的十九篇小说后，我问自己："我记住了些什么？我该在这些小说里记住些什么？"我认为这是一流的故事讲述应该面临的检验：对声音、情境、人物和细节的处理是不是令人难忘？甚至可能，只是可能，是不可磨灭的。碰巧这一次，我选出的最佳作品能从其他优秀鲜活的作品中脱颖而出，幽默在其中起了很大的作用。我所说的幽默不是"哈哈哈"的那种好笑，尽管它有时会出现。当人们开怀大笑时，谁不会感觉到世界都变得明亮起来呢？不过我这里所欣赏的，是年轻人的不逊碰上所谓的"成年人"的严肃时产生的那种特殊的轻快和欢闹。

　　安东尼娅·纳尔逊的《消耗品》被我选为本书的第一名。在这篇小说中，我们能清楚地看到最优秀的年轻作家能为我们提供什么——活力，对涌动的暗流和窥私快感的偏爱，还有在我们这个仪式已经崩坏却仍未消失，继续以某种奇特的方式打动人心的时代，一种对仪式不知所措的迷恋。我们也从细节里看到了家庭中人与人的关系。

这篇小说的叙述者是一个在姐姐的二婚婚礼上（这次嫁的是个黑手党）负责给人泊车的年轻人，他试着搞清楚什么是成长，试着做出改变人生的决定。他在观察住在街对面的那一大家子吉普赛人时，意识到他们的生活与自己家有很大的不同。姐姐婚礼那天，吉普赛人家里碰巧在举行葬礼。年轻人看到棺材被抬进了屋，之后又看着送葬队列沿着街道朝临近的墓地走去。可能正是这些并置起来的能量和神秘气息——婚礼和葬礼，年轻人的父亲作为酒店老板所拥有的商业世界紧挨着在水泥砌起来的草坪上进行令人费解的活动的吉普赛人——大大增加了这个完全从正面讲述的故事的层次。再加上叙述者自然率真的心灵，他对过去、现在、未来的时间奇异感知的叠加，这篇小说的独到之处便开始显露了。强烈的场景感伴随着叙述者内心的博弈，引出了下面这个一流的片段，叙述者开着表姐的喷火跑车兜风，在他刚开始学车的墓地里穿行：

路是单车道，蜿蜒着穿越不同的死者区，在我的想象里，德国的高速公路就是这样穿过那个国家的。不管我们开到哪里，乌鸦都成群地从面前飞来，好像单单是喷火跑车的马力就让它们四散惊飞一样。天色暗下来，完全可以开前灯了，但我喜欢在暮色里驾驶的感觉。我觉得我可以真的开到什么地方去，而不只是兜一个错综复杂的大圈。

这里作者没有明说，却已经让我们读者明白，"错综复杂的圈子"关系到死生大事。

最好的小说里总有些东西让人在读第二遍时还觉得站得住脚，其中之一就跟行为和意义的内在回路有关。在我刚刚讨论到的小说里，当叙述者注意到他的新娘姐姐脸色"苍白"时，这样的时刻就出现了。她的前夫想让她安心，作者便借他的口讲起了邻近那场葬礼的场景："我们会在仪式前给你装扮上的，"前夫对伊冯说，"装扮得漂漂亮亮的。"这正是阅读的愉悦之一——在作者编织的文字中注意到交叉的地方。正如爵士钢琴家西塞尔·泰勒所说，最好的作家不只织纬线，也织经线，完全凭直觉，毫不费力。

我手中的小说里的声音有多扣人心弦？这是我要检验的另一点。跟大多数读者一样，我也会躲开牢骚抱怨和过度的自我关注，不会在自作聪明的家伙身上浪费时间。得有什么事正处在紧要关头，有什么重要的事情在字里行间自行解决。不过，正像契诃夫的小说那样，我偏爱那些以轻微的笔触展现结局的小说。在《消耗品》中，核心困境并不是叙述者的姐姐要嫁给一个混蛋，而是他觉得姐姐，一个从儿时就亲近的人，一个"无论你说什么都能懂你意思"的人就要消失了。小说也涉及更深刻的层面，年轻人突然看见了父亲的失败，并在一些绝望的瞬间里承袭了父亲的苦难："我就是他。我是我的父亲，他的生活正在我身上发生。"

同样，被我评为第二名的小说，保罗·斯科特·马龙的《接乔博伊回家》也有力地将读者带入了小说中的生活，使我们开始带着同情背负生活的重担。小说构建了一个对女性，在这篇小说里尤其是对黑人女性来说过于熟悉的世界。在这个世界里，女性的信任和无言的忠诚被男性角色献祭，他们消耗、滥用女性的这种馈赠，好像这是他们与生俱来的权利一样。很难说这是什么新的主题或启示，但马龙对女主人公鲁比的刻画让人心酸不已。我们不仅仅为她感到难过，更有可能识别出一种与我们的生活交汇的逆境中的反抗。小说丰富的质地和生动的对话使我难忘。看到一位男性能如此自信且真诚地再现女性的处境也令人鼓舞，就像我很高兴能看到一位女性在她的《消耗品》中完全呈现年轻男子的声音一样。作家剥离和呈现自身以外性身份的能力，不免会影响我们对世界的认识。

在我的第三选择，桑德拉·多尔的《在黑暗中写作》中，我们会遇见一个小女孩，她的父亲参加过二战。从女孩与父亲的关系中，我们体会到战争的恐怖和不确定性，感受到孩子所知道的世界和他们常常被无理地要求加入并忍受的父母的世界之间的缝隙。这篇小说是对家庭情结感官的、暗示性的描绘，其中包括了女孩的奶奶克拉拉，一个因精神疾病而始终只有孩童般心智的人。但在叙述者的想象中，她一直保持着不容置疑的丰富性和生命力。在这里，我们又一次感受到年轻作家的重要性，他们因受到感动而揭示绝境，揭示现实的光谱中对立的两极——无端的残酷，或逆境中依然葆有的天真。

作为短篇小说，这三篇都有些长了，编者选择的另外几篇也是这样。这让我对这本选集，甚至对一九八八年美国的短篇小说写作有了一个总体的概括。在我看来，一定有一种合理的野心正在酝酿，要把短篇小说的眼界拓展到十页、十五页稿纸以上，也许还准备打开视野，去运用长篇小说常用的技巧。在本书收录的很多小说中，我们能看到放置在集体或大家庭中更为丰满的人物形象。它们不像所谓的"传统叙事"一样常常对时间感进行压缩，而是让我们体验到时间的交叉重叠。为了这种感觉，增加长度似乎成了一个先决条件。而主要人物、次要人物以及交替的行动线，在长一点的短篇小说里都能更好地发展。

当我想到我所欣赏的三篇契诃夫较长的短篇小说——《在峡谷里》《带小狗的女人》和《第六病室》（这篇有时也被归为中篇）时，我意识到对长短篇小说的渴望一直有其动因。也许是过去几年来所谓"佳构"诗的束缚，也在某种程度上开始在短篇小说的舞台上显现。换言之，如果说这本选集提供了任何关于小说发展方向的线索，那就是年轻作家可能开始偏向——或者至少开始探索——短篇小说中一个更灵活，也在某种程度上免除了结论性的领域，而开始追求一种可以说是关系与事件的交织的力量。自然，这种野心也会带来风险，其一就是些笨拙和明显无趣的东西。但对拥有胆识和才华的作家来说，这种追求有时能给短篇小说的未来带来新的生机。在一篇关于写作的文章中，我曾建议短篇小说作家"进去，出来，不停留"。我觉得对于大部分我乐意去读的短篇小说来说，这仍然是个不错的法则。不过我们也喜欢惊喜，乐见自己从所谓的"拇指规则"中解放出来，因此带着这种精神，我发现自己对长的短篇小说的出现充满好奇，我自己也会时不时地运用这种形式。我认为这种较长的形式是这本选集中最好的那些小说的一个重要特点，它们也让我好奇短篇小说的未来会是怎样的。

在专注于长短篇小说的同时，我意识到本书十五页稿纸左右或少于十五页稿纸的短篇小说里也不乏优秀代表。厄休拉·赫吉的《救命》讲述了一个年轻女子在热爱下河游泳的母亲去世后，勇敢地面对母亲的这种激情所带来的痛苦逆流，小说有一种精妙的简洁感和肉身方面的准确性。迈克尔·布莱恩的《西装》很有魅力。叙述者既活泼又惆怅，让人想起年轻的时候，想起什么人的侄子侄女、儿子女儿，想起生活更多是偷听到的、推测出的，而不单是过出来的。戈登·杰克逊的《在花园里》把神秘和日常的元素结合到一起，讲述了一个男孩在他工作的"大男孩"餐厅打工的故事，趁一次停电时，同样在那里工作的姑娘在黑暗中引诱了他。他意识到了她的滥交，也失去了自己的纯真。

这些小说里的每一篇都围绕着一种"失去"展开，这些"失去"既明显又动人地贯穿于几个场景之中。每一篇的叙述者都热切地渴望着什么。换句话说，我说的这些小说是一定得被写出来的，而这已经是一个十分值得阅读的理由了。编者告诉我，他们做出的选择是为了嘉奖新近涌现的作家，而我也把这本选集看成一个了解新作家的机会。这些作家正试图通过小说抓住年轻人特有的主题——对前辈作家的遗产提出质疑、进行重估。与此同时，我也感受到年轻作家的自由，那种敢于尝试的精神。而这，对我们所有人，无论作家还是读者来说，都是一股清新的空气。

书评

大鱼，神秘的鱼

威廉·汉弗莱:《我的白鲸记》，纽约:双日出版社，1978年。

大的总是跑掉。想想《大双心河》里尼克·亚当斯的那条大家伙，还有诺曼·麦克林恩《大河恋》里那些大得令人心碎、能把渔线扯坏的鳟鱼。想想所有这些鱼的故事的原型，《白鲸》。大的总是跑掉，它们必须跑掉，而这会给人带来悲伤。大多数时候是这样。威廉·汉弗莱的这本新书就讲了一个钓上了大鱼又让它跑掉的人，但他没有悲伤。相反，他发现这个经历拓展和丰富了自己的生活，读完故事，我们会有同样的感受。

在最优秀的那些小说中——威廉·汉弗莱已经写出了属于自己的那一份——核心人物，男主角或女主角，也是"被打动"的人物;小说里有什么事情发生在他们身上，有什么东西改变了。发生的事情改变了人物看待自己进而认识世界的方式。在《我的白鲸记》结尾，当作者告诉我们他已经变了的时候，我们相信他。我们从头到尾看着他对付一条鱼，它的个头和样子都令人敬畏，似乎在提醒我们上帝的存在。这条鱼让作者懂得了爱、恐惧、钦佩，以及生命的深邃的神秘感。

不是别人，而正是"比尔"——作者是这么叫他自己的——目睹了一条褐鳟，"很可能是条创纪录的鳟鱼"，很可能是世界上最大的褐鳟，要么就是第二大。我天！（在汉弗莱各种小说里，这是那些来自得克萨斯东部的人物想表示惊讶或怀疑时爱用的一种表达。）

所以这条鱼到底有多大？在广阔的世界中，这种超凡的追求发生在什么地方？为什么在此之前我们从没听说过比尔的鱼？这么大的家伙应该早就见了报，而不只是放在纪录大全里。

比尔告诉我们，一切都发生在几年前的伯克希尔，在梅尔维尔和霍桑钟爱的一条名叫"影溪"的小溪里。比尔推测大鱼肯定是趁着洪水来的时候，从一个叫作斯托克布里奇碗的湖里顺流冲下来的。斯托克布里奇碗就在坦格伍德，那里是波士顿交响乐团的夏季驻地。有一次，比尔正为抓住这条大家伙抛钓线时，他听见贝多芬的《欢乐颂》像遥远的雷声一般从坦格伍德滚滚传来。"乐声仿佛来自光年之外，在合唱中汇聚而来的声音如此广大，像是天使万军：空灵的和谐，天体的音乐。"在大鱼的影响下，比尔这样写道。听：

他像火箭一样从水中跃出——向上、向上、还能继续，没有尽头。比起鱼，他似乎更像鸟，在水面翱翔着，斑点和亮片形成鸟羽一样的图案。我有些期待看到他在飞行中展开身体两侧，仿佛已经像他捕食的昆虫一般经历了变形和孵化。他湿漉漉的身体闪闪发亮，形成彩虹般的光泽，而当他跃入阳光时，纷杂的斑纹闪耀着，仿佛周身遍布宝石……接着，像撑杆跳运动员一般，他一个翻越，纵身下冲，猛地扎进水里，将池水分成两片，各自向池边摇荡。

它不仅可能是全美最大的鳟鱼，而且身上还带着该隐的印记，卑劣、无赖、受了伤的印记。它的一只眼瞎了。"不透明的，白色的，没有瞳孔，看起来像是烤鱼的眼睛。"

所以到底是多大？你还在问。那鱼将瞎了眼的一侧朝向河岸躺着的时候，比尔悄悄地接近了它。这聪明的家伙，他带了汉弗莱太太一起来给他这部分故事作证，指望读者里没有谁会失了骑士风度，怀疑她在这件事上的证词。比尔和汉弗莱太太趴在地上，比尔用上了木匠的计算尺。他告诉我们那鱼刚刚超过四十二英尺长，围长比得上他自己的大腿。重量估计有三十磅，可能还更重些。我天！

比尔为这条鱼着迷，但还是决定杀了它，杀死这条让他充满同情和恐惧的鱼。（像这么大的鱼不是用来抓的，是用来杀的。）他是个耐心的人，也没什么别的事可做，于是早上、下午、晚上全用来盯着这鱼，观察它的习性：

> 我像刺客还原刺杀对象的日常那样记录下他的来去。他总是在同一个喂食站出现，在池尾的漩涡处，有一条细流注入的地方，像餐馆的老主顾去往给他留好的餐桌……当我确定了他从自己桥底老巢出动的时间之后，我就在那里，趴在岸上他的地盘旁边，等着他破晓时来吃早餐，黄昏时来吃晚餐。

有个男孩每天都到溪边来，看比尔一次又一次徒劳地飞蝇钓。他觉得比尔很蠢。他是这么跟他说的。他们不怎么聊钓鱼，也不怎么谈论整个世界。在那个命中注定的钓鱼季的最后一天（这会儿就是你想听坦格伍德那边的音乐的时候），小男孩也在那儿，比尔钓到了那个大家伙，独眼巨人库克洛普斯的化身。男孩安静地看着那短暂而力量悬殊的比赛，然后颤抖着怒吼道："你抓到他了又让他跑了！"

"钓鱼文学分为两种类型，"汉弗莱写道，"指导型和献身型。前者出自写作的钓鱼者之手，后者出自钓鱼的写作者之手。"本书属于献身型，充满了对世界此岸与彼岸奥秘的爱和罕有的关注。这本书也很好地呼应了汉弗莱早期描写钓鳟鱼的小说《产卵洄游》。

巴塞尔姆的非人喜剧

唐纳德·巴塞尔姆:《伟大的日子》,纽约:法劳·斯特劳斯·吉罗,1979 年。

我从上大学开始就一直欣赏唐纳德·巴塞尔姆的短篇小说作品,从读到他的第一部作品集《回来吧,卡里加利博士》起就是这样。那时候我认识的所有人都在谈论唐纳德·巴塞尔姆,有一阵子,所有人都试图写得像他。唐纳德·巴塞尔姆就是我们自己人,朋友们!有些人到现在还想写得像他,但就是成不了。从那时到现在,他的主要模仿者都是全国各个高校里学写作的学生。对于年轻和不那么年轻的作家来说,巴塞尔姆短篇小说的影响相当大,却并非都是好的影响。

模仿——没有别的词比它更准确了——是很容易识别的。每过一阵子就会在什么地方的印刷品上看到,不过最常见的还是提交到全国各地的写作工作坊里的那些,数量多得令人沮丧。在这些工作坊里,巴塞尔姆的小说被当作模板,供年轻的短篇小说作者学习。

在这些巴塞尔姆式的短篇小说中，作者几乎无一例外地严重缺乏对自己笔下人物的兴趣和关注。这些人物在不知不觉中掉入愚蠢的境地，被他们的创造者施以极端的讽刺甚至彻头彻尾的蔑视，永远不出现在能揭示他们或多或少具有正常人类反应的情境之中。人物的任何情感表达都是不被允许的，除非这情感能被当作笑柄。他们完全不知道人世间还有"责任"存在，更别说为自己的行为负责了。感觉没有什么不能写进这些小说里，因为故事里没有什么必须合理的东西，也没有什么比其他任何东西更与主题相关，有价值，有分量的东西。这个世界每况愈下啊朋友们，所以一切都是相对的，明白吗。这些人物通常没有姓（《伟大的日子》里的小说就是这样），也没有名。而作者也下了决心，要写那种从"写得合理"的责任中解脱出来的小说。他们觉得既然这个世界上没有什么是合理的，他们笔下人物的言行就不必受到任何道德复杂性和后果的常见约束。一句话，没有任何东西有任何价值。

这些模仿者在巴塞尔姆那里捡了一切简单明显的东西来学，但又没有他的才华，没有他那种总能用惊人又有原创性的方式来表达那些爱与失落、胜利与绝望的天赋。失望和心碎遍地都是，这谁都知道，但如果一个作家写了这些，让自己的小说里充斥着满腹牢骚、自哀自怜、被不明的焦虑痛苦和抱怨所吞噬的家伙，那么好吧，这是不够的。巴塞尔姆是不一样的。他的人物从不卑鄙或心胸狭隘。他能打动你，与此同时常常能让你笑出来，激起那种被加缪简单称为"共情"的东西——尽管巴塞尔姆写出的小说常常像是沿途车辆里最奇形怪状的那种。在《回来吧，卡里加利博士》之后是一九六七年的小型实验性长篇《白雪公主》。接着，一九六八年，奇特又绝妙的小说集《不可言说的实践，不自然的行为》；一九七〇年，更多的短篇小说，《城市生活》；再之后，一九七二年出版了另一本精巧的集子，《悲伤》。长篇小说《亡父》于一九七五年出版；又一本短篇小说集《外行们》，一九七六年。巴塞尔姆用这些原创作品为自己在美国文学中赢得了一席之地，也以此完成了对短篇小说的致敬。

因此我要遗憾地说，我不喜欢他的新短篇小说集《伟大的日子》。这本书并不让人深感失望，然而的确是让人失望的。《伟大的日子》并不会让人失去对巴塞尔姆的尊重，或是对他颇为可观的成就造成影响，但也并不会对他有什么帮助。这本选集中的十六篇短篇小说都不具备的，是他早期作品集里的小说的那种能量和复杂性，那种由故事引起的共鸣，比如说《印第安人起义》，还有《气球》《溺水获救的罗伯特·肯尼迪》《看见月亮吗？》《睡魔》《日常生活批判》《脑损伤》《句子》和《我父亲哭泣的景象》。在《伟大的日子》里，有七篇小说是"对话"，它们发生在一对对无名男女之间（尽管人物性别并不总是清楚的），除了喋喋不休的意愿之外，空洞的声音里什么也没有。

巴塞尔姆确实时不时地调动了我们的思维和文学想象力，小说里确实有些好玩又古怪的俏皮话，但整本书确实没有什么创新性的突破，也没有写出任何贴近人心的东西。最后这一点是这本集子最致命的一个缺点。这些小说里缺乏任何和人沾得上边的东西，这是有问题的。在书中，他似乎离我们关心的问题越来越远，或者像我所认为的，离我们应该关心的问题越来越远。

书里最有趣的两篇没有采用对话形式。第一篇是《爵士之王》，讲的是著名的侯吉·摩吉[1]和他的挑战者——"日本第一长号手"山口秀夫的故事。另一篇是一个叫作《爱德华·李尔之死》的滑稽故事，讲的是这位十九世纪的胡话诗[2]作家喜剧性的临终场景。他广发邀请函，请大家"于一八八八年五月二十九日凌晨两点二十分，在圣雷莫"见证自己的死亡。

我很不愿意这么说，但这里面其他的小说有太多听起来就像是唐纳德·巴塞尔姆在模仿唐纳德·巴塞尔姆。技巧的精湛和独创性还在，但这回的大多数创造好像都很牵强，跟"共情"相去甚远，也正因如此，终究乏味到了极点。

---

[1] 此处为音译。侯吉·摩吉（Hokie Mokie）可能脱胎于 hokey pokey（变戏法），又似乎是 holy moly（我的天哪）和 okie dokie（好的好的）的结合。

[2] Nonsense-verse，又译为谐趣诗或荒诞谐趣诗。

激动人心的故事

吉姆·哈里森:《秋日传奇》,纽约:德拉克拉特出版社/西摩·劳伦斯出版社,1979年。

吉姆·哈里森是三部长篇小说——《狼》《死亡的好日子》《农夫》的创作者,还写了好几部出色的诗集。他最好的长篇小说《农夫》用优秀的现实主义手法刻画了一个孤独的人,他在北密歇根广袤的土地上捕鱼打猎,劳作为生。他和一个教师恋爱,读了几本好书,唯一称得上不寻常的只有他的正派、有趣和些许复杂性——显然哈里森对这个人物感到亲近,也十分上心。这是本写得极为细致、诚实的书。《秋日传奇》收录了三篇较短的长篇小说——更准确地说是中篇小说——出版于《农夫》面世四年之后。这正是哈里森如日中天的时期,这本书也值得一读。

三篇小说里最好的一篇叫《放弃了名字的人》①,刚过九十页,文笔传神。这篇杰出的作品探讨了一个看上去过

---

① *The Man Who Gave Up His Name*,又译《独舞男亨》。

于常见的领域：四十岁出头的男人生活的转变，但我认为它能比肩最好的中篇小说——康拉德、契诃夫、曼、詹姆斯、梅尔维尔、劳伦斯和伊萨克·迪内森的中篇小说。

《放弃了名字的人》的主人公是诺德斯特罗姆。（这些中篇小说中所有的主角都是英雄主人公——没有比这更贴切的词了。同样，坏人也确实是坏人。）诺德斯特罗姆是洛杉矶一家公司的检修主管，跟哈里森所有小说的主人公一样，来自中西部乡村地区。他放弃了一切，工作、家庭，搬到东海岸过起了一种全然不同的生活——比如去厨师学校。他开始独自在夜晚听各种各样的立体声音乐，梅尔·哈格德，乔普林的《珍珠》，沙滩男孩，斯特拉文斯基的《春之祭》，奥蒂斯·雷丁，还有感恩至死乐队。他放弃的并不是让他失去了信心的生活，而是一种他完全丧失了兴趣的生活。像托尔斯泰笔下的伊凡·伊里奇一样，他被那种"要是我这辈子做的事全都是错的怎么办"的感觉压倒了。诺德斯特罗姆的妻子劳拉在电影制作行业工作，本身就是一个极为有趣的人，女儿索尼娅是莎拉劳伦斯学院的学生。诺德斯特罗姆去纽约参加索尼娅的订婚派对，在吸食了几份可卡因后，他跟人起了一场看上去无伤大雅的冲突，对方是个邪恶三人组：一个叫斯拉茨的黑人皮条客混混，他的白人女友萨拉，还有他们的好哥们——大块头贝尔托。在经历了敲诈勒索后，诺德斯特罗姆把贝尔托从酒店房间的窗户扔了出去。之后他去了佛罗里达群岛，在一家小餐馆当起了做六休一的煎炸师。他早晨钓大海鲢，深夜下班后对着自己的晶体管收音机独自跳舞。我不知道怎么说才能听起来不老套，但诺德斯特罗姆在这块土地上找到了自己的幸福方式。

没有什么话能恰如其分地评价这篇小说人物塑造的细腻和情节上诚恳的复杂性，它的文笔精准又细致。埃兹拉·庞德说表述的根本准确性是写作的唯一道德，这个断言可能是对的，也可能不是。约翰·加德纳应该不会同意这个说法，但我认为加德纳也会欣赏这篇小说，不仅仅是因为它语言的优美和准确、对体验到的生活丝丝入扣的描写，也因为它的智慧，因为它所照亮的生活——其中也包括了我们自己的。

这些中篇小说里的每一篇都关注着传统故事讲述的基本要素：情节、人物、行动。在《复仇》里，被丢在墨西哥北部偏远道路上等死的科克伦被一个叫迪勒的医疗传教士救起，在他的照料下恢复了健康。在科克伦缓慢的康复过程中，我们逐渐得知他如何陷进这个困境：是为了一个女人，一个有夫之妇。提比（意思是"鲨鱼"①）·巴尔达萨罗·门德斯是个冷血的富商，靠贩毒和拉皮条赚到了他的

----

① 原文为 Tibey。

第一个一百万。科克伦是提比的网球球友，却爱上了他的妻子，漂亮又文雅的米莉亚——在提比的书房，他们因为一本皮革装订的加西亚·洛尔迦的诗集相遇了。他们在科克伦位于图森的公寓里幽会了几次，计划到科克伦在墨西哥的小木屋里过上几天，却被提比和他几个心腹跟踪了。科克伦被打得奄奄一息，车和小屋都被烧掉了，然后"提比从口袋里拿出一把剃刀，熟练地在米莉亚的嘴唇上划开一道口子。这是对任性的女孩一种古老的报复。"几个月后，科克伦的双重任务开始了：向提比复仇，找到米莉亚。

她被提比关进了墨西哥杜兰戈最恶毒的一家妓院，在那里被强行注射了海洛因。但她稍一恢复就刺伤了一个男人，接着被转移到一个秘密的精神病院，专门关"没救了的疯女人和疯丫头"的地方。又有几个人毙了命，这部分的情节大多有些脱节，再之后提比和科克伦的关系逐渐缓和，他们一起去了米莉亚所在的精神病院。她的生命正在消逝，而我们只能假设，她的心已经碎了。

这时候，医学已经救不了她了。在一个最原始的故事中最原始的场景里，科克伦将一串郊狼牙项链挂在了这个垂死的女人的脖子上。接着："她用低哑的嗓音唱起那首他如此熟悉的歌谣，声音只微微盖过了夏天的蝉鸣。那是她临终的天鹅之歌。她看向他坐着的地方，灵魂如云的消散一般轻轻向外涌动着，死去了。天空下起了雨，头顶的树上一只鸟儿开始低声歌唱，好像是某个玛雅人的灵魂跌跌撞撞地想要回到这世上。"

米莉亚就这么断了气——没有多余的话了。尽管这里有些尴尬，但紧接着这个场景的尾声却奇异动人，这段故事本身也很值得花时间一读。

书的同名小说《秋日传奇》是一篇大师级作品，故事的时间上至十九世纪八十年代，下至一九七七年。故事开始于一九一四年十月的蒙大拿州，年轻的三兄弟在去给加拿大军队做志愿兵的路上，他们要参加第一次世界大战。老大叫阿尔弗雷德，后来成了代表蒙大拿州的一名美国国会参议员；老二特里斯坦是小说的主人公，像以色列王亚哈一样，因诅咒上帝而招致了他人生中最大的不幸；最小的塞缪尔十八岁，是哈佛的学生。他们的父亲威廉·勒德洛是一个富裕的牧场主，退役骑兵军官，曾在卡斯特手下任职。这篇作品充满了对人与自然的丰富描写，它是这样描述卡斯特的："勒德洛记得卡斯特对部队进行了一场难以捉摸的演讲，他的金色长发里挂着一只只蚱蜢。"几个年轻人的妈妈是东部的社会名流，每年的大部分时间都花在音乐会和风流韵事上。

塞缪尔在法国送了命（之后他的心脏被特里斯坦剖出来包了石蜡，运回了蒙大拿）；阿尔弗雷德受了重伤；特里斯坦像疯了一样割德国人的头皮。他后来回了家，和波士顿的表妹苏珊娜结了婚，带她来到了牧场。但不安分的他很快就离开了，在十年的冒险之旅中，他乘着自己的帆船去了非洲，去了南美。再次回到蒙大拿时，他发现妻子已经离开了他，嫁给了阿尔弗雷德。但苏珊娜也发了疯，进了精神病院，最后死在了那里。特里斯坦跟一个混血女人①结了婚，有了孩子，过了几年风平浪静的日子。但当他妻子被禁酒探员失手打死后，这种幸福破灭了。（没有谁诅咒了上帝之后不受惩罚。）

特里斯坦又发了一段时间的疯，然后开始大规模贩卖威士忌。他和旧金山凶神恶煞的"爱尔兰帮"起了许多流血冲突，包括纽约州萨拉托加温泉小镇上一次凶险的追逐。小说最后回到了蒙大拿的牧场，在更多的暴力中画上了句号。最后，恶人有了恶报。

尽管剧情常常急转直下、令人窒息，但这确实是一个好故事——"激动人心"是人们过去爱用的一个词。吉姆·哈里森很好，他的这本书是对讲故事这门古老手艺的致敬。

---

① 特里斯坦后来的妻子小伊莎贝拉有一半克里族血统。克里族是北美原住民之一。

蓝鸟的早晨，风暴来袭

威廉·基特里奇:《梵高田》, 哥伦比亚: 密苏里大学出版社, 1978 年。

"全都是重力在起作用。重的落下，轻的飘走。"在短篇小说《梵高田》里，一个小麦农场主在解释打谷机如何工作时说道。这是威廉·基特里奇惊人的原创同名小说集里的一篇，这本书获得了一九七九年圣劳伦斯小说奖。重的落下，轻的飘走。之后，在同一篇小说里:"你做的事是重要的。无论对错，做什么都是有后果的，兄弟。"我不得不承认这话是对的，对人生和对最好的小说来说都是如此。你做的事是重要的。听着:这是一些把人和他们的行为及行为的后果讲得极为精彩的小说。它关于这个国家一个独特而具体的地区，一个没有多少作家为之发声的地区。我能想到的有华莱士·斯特格纳，玛丽·比尔，H. L. 戴维斯，沃尔特·范·蒂尔堡·克拉克。而现在，我们能把威廉·基特里奇加入其中了。

西部的确是个遥远的地方，但这里说的西部指的不是西海岸，像旧金山、西雅图、波特兰、温哥华这样的城市。对基特里奇笔下的人物来说，这些城市对他们生活的影响就跟欧洲大陆的影响差不多。这些小说描绘的西部起自加州中北部的雷德布拉夫，穿过俄勒冈东部，延伸到爱达荷、蒙大拿和怀俄明。基特里奇从小镇、峡谷、汽车旅馆和废弃农场中汲取灵感，向我们展现了离美国梦无限遥远的形形色色的人物。他们是殷切的期望已经破灭的人，像废旧的打谷机一样被抛在了身后。

基特里奇了解他那片土地里里外外的气象风貌。气压计降得很快，有人会受伤，有人会送命。在这些小说里，人们因酒精中毒而死，被马踢死，被打谷机碾死，或者在高速公路旁醉醺醺地睡着的时候在车里被烧死。再或者就是被一个"坏透了"的怪孩子残杀，像中篇小说《肥皂熊》里写的那样。这是篇光彩夺目的大师之作，它深重的邪气和对地点生动的描摹都让我联想到威廉·加斯的《佩德森家的小孩》。听听下面这段。要是这个犯下五次谋杀罪的人出现在你家，现在还占着上风，你会是什么感觉？

　　"你的脚会冷的，"他说，"把帽子戴上吧。这是有规律的。脑袋就像冰箱一样，得把它关掉，手指和脚趾才会暖和。来戴上帽子吧……"

　　他起身走到过道里他挂着羊毛大衣的地方，那只柠檬黄的毛线帽就塞在大衣口袋里。他把帽子盖在湿漉漉的头发上。"好啦，"他说，"现在我一点也不觉得疼啦，因为我脑袋盖住了。"

"好多事都得这么做才行，"他说，"脑袋得关掉。"

以下是出现在这些小说中的一些地名：瓦卡维尔、奈尔、阿灵顿、霍恩溪、布莱克洼地、弗伦奇格伦、玛丽河、科瓦利斯、普林维尔、曼特卡、达瓦内罗、贝克斯菲尔德、沙夫特、塞勒姆、亚基马、派尤特溪、克拉马斯瀑布、特雷西、沃拉沃拉、多南、雷德布拉夫、麦克德米特、德尼奥、沃克湖、比特鲁特、科迪、埃尔克河、克拉克福克河、隆波克、科罗拉多泉。

一些人名：克莱曼·蒂尔、罗伯特·昂特、朱尔斯·罗素、安布罗斯·维格、马戴维（他有这个名字，因为"有一次星期日下午，酒醉的他为了在女人面前炫耀，非要去骑一匹还没驯好的小马。那马受了惊，往石头一样硬的杜松木门柱上撞过去，把他的右腿给撞断了"）、本·奥尔顿、科里·奥尔顿、斯蒂芬妮·拉德、杰罗姆·贝德利、奥拉利·约克、雷德·扬特、朗尼、克里夫、大吉米和"他的跑友克拉伦斯·杜内斯"、维吉尔·班塔和麦克·班塔、雪莉·赫兰德警长、他的妻子多丽丝、"笨得像块石头"的比利·库马尔、马利·普雷斯特、"养着从比尤特来的妓女安妮"的阿莫斯·弗兰兹，还有朵拉·康特和拖鞋康特。

这些地名和人名起得颇有诗意，但对于活在基特里奇小说里的人物而言，他们的生活可没什么诗意。或许一开始也曾有过一点，但接着就有什么事情发生了——诗意被掏空，或是在长期的酗酒生活中离你而去了。你却因为还得装样子而越过越糟，哪怕明知道那些装出的样子现在毫无意义，只不过徒劳地制造出过去好日子的幻象罢了。好了，不管怎样，哪怕你那死于酒吧斗殴的兄弟那天下葬，你也得出门去喂牲口。你要是不喂它们，它们就没人喂。你非做不可，有责任得负。又或许你刚刚发现，这个兄弟就是你妻子怀着的孩子真正的父亲。这得费点工夫弄清楚，也必须得做些调整。这个故事出自《冬日三十四季》，是全书最好的小说之一。

要是这些小说里的人物听音乐的话，他们听的会是威伦·杰宁斯，罗杰·米勒，洛丽塔·林恩，汤姆·T.霍尔唱的《斯波坎汽车旅馆布鲁斯》，梅尔·哈格德，琳达·朗斯塔特还有《派对玩偶》，再就是《万古磐石》和《更近我主》这类教堂音乐。要是他们还读些什么的话，读的会是《体育新闻》，再就是他们大多数人住的那些大城市的报纸，像是西雅图、斯波坎、波特兰或旧金山的报纸。它们总是晚一天才送到，因此上面让人沮丧的占星信息成了一种证实而非预测。

在《爱秃鹰的男人》里，有一个人物夜复一夜地做着连续的梦。她坚信只要能筹到足够的钱、买到更好的房子从这里搬走，梦就会结束。但她没攒够钱，梦当然也没有停。

这些小说里充斥着大量的"不安之症"①，这个说法被加缪用来描述某种糟糕的家庭生活。听听这个结婚二十年、没有子女的中年男人的话吧：

> 一栋你自己的房子，当它内部出现问题，变得好像不再是你的，当你几乎想不起住在里面的情形，哪怕你整个成年生活里大部分吃饭睡觉的时间都在这里，你要怎么走进自己的家门？试着想想两三件在那里生活的事情，想想做一顿饭的样子……有时你没有别的选择，只能走进自己家里……然后会有一天早上，你走进自己家里，环顾四周，就像一个游客一样。

"我小的时候，"那小孩说，"你认识我爸爸，他叫麦克·班塔，就住在比特鲁特谷那儿。"

"我不认识什么班塔。"赫兰德说。

"好吧，反正他就在那儿。"那小孩说，"在那些春

---

① 原文为 dis-ease。

天的早晨，大雁往北飞。我站在草坪上，太阳刚升起来，漆成白色的篱笆围着妈妈的玫瑰，这就是爸爸说的蓝鸟的早晨……我姐姐也会在那儿，还有爸爸妈妈，还有小鸟在紫丁香丛里玩耍。爸爸会说这到底是一个充满了伤害的世界，然后他会笑起来，因为在那些蓝鸟的早晨，没有什么可以伤害到你。"

每一个伟大的作家，甚至每一个好作家，都会根据自己的想法来重塑这个世界。盖普是对的，约翰·欧文是对的。世界上的这片区域，我们国家的这个部分，这幅被审慎观察的图景，就是基特里奇眼中的世界。他用同情和惊惧的笔调写下这片土地和这里的居民，当然，也带着爱。这些充满力量的小说令人不安，令人难忘。恳请大家关注。

巅峰时期的天才长篇小说家

万斯·布尔贾利:《人的游戏》,纽约:戴尔出版
社,1980 年。

这本书的宣发提醒我们,万斯·布尔贾利是美国最重
要的作家之一。在我看来,这个说法不是随便说说的,证
据就是这本极富吸引力、真实得残酷的艺术作品,《人的游
戏》。这是他自最出色也最有名的作品《被侵犯的》以来最
好的长篇小说。

《人的游戏》是一本充斥着暴力和沉重的巨著:一页又
一页数不尽的谋杀和"搬迁",背叛和双重背叛。但令人惊
讶的是,它也是——这一点更符合我们聊它的目的——对
人类处境的一次绵长深邃的,有时又是田园牧歌式的冥想。

小说的场景跟你愿意想象出来的一样千差万别:一艘
正从旧金山开往新西兰惠灵顿的挪威货船甲板上、船舱里
的生活;委内瑞拉加拉加斯;维尔京群岛的圣托马斯岛;
阿根廷的一个牧马场;希腊的克里特岛和科孚岛;开罗和
亚历山大;俄罗斯干草原和符拉迪沃斯托克;冷战时期的

柏林；泰国；智利圣地亚哥；火奴鲁鲁；乌拉圭蒙得维的亚；德军占领下的南斯拉夫；新奥尔良；二十世纪七十年代后期纽约的上流和底层生活。在这些地方，我们目睹暴行被一丝不苟地演绎，这是让一些人沉迷的凶残游戏的一部分。

这部小说在动机的纠缠和情节的错综复杂上是康拉德式的，并且被各式各样的学问填满：养马、驯马、赛马；当兵打仗，主要是后方游击战和秘密的中情局活动；像你渴望的那样，从内部对恐怖主义的邪恶行径进行彻底的观察。但由于我只能触及故事的主线，没法告诉你小说的内容是什么，我想说它讲的绝非小事，关于勇气、忠诚、爱、友谊、危险、自立，以及一个人自我探索的一生之旅。

这部非凡小说的主人公——他是个英雄，谢天谢地——是一个正直又有着深刻复杂性的人；他有性格，就"性格"这个词最古老和真实的意义而言。他的名字是 C. K. "中国佬"彼得斯（叫这名字是因为他遗传了他的蒙古母亲那双微斜的眼睛），无疑是布尔贾利迄今为止塑造得最好的小说人物。

在二战期间，彼得斯作为战略情报局的一名年轻特工，因他的代号"Der Fleischwolf"（绞肉机）而声名鹊起。战后，他加入了刚刚成立的中央情报局——人称"那个机构"。彼得斯曾写过一本关于游击作战的小册子，这本书连同它的作者一起在一些地下圈子里有了些名气，主要是在一个激进的爱尔兰共和军团体中，其成员是狂热但文雅的恐怖分子，在欧洲和中东都有关系。小说开篇，现年四十九岁的彼得斯已经跟国内事务和中情局脱钩，住在旧金山的一个合租公寓里。当他正准备带着一批马起航去威灵顿，好把它们送到新西兰一个饲养员那里时，他在电视上看到了玛丽·迪芬巴赫和温迪·迪芬巴赫在她们纽约的公寓里遇害的新闻。他已经很久没见过这两个女孩子了，自打她们小的时候，她们的父亲、他的朋友和邻居、他的战时指挥官沃尔登·迪芬巴赫抢走了自己的妻子起，他就再没见过她们。现在迪芬巴赫是联合国的一个无任所大使，常被人们当作未来的国务卿提起。彼得斯拍了封电报过去问自己能不能帮上什么忙，等了一阵，就出海去了。

在去新西兰途中，彼得斯花了很长时间跟他的马群交谈，这是真的。也因此，在长篇幅的倒叙中，我们了解到了他一生的故事。从过去到现在，从这条路到那条路，货船既是一段旅程的隐喻，也是真实的远洋轮。我们跟随着彼得斯，看他进入预备学校，在那里用他摔跤得来的奖学金学习外语，然后服兵役，入伍，进入陆军，再到情报局工作。后来他进了耶鲁，拿到了德国中世纪历史学学位。他幸福地结了婚，在东海岸安了家，养马赛马，有迪芬巴赫当他的乡绅邻居。这个迪芬巴赫是一个充满魅力和智慧的马基雅维利式的人物，他遭遇了爱尔兰共和军，那些特工准备解决掉他。一片混乱中，他的两个女儿成了替死鬼。

在新西兰，彼得斯接到迪芬巴赫的一封电报，问他能不能到纽约来，在这件惨案中助上一臂之力。本书的后半部分讲述了彼得斯搬进被害女孩们在纽约的公寓后发生的事情。

我很少能读到能像这部小说一样带给我彻底和持久乐趣的长篇小说。出现在这本好书里的人物让人触动，他们与其说是小说角色，不如说是平凡和不平凡的男男女女。他们四处谋生，做出的事情或许会让自己万劫不复——或者能让自己升华。在这个不完美的世界里，或者在二流小说家笔下，这些本来是做不到的。

当然了，我不会把小说的结局透露给你。我能告诉你的是剧情峰回路转，又路转峰回。就像人们常说的，直到最后一页，它都能让你魂不守舍。对我来说，讨论这本书让我想起 F. 斯科特·菲茨杰拉德的咒语："来，把椅子拖到悬崖边，我给你讲个故事。"

万斯·布尔贾利是一个富有原创性的才华横溢的作家，他一如既往地勤奋写作，发挥着他全部的能量。

照亮黑暗的小说

约翰·扬特:《哈德卡斯尔》,纽约:理查德·马雷克出版社,1980 年。

在这个这么多不怎么重要的小说都被书写和出版的时代,我应该马上言明,这是一本言之有物的书——一本有分量的书。它讲的是友谊、爱、义务、责任、行为的本质和意义。宏大的关怀。这是一本巨著,它揭示了——我丝毫不难为情地说一次——人类的处境。它不只向梅尔维尔所说的"黑暗中的黑暗"投去蜻蜓点水式的一瞥,更在肩负黑暗方面贡献了一点力量。它在一开始就严肃地问,一个人该如何行动?值得称赞的是,扬特用他的才学、洞见和异常出色的文学技巧一页接一页地向我们展示了这部优秀小说中人们的生活,揭示了这些人物所有的荣耀与不完美。

重要的小说是关于人的。这还用说吗?也许是的。无论如何,小说并不像某些作家所相信的那样技巧大于内容。如今我们似乎有太多这样的长篇和短篇小说,它们的人物被简化成无名或很容易被遗忘的"角色",这些不幸的家伙在这世上无所事事，或者更糟的是，他们对自己的同类做出冷漠又欠考虑的事情。在有分量的小说中，故事内部行动的重要性转化为故事外部人们的生活。这还需要我们自己提醒自己吗？在最好的长篇和短篇小说中，美德就是美德。忠诚、爱、刚毅、勇气、正直也许不总是被褒奖，但它们被公认为好的、高尚的行为品质；而邪恶、卑鄙或纯粹是愚蠢的行为也终究被视为它们自己的样子：邪恶、卑鄙或愚蠢的行为。这世上确实有一些绝对的存在，一些真理，要是你愿意这么说的话，我们最好不要忘记它们。

除了本书开头和结尾的几页框架性文字之外——在那几页里，一个老人和他的孙子出现在一九七九年夏天，肯塔基州的埃尔金——小说的主要情节发生在一九三一年夏秋，在同一座肯塔基山城。主人公是十九岁的比尔·缪西卡，他离开了弗吉尼亚的舒尔斯米尔斯，离开了父母破败的农场，到芝加哥的考因电气上一门九十天的课。他曾期望能改善生活，靠当电工谋生，但当他发现自己找不到工作、只能在垃圾桶里捡破烂时，决定放弃梦想回家。饥饿迫使他在快到埃尔金时下了火车，一名矿上的警卫，雷格斯·博恩误以为他是个"共产主义"劳工组织者，用枪指着他的脸要逮捕他。但缪西卡又累又饿，博恩看他可怜，让他在自己和母亲艾拉·博恩的住处休养几天。缪西卡和博恩成了朋友，博恩决定受雇当一名矿上的警卫，每天领上尊贵的三美金薪水。

在矿上当警卫是个危险活儿。警卫带枪，有些矿工也带。缪西卡和博恩把排班换到了一起，互相照顾。放假的日子里他们修猪舍，猎浣熊，给兔子做套、下套，放倒满是蜜蜂和蜂蜜的树。两人渐渐发展出一种深厚的友谊。同时，缪西卡爱上了一个年轻的寡母玛莉。几个月后，缪西卡厌倦了在矿上当警卫，也羞于再做这份工作。博恩也幻灭了。他们交还了自己的警卫徽章。但这时，正如我们预料的那样，一场与哈德卡斯尔矿业公司雇佣的暴徒之间无可避免的致命冲突发生了。博恩中了伏击，送了命。缪西卡活了下来。"尽管事情就在他眼前发生，但雷格斯死去的消息经年累月都没能触及他全部的认知领域，以至于很长一段时间后，他的悲伤才终于休止。"

缪西卡后来跟玛莉结了婚，留在埃尔金构筑自己的生活。他没有再回家。此外，"他怀疑家根本就不是一个地方，而是一段时间，当它消失时，它就永远地消失了。"

莱昂纳尔·特里林曾说，伟大的书阅读我们。我二十来岁时读到这句话，会琢磨这是什么意思。这人到底在说什么？听起来有智慧、有学养、有洞见，我也想变成这样。读完《哈德卡斯尔》这本如此宏大又纤毫毕现的长篇小说，我想起特里林的话，我想，原来他说的是这个意思。是的，太对了。这就是他的意思，没错。

布劳提根供应狼人莓和猫甜瓜

理查德·布劳提根:《东京－蒙大拿快车》,纽约:
德拉克拉特出版社/西摩·劳伦斯出版社,1980年。

这本散文集怎么看也不符合"长篇小说"这个词的任
何定义,其中的散文作品良莠不齐,篇幅从几行到几页不
等。背景设定在蒙大拿州利文斯顿一带,东京,还有旧金
山。这本书没有什么排序规则,任何部分都能放到任何地
方去,不会有一丝一毫的差别。我认为第一篇也就是最长
的一篇写得最好。标题是《约瑟夫·弗兰茨尔的陆路之旅
和妻子安东尼娅在内布拉斯加州克里特市的长眠》。其他作
品的标题有《艾伯特和科斯特洛[①]墓前的天空实验室》《奔
跑在东京的五个冰激凌甜筒》《蒙大拿交通咒》《旧金山蛇
传》《狼人莓》《百里香和殡仪馆研究》《两台蒙大拿加湿
器》《你拿390张圣诞树照片做什么用?》《猫甜瓜》《鸡寓
言》《风味冰激凌汉堡店[②]的灯亮了》。你懂了吧。

---

① Abbott and Costello,喜剧二人组,贡献了美国喜剧中经典的"二傻"形象。
② Tastee-Freez,又译太妃冰激凌店。

这样的作品有 131 篇，有些着实很好，像是从你手里突然变出来的小惊喜。有些也就那样，收不收进来都行。剩下的——我认为太多了——都是用来凑数的。最后这类用来占地方的作品让人疑惑。我知道你想问什么："出版社的编辑呢？"难道作者身边就没有一个爱他胜过一切的人，一个他喜爱也信任的人能跟他一起坐下来，告诉他在这一堆零零碎碎的大杂烩里什么好、什么精彩，又有什么浅薄、贫乏、愚蠢，最好不要说出来，或者就留在笔记本里？

　　我还有其他愿望，我多希望能有更多可供选择的，能有 240 篇这样的小东西就好了——或者 390 篇，跟圣诞树照片的数量一样多；多希望（还在许愿）作者能跟他信任的编辑朋友一块儿坐下来，把所有作品像读诗一样一篇篇看过去，看有多少篇能累积起来合成一本书。多希望这个想象中的编辑朋友能时不时对作者严厉一点。"看这儿，理查德！这篇就是块味道过甜的小甜饼。还有这篇，不过就是动动手指，列列清单笔记而已。想出好书吗？把那篇摘出去。但你看这一篇，这篇可得留下。"要是在这 240 篇或者 390 篇，甚至原本的 131 篇里只挑 90 篇或者 100 篇收进集子，那么这会是一本真正的书，一本充满惊奇和妙笔的书。但与此相反，我们看到太多小小的幻想，太多轻柔闲散的甜甜的念头，这些都是作者有幸拥有并贮存起来跟我们分享的。但不必分享这些，一个也不用分享。

或许这些对作者来说都不重要。或许我们要么能接收到他的电波，要么不能，就这么简单。如果不能，那我想可以这么说：真不幸，忍着吧。又或许我们和布劳提根想法合拍，那么也许所有的一切都不是问题。有什么关系呢？但我得相信——我不必非得相信任何事。这只是我的一个感觉——布劳提根是想尽己所能写好的，是想写给成年男女和易于取悦的年轻读者的。

因此你可以选择读这本书，也可以放着。阅读它不会对你这辈子有任何帮助，也不会有什么坏处。它不会改变你看人看事的方式，也不会在你的情感生活里留下任何的印记。它对头脑的作用很温和。这本258页的书关于作者在"地球这个星球"的生活，对过去和现在的幻想和印象，也偶尔有耀眼的闪光。

这是理查德·布劳提根的《东京－蒙大拿快车》。这无论如何都不是他最好的一本书，他必须明白这一点。

麦奎恩打大猎物

托马斯·麦奎恩:《微小的可能性 [①]:运动随笔》,
纽约:法劳·斯特劳斯·吉罗出版社,1980 年。

这些随笔大部分都很不错,有些堪称精彩。每一篇都多少跟某种户外活动有关,多半是钓鱼。因为对特定景观的高度个人化的描写,《微小的可能性》可以归入威廉·汉弗莱的《产卵洄游》和《我的白鲸记》、万斯·布尔贾利的《非天敌》、诺曼·麦克林恩的《大河恋》甚至海明威的《非洲的青山》这一序列之中。让我们称它为文学的产物,立此存照。

选集中有十八篇随笔,最早的出现于一九六九年,其他的于二十世纪七十年代断断续续在杂志上发表。要是你感兴趣的话,这些正是麦奎恩在过去十年间,也就是他创作那些确立自己一流长篇小说家地位的作品时所写的关于自己生活和兴趣的零散记录。早期的一篇《我和我的摩托

---

① An Outside Chance,意为极小的、微乎其微的可能性。这里也指户外活动的机会。

车和为什么》写的是麦奎恩住在加州时爱上摩托车、购买摩托车的心路历程，其中还能看到他跟妻子充满爱意的相互迁就。

《我的草地云雀》以几年后的基韦斯特为背景，作者得了一种"船相思病"——极度渴望一只叫"草地云雀"的特制船。他妻子也出场了，仍然是一片深情，还添了个孩子小汤姆。再之后，在一篇名为《套绳：从一到二》的佳作里，我们看到作者在蒙大拿的加德纳参加一场套绳大奖赛。小汤姆在大看台上看他爸爸比赛，他妈妈也在，不过她有了一个新的丈夫。观众里还有一个小汤姆的朋友，是一个"从阿拉巴马来的"女孩。

"我不知道这种事除了必要、迷狂的认命之外还意味着什么。"在另一个场合，麦奎恩这么说。

大部分随笔细致地描写了垂钓的方方面面，包括钓大海鲢、北梭鱼、羊肉笛鲷、镰鳍鲳鲹（一种很难捉到的神秘海水鱼）、彩虹鳟和割喉鳟，还有银花鲈鱼。我印象特别深的是作者站在岩石上，面朝大西洋，嘴里叼着手电筒，想在黑暗里钓一条银花鲈鱼上来的样子。还有一篇讲一只叫莫莉的猎犬的，一篇讲猎松鸡、野鸡和水鸟的，再有一篇叫《猎物的心》，大概是本书的核心篇章——讲的是猎鹿和猎羚羊，冥想和玄谈。其他的随笔有讲一匹叫"中国佬的班吉宝贝"的马的；讲摩托车比赛的；讲他小时候捡丢弃的高尔夫球拿去卖的；讲旧金山的金门垂钓俱乐部的，在那儿钓鱼的人得注意着点沼泽鳄——还有几篇泛泛地讲在户外晃悠的。

不过钓鱼还是占了大多数，麦奎恩对此很看重。有一段讲的是一条大鱼的逃脱："它融进层层叠叠的鬼魅暗影中，触碰到却又不见了，萦绕在钓鱼者心头——鱼捉到却又跑了，这条大鱼的逃脱对于不怎么钓鱼的人来说是一个关于无常的主题，但对垂钓者来说，这里面有一种更深的感情。"还有一段，是作者在加拿大西部一个美丽又偏远的地方钓鱼时的心境："（鱼上来的）那段时间里，整个不列颠哥伦比亚省就只剩我的干式毛钩周围那几平方英寸地方了。"麦奎恩属于"捉完就放"①派，但不管哪一派钓鱼者都能心有戚戚。

"真正发生的事是难以名状的，这不可避免。"作者这样告诉我们。也许大多数最深刻的体验都是这样。但麦奎恩已经在尝试描述这些体验上走得很远了。

麦奎恩的《微小的可能性》表现极佳，用棒球术语来说打击率有 0.370 甚至更高。他不是泰德·威廉斯或泰·柯布，也不是欧内斯特·海明威，但他写出了一本真实的好书。我有一种强烈的感觉："老爹"海明威也会喜欢的。

---

① catch and release，也称"钓获放流"。

理查德·福特关于失去和疗愈的鲜明想象

理查德·福特:《最终的好运》,波士顿:霍顿·米夫林出版公司,1981 年。

这部不同凡响的作品表面的情节是这样的:前海军陆战队队员、越战老兵哈里·奎因和他的女友——跟奎因一样四海漂泊的蕾在分别了七个月之后来到墨西哥的瓦哈卡,要帮蕾的哥哥索尼出狱。索尼因持有两磅可卡因被捕入狱,但只要有个精明的律师和一万美金,加上钢铁般的决心和一点运气,必要的释放文件就能拿到手,索尼也就自由了。到那时,奎因和蕾也会拾起各自残破的爱情碎片,继续在生命里跌跌撞撞。但问题出现了。所有人都开始渐渐相信,索尼给他背后的人"顶了包"。就像墨西哥律师伯恩哈特说的:"他们认为他做了交易,让自己被捕了。"

这就复杂了。而复杂化的情况总是严重的,也常常是丑陋的。所有人都想把索尼分而食之。(其中一个囚犯真的割了他一只耳朵作为警告。)此外,城里似乎爆发了一场小型暴动,士兵和警察进行了无情、近乎冷漠的镇压。城里的正常生活就要过不下去，这种压力不时出现，而索尼被释放的希望和他的人身安全眼见着越来越快地滑入失控的漩涡之中，最后他的生命好像成了无足轻重的东西。

《最终的好运》是一部让人想一口气读完的一流作品，以当代小说中罕见的散文风格巧妙地写成。下面就是一个例子：

> 在越南时，奎因几乎了解了光学的方方面面。光决定了你行动的方式和结果，因为一切都是看见或看不见的问题。一片空稻田，一排椰子树，在它们的表面，东方灰和混合绿恰当的分布会让你恍惚。在天地间某个特殊的时刻，你已不在此地，而是跳脱出来，进入了密歇根湖畔夜晚的薄雾里，湖上的水鸭像灰色的斑点，沿着候鸟的路线朝印第安纳州的方向飞掠而过，整个白昼便在浓重的夜色里温柔地退了下去。

在更深层次上，本书是对蕾和奎因这两个普通但"边缘"的人物之间的爱和行为举止的沉思。（伯恩哈特相信"每个人都是边缘的"，书里也有大量证据支持这一点。）他们在路易斯安那一个赛狗场相遇时都是三十出头，却好像都已经处在各自人生的末端。借 D. H. 劳伦斯的话说，"他们在性上受了伤害"①，没法冲破自己设下的障碍。他们一起在路易斯安那生活了一段时间，奎因给一家管道承包商当管道工，做七休七，而蕾留在拖车里听"放松的音乐"，照着杂志画画。他们游荡到加州，奎因在那儿干了一段时间新车回收的活儿，又通过朋友在密歇根找了一份狩猎监督官的工作，他希望在那儿能找到一个"明确的参照系"。但蕾对密歇根的生活极其不满。好几次她沮丧地大喊："我永远搞不懂你的生活到底为了什么……我不喜欢你看问题的方式，你不管看什么东西，都好像它要掉进一个无底洞里再也出不来一样。"

"你爱我吗？"她说着，早已哭了起来。"你不愿意说，是不是？"她说，"你怕了。你怕你需要它。"

"我能照顾好自己"是奎因的回答。

但这对蕾来说是不够的，她离开了他，而奎因度过了一段难熬的时光。他开始意识到："如果你试图完全保护自己，想免于遭受任何失去和威胁，最终会一无所有。更糟的情况是你完全被虚无吞没，跌入你最恐惧的不幸之中。"

在这部小说杰作的结尾，奎因和蕾兜兜转转一整圈，

---

① 实际出自劳伦斯·达雷尔《亚历山大四重奏》中的《贾斯汀》。

最后才走出并远离了它，平心静气地重新开始。但在整个过程中，我们见证了极为重要的，我认为最终也是对人类行为有所超越的一道弧光。

福特是一位大师级作家。因为对彻底的失去和最后的疗愈救赎的鲜明想象，《最终的好运》可以归入马尔科姆·劳瑞的《火山下》和格雷厄姆·格林的《权力与荣耀》之列。我给予这部小说至高无上的评价。

退休杂技演员倒在少女的魅力下

琳恩·沙朗·施瓦茨:《平衡动作》,纽约:哈珀与罗出版社,1981年。

琳恩·沙朗·施瓦茨是一九八〇年出版的小说《激烈的纷争》的作者。书里她按照时间顺序讲述了两个受过教育又有才华的聪明人二十多年的婚姻。不知道为什么,这本书出版时我莫名其妙地没什么兴趣。我猜——可怕的忏悔!——我当时怀疑,关于一个研究扭结理论的大学数学教授(卡罗琳)和一个基金会主管(伊凡)之间的关系,这个作者到底能说些什么才能让我真正感兴趣呢。最终——毕竟我去读了一些书评——他们结婚多年才有了孩子,卡罗琳和伊凡有时间、精力和办法去追求自己的生活和事业。表面上看,故事发生在一个太过熟悉的景观之中,但其实完全是陌生的。

但我可以很高兴地说,我最后读了这部小说,也觉得惊艳。仅就这本书而言,我可以说施瓦茨是我们最好的长篇小说家之一。而在《激烈的纷争》面世一年之后,作者能在自己的返场节目里做点什么，才能达到第一部小说中那种极致的愉悦呢？大概做不了什么。

这么说吧，《平衡动作》并不叫人失望，但在和第一本书无可避免的比较之中，它不免处于下风。对我来说，它没有《激烈的纷争》那种前沿性，也缺乏雕琢仔细、形象丰满的人物，缺乏那些有时任性到一意孤行、常常置自己的最大利益于不顾的人物——像我们常见的真实的人那样。本书没有第一部小说那种不懈的动力和偶尔出现的惊心动魄之处。是本好书，但不伟大，甚至没什么特别让人难忘的地方。我这么说不是为了贬低它。大多数好小说就是这样——"好"，不伟大，也不总是让人难忘。

马克斯·弗里德是一个七十四岁的鳏夫，一次严重的心脏病发作后，搬到了一个按我老家人的说法叫作"老人院"的地方恢复。但这地方不是那种一般的老人院，它更时髦，名字叫"快活丘老年居民半服务式公寓"，在纽约州的威斯特切斯特。在他退休衰老之前那丰富而充实的前半生里，马克斯·弗里德是一名马戏团杂技演员，一位高空走钢索艺术家，和妻子苏西一起表演。马戏团里那些一去不返的日子自然是往日的好时光，本书的书名也部分隐喻了马克斯对自己半残的凄凉现状和年轻时大帐篷底下的幸福生活之间努力的平衡协调。毫不意外地，书里写得最好的地方就是在描述他前半生的事件和处境时出现的。

这时爱丽森·马克曼出现了，她是一个早熟的十三岁女孩，因马克斯在当地一所初中给未来的杂技演员当临时教练而和他产生了交集。爱丽森是个有志向的作家，日记里写满了青春期的大冒险和胡说八道。生硬的老马克斯在她看来是个既浪漫又神秘的人物，于是她产生了一种极致的迷恋。

我要说她对他的这种迷恋间接导致了他的死亡，而这并没有透露任何关键信息。在跟马克斯的交往和逃离自己枯燥家庭生活的幻想推动下，爱丽森决定离开家，加入一个马戏团。这里有一场追逐戏，先是追到麦迪逊广场花园，然后追到了宾州车站。追她的人包括马克斯和他在快活丘的小甜心、邻居乐蒂。还有爱丽森的父母乔什和旺达，他们一点也不理解自己的女儿到底是怎么了，这情有可原。后来爱丽森和父母团聚了，而马克斯显然承受了太大的压力，在崩溃中死去了。但他的死亡并没有以任何本质的方式影响到我们。它既不意外，也不悲惨，甚至不够不合时宜。就是倒在地上死了。乐蒂只能重新开始自己的生活，而爱丽森和父母一起回了家，回到了一个十三岁孩子该在的地方。在最后一章里，乐蒂和爱丽森在卖冰激凌苏打的地方碰面了，她们说到了马克斯，还随便聊了几句。

去读《平衡动作》吧。不过如果你准备去读，也一定要读一读《激烈的纷争》，要是你还没看过的话。也别错过了琳恩·施瓦茨的下一部长篇小说。

"名声没什么好的，相信我"

查尔斯·E.莫德林编：《舍伍德·安德森书信选》，
诺克斯维尔：田纳西大学出版社，1984年。

我喜欢《俄亥俄，温斯堡》[①]里的小说故事——至少里面大多数都是我喜欢的。我也喜欢舍伍德·安德森其他的一些短篇小说，我认为他最好的小说不比任何人逊色。《俄亥俄，温斯堡》（是在芝加哥一个出租屋里写出来的，人物原型也是他在那边认识的人，不是俄亥俄）在全国的大专院校被教授，这是理所当然的。他的小说总是出现在每一本美国短篇小说选集里，不是这一篇就是那一篇。但除此之外，安德森就没有太多别的作品到今天还在被人阅读了。他的诗歌早已悄无声息，他的长篇小说、随笔集和文集、自传性文字、回忆录和戏剧集——其他这一切也都似乎进入了一个光线昏暗的区域，几乎没人再进去了。

一读完这本《舍伍德·安德森书信选》，我就觉得

---

① *Winesburg, Ohio*，又译《小城畸人》。

"S. A."——他在自己的信上有时就是这么落款的——会是第一个耸耸肩说"不然呢？"的人。他知道自己至少已经写出了一本能流传下来的书。人们说他的《温斯堡》是一部美国文学经典，他也倾向于同意这个观点。他靠这本一九一九年出版的作品声名鹊起。不过从那时开始到他一九四一年去世，这中间的作品呢？谁都知道发生了一些事。他作品中的变化和批评家（安德森称他们为"深海思想家"）对他态度的转变早在一九二五年就出现了，标志就是年轻的欧内斯特·海明威那些居高临下的信件，接着是他在《春潮》中对安德森的恶意戏仿。一九二五年《暗笑》[①] 出版，不到一年之内，安德森在杂志上接连读到自己的文学讣告。他说那些攻击并没有困扰他。但其实不然。在一封写给赞助人伯顿·埃米特的信中，他说它们让他"从灵魂深处感到恶心"。他在一封给评论家约翰·皮尔·毕肖普的信中写道："你怀疑我自己的脑子像这里那些灰色的小镇一样，恐怕确确实实是这样。"

但安德森一直把写作当作一种治疗的形式，他持之以恒地写作，不在乎评论家们怎么说。"写作帮助我活下去——它仍然以这种方式帮助着我。"在一九二〇年给弗洛伊德·戴尔的信中，他写道。写作是针对"名为生活的

---

① *Dark Laughter*，又译《深色的笑声》《黑色的笑声》等。

疾病"的一剂良药。当他帮忙起家的一个邮购公司破产时，他曾有过一次严重的神经崩溃，这次崩溃的时间具体到了一九一二年十一月二十八日。但两个月后，他恢复了日常工作。他白天给芝加哥一家广告公司打工来养活妻子和三个孩子，晚上写短篇和长篇小说，有时就在餐桌上睡着了。一九一四年他的一些作品开始在当时的小杂志上出现，一九一六年他出版了自己的第一部长篇小说，《温迪·麦克弗森的儿子》①。同年他和妻子离婚，离开了他的孩子，再婚，开始了期望中的新生活。他那时可以不做广告工作了，但财务状况让他在之后的二十年里都一直担心自己不得不重操旧业。为了增加收入，他走上过讲台，还在自己生命最后几年里出现在几个作家大会上。偶尔，他不得不在羞辱性的场合接受一个有钱人的资助，后来又接受这人的遗孀给的钱。

同时他不断出书，还有十几本书在计划之中。或许也是好事，其中有些书最终也没变成现实。包括一本讲密西西比历史的书，儿童读物（他写"童书"的想法早在一九一九年就有了，一直持续到他死前不久），还有讲"现代产业"的书。在信里，安德森不时提到这些想法中的一两个，它们最后都被标上了大意是"安德森没做成这个项目"的脚注。尽管如此，作品还是从打字机中倾泻而出。

---

① *Windy Mcpherson's Son*，又译《饶舌的麦克佛逊的儿子》。

他能一口气写上八千词，一万词，一万两千词，然后躺下，睡得"像个死人一样"。之后起来继续工作。

《温斯堡》之后他出了名，但这充其量是件喜忧参半的事。一九二七年，他给自己的画家哥哥卡尔·安德森写信，说他觉得名声对艺术家有害。华盛顿特区的一位学校教师随信寄给他一张二十五美元的支票，希望他能点评自己的两篇小说，他写道："名声没什么好的，亲爱的。相信我。"在一九三〇年，他在给伯顿·埃米特的另一封信中说："我不希望聚光灯打在我身上。如果余生我可以默默无闻地写作，不被当前发表观点的人注意的话，我能更快乐些。"

然而不管喜不喜欢，他都是个名人。但也是个活靶子。出现的每一个人，从平庸的记者到平庸的剧作家，还有连他裤子上的一块补丁都不如的各种杂志作家，谁都能乱放那么一枪。他活在比自己更成功、更光彩照人——也终究更有趣——的同代人投下的长长阴影中。对于这种情形，他永远也无法原谅他们，或是原谅他自己。

当匹兹堡大学的英文系教授罗杰·赛格尔向他寻求写作建议时，他劝他"放松点，放松点"。他觉得大多数作家之所以失败，是因为"他们说到底不是讲故事的人。他们有写作的理论，有风格的概念，通常也有真正的写作能力，但他们不会直截了当地'哐当'一下把故事讲出来。"有一次在奥沙克，他把一部小说从车窗扔了出去，还有一次是从芝加哥的酒店窗户扔出去的，因为作品没有"直截了当地讲故事"。他不信任"技法"，不信任作家身上所谓的"聪明"。事实上，他似乎对他们中的大多数都感到不满，除了托马斯·沃尔夫。一九三七年九月，他对沃尔夫写道："我喜欢你的胆识，汤姆。你还是不错的。"但说起乔伊斯，就是一个"阴郁的爱尔兰人……让我骨头疼。不是他错了就是我傻了"。安德森对埃兹拉·庞德的印象是"一个没有火焰的空洞的人"。他觉得辛克莱·刘易斯得诺贝尔奖"非常令人沮丧"。在海明威的《非洲的青山》出版后，他写给自己的朋友——演员兼导演贾斯珀·迪特，说他觉得海明威已经"陷入了对所谓真实的一种浪漫化……一种对大象粪便、杀戮、死亡等等之类的狂喜。结果他接下来却谈什么写完美的句子——诸如此类的。这不是胡说八道吗？"

在一九三九年十一月，安德森遇见年轻的约翰·斯坦贝克时，他还没有读过《愤怒的葡萄》。但他在弗雷斯诺给刘易斯·加兰蒂耶写信时，说他觉得斯坦贝克看起来像是"休息日的卡车司机"。他接着评价他笔下那些劳改营的状况"跟现在全国各地的没什么不同"，说这本书取得的巨大成功要归功于它"对一个普遍的状况进行了本地化"。很明显，他不喜欢那时打在斯坦贝克身上的强烈聚光。

一八七六年，安德森出生于俄亥俄的卡姆登，但他基本上是在克莱德这个克利夫兰附近的小镇长大的。他父亲是个"什么时候房租该付了"就什么时候举家搬迁的流浪者。多年来，安德森做着任何自己能找到的体力活，直到他从蓝领变成白领，进入了广告业。他说自己"狡猾"，会"跟人打交道，让他们做我想让他们做的事，变成我想让他们变成的样子……其实我就是个圆滑的王八蛋"。但他对美国中部小镇生活的软肋有最直接的了解。比起他之前的任何美国作家——和他之后的大多数，他都写得更好、更可信，也怀着更多的同情。小镇和小日子是他写作的主题。他爱美国，爱美国的事物，那种虔诚即便隔了这么久也让我觉得感动。"我爱这个国家。"他在信里会这么说，"上帝，我多么爱这个国家。"他的心、他长久的兴趣——和真正的天才——植根于农村，植根于乡下人和他们的生活方式。他在一九一九年这封给沃尔多·弗兰克的信里写道："坐在看台上的农民中间看溜蹄马和快步马比赛，享受一天的假期，这可真叫人愉快。马很漂亮，展览棚里优良的犍牛、公牛、猪和羊也都很漂亮。"他在一九二七年一封给乔治·丘奇的信中说："我真正想做的——我写作的目的——是再次描摹出这个国家的神采——我想告诉你夜里溪流的声响——是那么安静——风入松林的声音。"

他认为自己写得最好的作品是短篇小说《鸡蛋》。除此之外，他最喜欢的是《不曾说出的谎言》《手》《从不知道什么地方来到虚无》《我想知道为什么》和《我是个傻瓜》。我至少会在这张单子里再加上《林中之死》和《成为女人的男人》。

靠着《暗笑》这一部让他赚到些钱的小说，他在弗吉尼亚的特劳特代尔给自己买下了一座农场。但他是个不安于现状的人，一个真正的美国游荡者，没法在一个地方待太久。从一九一九年到一九四一年二月他走遍了全国，直到在一艘开往南美（他希望能"离开大城市到一个五千人、一万人左右的小镇上，在这种小镇里住上几个月"）的船上因腹膜炎去世①。他生活和工作的足迹遍布纽约州、加利福尼亚、弗吉尼亚、得克萨斯、阿拉巴马、威斯康星、堪萨斯、亚利桑那、密歇根、科罗拉多和佛罗里达各州——总共住过四五十个不同的地方——还有时间去欧洲和墨西哥旅行。好在他"热爱"旅店，"跟家庭生活比起来，就算是最糟糕的旅店生活也那么美好。"他在堪萨斯城找到了一家特别合他心意的旅店："到处是蹩脚小演员、职业拳击手、棒球手、妓女和穷困潦倒的汽车推销员。我的天啊，多么艳俗的人。我爱他们。"

他写的信数量惊人。这本集子里的 201 封信大部分是

---

① 舍伍德·安德森于 1941 年 3 月 8 日（而非二月）去世。他在前往南美途中的一次宴会上误吞了一根牙签，几天后感到腹部不适，后被医生诊断为腹膜炎。

首次出版。早前一部由霍华德·芒福德·琼斯主编的《舍伍德·安德森书信集》收录了401封信，一九五三年出版。再就是一九四九年霍勒斯·格雷戈里主编的《舍伍德·安德森口袋书》里收录了一组较容易获取的书信。

芝加哥的纽伯利图书馆藏有五千多封安德森的信件，这些藏品为本书提供了一个核心。但主编查尔斯·E.莫德林还选取了来自另外二十三家机构的书信和最近才公开的私人"自留"书信中的一部分。他眼光精准，在私人和专业方面平衡得很好。在安德森的生活里，这两方面确实都很重要。单这一本书就勾勒出了一位独特的美国作家的生活，在如今许多作家如大白话般通俗易懂的小说中，还时时能感受到他的印记。

这些书信对我们全面了解舍伍德·安德森有很大的帮助，这也是他应得的。无疑，这些信件并没有遵循书信写作的大传统，即一只眼瞄着收信人，另一只眼盯着子孙后代。它们也没有被"量身定制"成匹配收件人个性的样子。其中有一些是普通手写①的，安德森还为此道了歉。要说我有什么保留意见的话，那就是它们似乎被同一种语气所笼罩。他在写作中不使用缩略形式的这一事实，我认为，也增强了信中那种看起来克制、正式甚至像挽歌一样的风格。

---

① 指相对于速记（shorthand）的普通书写方式。

通过阅读这些书信，我们对安德森和他的作品有了些许了解，但最终，我们会觉得这个不常表露自己情绪的人就像是他自己笔下那些克制的人物——隐忍，无法说出自己的想法，无法袒露自己的内心。

一九三九年，也就是他去世一年半以前，他写信给罗杰·赛格尔，聊自己正着手准备的一本新书："我又开始了。人必须不断地开始再开始……尝试只在非常有限的场域里思考、感受。街上那所房子。街角药店的那个人。"

他是个勇敢的人，一个好作家——这在如今或其他任何时代都是可贵的品质。

法国出版商加斯东·伽利玛买下了《温斯堡》的版权，但没有立刻出版。几年后，安德森在巴黎终于见到了这位了不起的公司总裁。

"这是本好书吗？"伽利玛问安德森。

"千真万确，绝对错不了。"安德森回答。

"那好啊，如果这是本好书，真等我们出版的时候也还是好的。"

安德森最好的作品仍旧是好的。也许他在写下这句话时就已经写好了自己的墓志铭："我写出了一些短篇小说，它们像高速公路旁的石头一样躺着，稳稳当当，就这么待在那儿。"

长大成人，支离破碎

　　彼得·格里芬：《与青春同行：早年海明威》，纽约：牛津大学出版社，1985年，杰弗里·迈耶斯：《海明威传》，纽约：哈珀与罗出版社，1985年。

　　一九五四年，在非洲经历了两次空难并被宣布死亡后，欧内斯特·海明威死里逃生，获得了阅读自己讣告的独特体验。那时我才十几岁，刚到可以拿驾照的年纪，但我记得我在晚报头版看到了他的照片，他举着一张报纸咧嘴笑着，上面登了他的照片和宣告他死亡的头条。我在高中语文课上听过他的名字。还有个跟我一样想当作家的朋友，我们每一次聊天，他都能想尽办法把海明威的名字塞进来。不过那时我还没读过这人写的任何东西。（我正忙着读托马斯·科斯坦之类的。）在头版看到海明威，阅读他的壮举和成就，看到他刚刚和死神擦肩而过，这一切简直让我发昏，让我着迷。但就算我想打仗，也没有仗可以打，再说非洲对我而言就像月亮那么远，更别说巴黎、潘普洛纳、基韦斯特、古巴，甚至是纽约了。尽管如此，我觉得在头版看到海明威的照片坚定了我当作家的决心。可以说我早在那时就蒙了他的恩，即便是出于错误的原因。

非洲事故不久之后，海明威沉思自己的生活，这样写道："作为男人，我所了解的最复杂的主题就是男人的生活。"对欧内斯特·海明威的探索继续着。这位病重且偏执沮丧的作家因为连续两次被关在梅奥诊所里接受电击治疗而丧失记忆，用猎枪打爆了自己的头，如今这一切已经过去了将近二十五年。一九六一年七月二日清晨，在爱达荷州克川市海明威的寓所里，他的第四任妻子玛丽·威尔士·海明威睡在楼上的主卧，被她以为是"抽屉砰砰关上"的声音吵醒了。埃德蒙·威尔逊的话最贴切地表达了他死后大众的震惊和失落："好像我们这代人的一整个角落突然崩塌碎裂了。"

一九六一年之后的这些年里，海明威作为"自莎士比亚之后最杰出的作家"（这是约翰·奥哈拉在称赞《过河入林》时给出的极度夸张的评价）的声誉日渐下降，到了许多评论家和同辈作家觉得有义务公开宣称自己乃至整个文学界都受了某种蒙骗的程度：海明威远没有一开始想得那么好。他们也同意他的一两部长篇小说（《太阳照常升起》，有可能还有《永别了，武器》）可以留到二十一世纪，再加上少数几篇，可能也就五六篇短篇小说。死亡终于把这位作家挪出了中央舞台，冷酷的"重新评价"开始了。

也不完全是巧合，在他死后不久，一种特定的写作方式便开始在这个国度出现，一种强调非理性和虚构性的写作，一种针对现实主义传统的反现实主义。在这个背景下，用海明威认为的优秀写作应有的样子来提醒自己或许是有价值的。他认为小说必须建立在真实的经验之上。"作家的任务是说真话。"他在《战争中的人》的序言中写道，"他对真实的忠诚度应当足够高，以至于他基于自身经验的创作要生发出比任何事实更真实的叙述。"他还写道："找到左右你情感的东西，找到给你兴奋感的行动。写下来，让它清楚到……可以成为读者自身经验的一部分。"①

以他的身份和影响力，或许他死后人们激烈的反应是不可避免的。但渐渐地，尤其是过去十年间，评论家们已经越来越能把那个大名鼎鼎的明星猎人、深海捕鱼者、酒鬼、恶棍、四处生事的人跟这个自律的匠人和艺术家分开来看了。对我来说，他的作品历久弥新。

"最重要的是继续下去，把你的事做完。"在《午后之死》中，海明威这样说。他本质上也是这么做的。那么这个人——按他自己所承认的，"一个狗娘养的"——一个写出的长篇小说和短篇小说集永远地改变了小说的写法，更一度改变了人们看待自己的方式的人，他是谁？

---

① 出自海明威 1935 年 10 月在《时尚先生》上发表的《给大师的独白：一封来自远海的信》。

彼得·格里芬这本精彩而亲切的《与青春同行：早年海明威》（这个标题出自海明威早年的一首诗）提供了一部分答案。在格里芬先生还是布朗大学一名年轻的博士生时，他写信给玛丽·海明威，告诉她海明威的作品在他人生的低谷时期对他来说有多重要。她邀请他来访，承诺全力配合这本书的写作，这也是三卷传记中的第一卷。这个领域已经被文学专家学者涉足，但格里芬先生发掘了数量惊人的具有启发性的新信息。（还收录了五篇未结集的短篇小说。）有几个章节讲到了海明威早年的家庭生活和人际关系。他的母亲是个自命为歌手的专横女人，父亲是著名的医生，他教海明威钓鱼打猎，还给了他第一副拳击手套。

但这本书目前为止篇幅更大、更重要的部分讲的是海明威的长大成人。他先是在《堪萨斯城星报》当记者，又去了意大利红十字会当救护车司机，在那里被奥地利迫击炮弹和机枪子弹重伤。书里有很长一段写他在米兰一家军医院的疗养生活。在那里，他爱上了宾州来的护士阿格尼丝·库洛斯基，她后来成了《永别了，武器》中凯瑟琳·巴克利的原型。（她为了一个意大利伯爵抛弃了他。）

一九一九年，他"头戴一顶特种步兵公鸡羽毛帽，披一件红绸缎内衬及膝军官斗篷，穿一身缀着英勇勋章和战争十字勋章的英式束腰制服"，回到了伊利诺伊州奥克帕克的家。那时他走路得拄着拐。作为一个英雄，他与一家演讲机构签了约，给一些民间团体讲他战争期间的经历。当他终于被自己既愤怒又不知所措的父母要求离开时（海明威不想找工作，爱晚睡，还经常花一整个下午打台球），他先是去了密歇根上半岛，又到了多伦多，那里的一个富裕家庭供给他食宿，每月还付给他八十美元，让他给家里的傻儿子当家教，教他"做个男子汉"。

之后他从多伦多搬到芝加哥，和一个叫比尔·霍恩的朋友住在一起，过着波西米亚式的生活。他替一家叫《全邦合作》①的杂志工作，用他的话说，写的是"男性征婚征友广告、乡村分部消息、国会小姐小说、银行社论、儿童故事之类的"。这段时间，海明威也开始结交舍伍德·安德森和卡尔·桑德堡等文人。他喜欢大声朗读并解读济慈和雪莱的诗，有一次和桑德堡在一起时他读了一段奥玛·海亚姆的《鲁拜集》，桑德堡夸他"理解得很有悟性"。他对跳舞着迷，还和一位名叫凯特·史密斯的女伴赢了一场跳舞比赛。（她后来嫁给了约翰·多斯·帕索斯。）他在一九二〇年十月遇见了另一个女人，比他大八岁，后来成了他的第一任妻子——她就是非凡的伊丽莎白·哈德利·理查森。

---

① *Commonwealth Cooperative*，实际上这本杂志的名字是《合作之邦》(*Co-operative Commonwealth*)。

在九个月的追求期里——她那时住在圣路易斯，而海明威在芝加哥工作生活——他们各自给对方写了一千多页的信。（哈德利的信件是欧内斯特和哈德利的儿子杰克·海明威提供给格里芬先生的，杰克还为本卷写了前言。）格里芬先生引用的段落既有见地又风趣动人，让人看到她对二十一岁的海明威每周寄来的短篇小说、速写和诗歌那敏锐又通透的回应。

在其中一封信里，她把自己的作品和他的作了对比。她说她知道自己的写作被抽象填满，他的却不是。但不仅如此，"在欧内斯特所有的语句中，重音都自然地落在了'正确的仿佛是计算好了的位置上……而我却不得不在重要的字词下划线'"。她称赞他的直觉："这是最可爱的东西了——直觉，在绝对的确定之中。一个明显的例子是……想法就这么从你脑子里冒了出来，让你理解事物本来的样子。"她觉得这是他作品的基础。她支持他们去欧洲的计划，觉得这就是他们为了他的写作该做的事："啊，你的书写会像美妙的微风，带着各种室内的强烈气息迎面而来。你将在我之前孕育出生命，而对你来说，这个地方就是巴黎。"

一九二一年四月底，海明威告诉她自己开始创作第一部长篇小说，一本"真实的人谈论和表达他们想法"的书。作为小说主人公的那个年轻人叫尼克·亚当斯。哈德利回信说："谢天谢地,终于有年轻人要写点青春美好的东西了。一个在写作时有着青年人的干净健壮、意气风发的人。写吧,我已经迷上这个想法了。"她观察到,他的风格"在必要和加固的元素之外剔除了一切,(它)是深层情感的产物,而不仅仅是观念……你对韵律、腔调和行文的感觉很灵敏。你知道这些日子你在用多少根重要的线编织人生吗?亲爱的,你正在做的是你这一生最好的事情之一[①]……我完全居于它的力量之下……简单——但就像最精密的锁甲一样。"但她同时也警告他:"要付出很多努力……才能在艺术中保有自我的那份真实。随着技法的纯熟,你可能会发现自己慢慢滑向心理描写的贫乏,直到死亡降临的那天。""说实话,"她写道,"你做的事是激动人心的奇迹……别让它消失……我们一起走下去。"格里芬先生的传记就在这对新婚夫妇带着给格特鲁德·斯泰因和埃兹拉·庞德的介绍信,正准备起航去巴黎的地方结束了。它再现了年轻的海明威所有的魅力和活力,他的俊美,还有对写作的全情投入。它和任何我之前读过的关于这个男人的作品都不同。

---

① 本书英文原文中紧密相连、未用省略号隔开的这三句话实际上出自传记同一章节的不同段落。"你这一生"本书英文原文为"your I life",在格里芬的传记中为"your life"。

杰弗里·迈耶斯的《海明威传》则在字里行间展现了一个大不相同的欧内斯特·海明威。迈耶斯先生是学者、职业传记作者，写过 T. E. 劳伦斯、乔治·奥威尔、凯瑟琳·曼斯菲尔德、西格里夫·萨松、温德姆·路易斯和 D. H. 劳伦斯，等等。他似乎读过了所有写海明威的书，采访了海明威的很多家庭成员（除了一个令人瞩目的例外：玛丽·海明威，我认为显然是她拒绝配合），还有朋友、密友和追随者。

　　对传记作者来说，奉承并不是必要的，但迈耶斯先生的书充满了对书写对象的不满。尤其令人不安的是他坚信"就像他崇拜的吐温和吉卜林一样，（海明威）从未完全成长为一个成熟的艺术家"。这不仅让人读起来有些沮丧，还成了本书的一个大前提，在令读者头昏眼花的阅读中反复出现。迈耶斯先生不以为然地草草提了几句《午后之死》（不过他说这是"英语世界中斗牛研究的经典"），还有《非洲的青山》《胜者一无所获》《没有女人的男人们》《有钱人和没钱人》《过河入林》《岛在湾流中》《流动的盛宴》（不过他还是认为这是海明威"最伟大的非虚构作品"）和《老人与海》。

　　迈耶斯先生认为，余下的作品总体来说都被"过度展示的虚荣和自怜……反思性人物的缺失，表演自己的幻想的倾向"给毁了。还剩什么呢？《太阳照常升起》，十几篇短篇小说（包括《弗朗西斯·麦康伯短暂的幸福生活》和《乞力马扎罗的雪》），可能还有《永别了，武器》和《丧钟为谁而鸣》。他似乎觉得海明威没有在非洲空难中死掉是令人惋惜的。迈耶斯先生说，要是他死在"洪流之上，野象之中，他的声誉会更胜今日。他会在真正的荣耀之光里退场……在他开始衰落凋零以前"。

谢天谢地，传记作者并没有把钓鱼竿和阴茎嫉妒相提并论，但他对海明威及其作品的解读完全是弗洛伊德式的。书里不少地方提到"伤"——不仅仅是海明威从一九一八年在意大利被弹片和机枪子弹击中以来身体遭受的损伤，还有他被阿格尼丝·库洛斯基抛弃后所承受的"创伤"。另一次"创伤"发生在哈德利坐火车从巴黎到瑞士途中，一个装有海明威早期作品的箱子被人从她车厢里偷走了。按照迈耶斯先生的说法："在海明威心中，这次丢失跟性背叛之间形成了一种不可逆的联结，丢失的手稿就相当于丢失的爱情。"

这是一次让人心痛的不幸事件，但在传记作者看来，这显然导致了不久后哈德利变成海明威前妻的后果。不过他也提到了海明威的愧疚，还有这种愧疚有时过于奇特的表现方式。迈耶斯先生写道："在与宝琳（费孚）结婚的第一年，出了三件可能跟海明威的愧疚有关的事。"然后就是下面这个惊人的说法："海明威——跟很多普通人一样——一直跟占有着母亲的父亲进行俄狄浦斯式的斗争。如果说斗牛象征性交，像是《太阳照常升起》里明显指代的那样（'剑送了进去，一瞬间他与牛合为一体'），那么在公牛迎来高潮般的死亡的瞬间，斗牛士对它的成功支配代表了对同性恋威胁的一种阳刚的抵御。"

接着他从弗洛伊德和无意识转向了世俗（和乏味）方面，看看下面这几句："来到巴黎不久，海明威就向文学滩头发起了成功的一击。""海明威性格暴躁，脾气也坏，相比于作家，更喜欢被人看成硬汉。""他很自私，总是把书看得比妻子们重要。""海明威性格的两面来自他的父亲和母亲。""海明威有四个姐妹（后来，他又有了四个妻子）。""战争的世界吸引着他，因为那里面没有他最大的焦虑之源，女人。"像这样的真知灼见还有几百句。这本书读起来实在是太艰难了。

在一九三一年搬到基韦斯特并出版了《午后之死》后，海明威采取了一种常常与他本人和作品挂钩的大男子主义态度。他猎杀狮子、水牛、大象、捻角羚、鹿、熊、麋鹿、鸭子、野鸡、马林鱼、金枪鱼、旗鱼、鳟鱼。你能说得出来的，所有会飞的、有鳍的、跑得快的、走得慢的，还有地上爬的，他都抓过、猎过。他开始变得狂妄，还端起了架子，鼓励别人叫他"老爹"，打架，对朋友和敌人一样无情。菲茨杰拉德敏锐地注意到，海明威"和我一样精神崩溃，但表现方式不同。他变得狂妄自大，而我变得忧郁"。达蒙·鲁尼恩说："没有什么人能忍受长时间跟他在一起放松的压力。"

讲海明威中老年时期的这段从一九四〇年开始，迈耶斯把它们叫作衰退期，读来令人沮丧。它让读者不仅怀疑他写的还是不是好作品（迈耶斯先生觉得在《丧钟为谁而鸣》之后就不是了），更怀疑他到底还能不能写了。他遭遇了好几次严重的事故，包括酗酒在内的疾病也严重削弱了他的能量。（他的儿子杰克说，父亲在生命的最后二十年里每天要喝一夸脱威士忌。）书里有三页附录，列出了他遭遇的重大事故和疾病，其中包括五次脑震荡，颅骨骨折，子弹和弹片伤，肝炎，高血压，糖尿病，疟疾，肌肉撕裂，韧带拉伤，肺炎，丹毒，阿米巴痢疾，血液中毒，椎间盘破裂，肝、脾、右肾破裂，肾炎，贫血，动脉硬化，皮肤癌，血色素沉着，一度烧伤。一次射击鲨鱼时，他射穿了自己的腿，在被梅奥诊所收治时还在遭受"抑郁和精神崩溃"之苦。

人们开始对海明威的公众形象感到厌倦，最终感到悲伤。但这个人的私人生活也没什么启迪性。粗俗卑鄙的行为、刻薄和恶意一个接一个向读者砸来。（跟第三任妻子玛莎·盖尔霍恩分开后，海明威写了一首关于她的下流诗，还喜欢拿到公众场合大声朗读。）他跟别人的妻子偷情不断，五十多岁时还迷恋十几岁的少女们，实在令人难堪。他一次又一次跟人争吵，几乎和他所有的朋友、家人、前妻（除了哈德利，离婚后的许多年里他还在给她写情书）、儿子和儿媳们断了关系。他跟每个儿子都打得不可开交，其中有一个格雷戈里，他说想看着格雷戈里吊死。他在遗嘱里留下了一百四十万美元的遗产，但剥夺了他所有儿子的继承权。

读到一九六一年七月二日那个糟糕的早晨时，读者几乎如释重负。那时海明威刚刚第二次从梅奥诊所出院（这违背了他妻子的意愿，她觉得他"哄骗"了他的医生），找到了那个锁着的枪柜的钥匙。到这时，所有人都受够了。

这本书里几乎没什么比卡洛斯·贝克一九六九年的传记说得更好的地方。尽管贝克先生有他自己的盲点，但他对海明威的作品更能共情，更对海明威本人有更多的理解。另写一本完整的传记来补充贝克先生和迈耶斯先生所写的内容或许是有必要的，但我不这么认为。至少我自己就不会去读。

读完这本书之后，唯一可能恢复对海明威感觉的方法就是马上回去再读一遍他的小说。他最好的作品好像仍然那么透亮、清澈、坚实。在手指翻动书页时，在眼睛接收字句时，在你的大脑将文字的意义重新幻化成形时，似乎有一种身体上的交流正在发生，就像海明威说的，"让它成为你自身经验的一部分"。海明威做了他该做的，他将永存。即便考虑到他公众和私人生活的混乱，任何无法对他给出这么高评价的传记作者都不如去给不知名的杂货商或者猛犸象作传。作家海明威——不管故事如何发展，他永远都是这个故事的主角。

注释

雷蒙德·卡佛相关作品集

《我们所有人》 威廉·L.斯塔尔编：《我们所有人：诗全集》，伦敦：哈维尔出版社，1996年；纽约：阿尔弗雷德·A.克诺夫，1998年。

《火》(1) 《火：随笔，诗歌，短篇小说》第1版，加利福尼亚，圣塔芭芭拉：卡普拉出版社，1989年。

《火》(2) 《火：随笔，诗歌，短篇小说》增订第2版，纽约：古典书局，1989年；伦敦：哈维尔出版社，1994年。

《我打电话的地方》《我打电话的地方》纪念重印版（附卡佛前言，1988年第1版），纽约：大西洋月刊出版社，1998年；伦敦：哈维尔出版社，1998年。

未结集短篇小说

《柴火》
本文基于在雷蒙德·卡佛位于华盛顿安吉拉斯港的家中发现的原稿。以略微不同的形式发表于《时尚先生》（纽约）第132卷第1期，1999年7月，第72—77页。

《你们想看什么？》

本文基于一份有手写改动的打字稿，发现于俄亥俄州立大学图书馆的威廉·查瓦特美国小说馆收藏的卡佛文稿中。发表于《卫报》（伦敦），2000 年 6 月 24 日，第 14—20 页。

《梦》

本文基于在雷蒙德·卡佛位于华盛顿安吉拉斯港的家中发现的原稿。以略微不同的形式发表于《时尚先生》（纽约）第 134 卷第 2 期，2000 年 8 月，第 132—137 页。

《破坏者》

本文基于在雷蒙德·卡佛位于华盛顿安吉拉斯港的家中发现的原稿。以略微不同的形式发表于《时尚先生》（纽约）第 132 卷第 4 期，1999 年 10 月，第 160—165 页。

《需要我时打给我》

本文基于一份有手写改动的打字稿，发现于俄亥俄州立大学图书馆的威廉·查瓦特美国小说馆收藏的卡佛文稿中。以略微不同的形式发表于《格兰塔》（伦敦）第 68 期，1999 年冬，第 9—21页。

五篇随笔与一篇沉思

《我父亲的一生》

本文选自《火》（2）第 13—21 页。最初发表于《时尚先生》（纽约）第 102 卷第 3 期，1984 年 9 月，第 64—68 页。以《他在哪里：关于我父亲的回忆》为题重新发表于《格兰塔》(英格兰，剑桥）第 14 期，1984 年冬，第 19—28 页。《二十二岁的父亲的照片》见于（《我们所有人》)第 7 页。

《论写作》

本文选自《火》(1) 第 13—18 页。最初以《一个讲故事的人的行话》为题发表于《纽约时报书评》，1981 年 2 月 15 日，第 9、18 页。重新收录于杰克·大卫·乔恩·雷德芬编：《短的短篇小说》，多伦多：霍尔特、莱因哈特和温斯顿出版社，1982 年，第 199—202 页。

《火》

本文选自《火》(1) 第 19—30 页。最初发表于《安泰俄斯》(纽约）第 47 期，1982 年秋，第 156—167 页。以略微不同的形式发表于《雪城学术》(雪城大学）第 3 卷第 2 期，1982 年冬，第 6—14 页。重新收录于斯蒂芬·伯格编：《赞美，得以留存的》，纽约：哈珀与罗出版社，1983 年，第 33—44 页。

在约翰·加德纳于 1982 年 9 月 14 日死于一次摩托车事故后，《火》的片段以《约翰·加德纳：一个年轻作家的火之试炼》为题发表于《芝加哥论坛报图书世界》，1982 年 9 月 26 日，第 1—2 页。卡佛在这个片段里加上了如下内容：

> 他去世的消息刚刚传到我这里，今天早上我就坐在这儿，试着在这无意义中找寻意义——我自然找不到。我感到极大的个人的失落，但过一段时间我会适应它的。(至少我

这么告诉自己。）但他的逝去对美国文学来说是一次巨大的、无法估量的损失。

我试着想起些什么。我想起最后一次看到活着的他。那是在今年三月，在他宾夕法尼亚州萨斯奎哈纳的家。我和苔丝·加拉格尔在那儿过了夜，之后的那天早上约翰站在车道上跟我们告别。地上有雪，但天气不是太糟——太阳出来了，我把外套搭在胳膊上。我们互相拥抱。"回去一路顺利。"他说，"开车小心。"

"当然。"我说。

然后他咧嘴笑了，我也笑了。我们过着一种被保佑的生活，这点我们都知道，前一晚也已经聊过了。他打败了癌症，我战胜了酒精。从奇科那时开始，我们已经走出很远了。"再见，约翰。"我说。

《约翰·加德纳：作为老师的作家》

最初以《约翰·加德纳：作家与老师》为题发表于《佐治亚评论》（佐治亚大学）第 37 卷第 2 期，1983 年夏，第 413—419 页。以略微不同的形式作为卡佛的"前言"重新收录于加德纳：《成为小说家》，纽约：哈珀与罗出版社，1983 年，第 xi—xix 页；以及《火》（2），第 40—47 页。

《友谊》

图文选自《格兰塔》（英格兰，剑桥）第 25 期，1988 年冬，第 155—161 页。

《对圣徒特蕾莎一句话的沉思》

无标题讲话，选自《毕业典礼》（1988 年 5 月 15 日），康涅狄格，西哈特福德：哈特福德大学，1988 年，第 24—25 页。在这次毕业典礼上，卡佛被授予哈特福德大学荣誉文学博士学位。《沉思》是卡佛生前所写的最后一篇散文。

早期短篇小说

《狂怒的季节》

本文选自《狂怒的季节及其他短篇小说》，加利福尼亚，圣塔芭芭拉：卡普拉出版社，1997 年，第 94—110 页。早前以《那些狂怒的季节》为题发表于《十二月》（伊利诺伊，西泉）第 5 卷第 1 期，1963 年秋，第 31—41 页。小说更早的一个版本同样以《那些狂怒的季节》为题，发表于《选择》（奇科州立学院）第 2 期，1960—1961 年冬，第 1—18 页。这是卡佛发表的第一篇短篇小说。

《头发》

本文选自《加州冬青》（洪堡州立学院 ①）第 9 卷第 1 期，1963 年春，第 27—30 页。《加州冬青》是洪堡州立学院的文学杂志，这一期由卡佛主编。《头发》的一份修改版发表于《圣达兹报》（加利福尼亚，圣塔克鲁兹）第 2 卷第 6 期，1972 年 1 月 7—20 日，页数未知。这一版本重新收录于威廉·L. 斯塔尔编：《那些日子：雷蒙德·卡佛早期作品选》，康涅狄格埃尔姆伍德：雷文出版社，

---

① 即后来的洪堡州立大学。

1987 年，第 19—23 页。

《迷》

本文选自《加州冬青》（洪堡州立学院）第 9 卷第 1 期，1963 年春，第 5—9 页。发表《迷》时，卡佛用了笔名约翰·维尔。

《波塞冬和他的伙伴》

本文选自《加州冬青》（洪堡州立学院）第 9 卷第 1 期，1963 年春，第 24—25 页。《波塞冬和他的伙伴》以略微不同的形式发表于《波尔州立师范学院①论坛》（印第安纳，曼西）第 5 卷第 2 期，1964 年春，第 11—12 页。

《鲜亮红苹果》

本文选自《加托杂志》（加州洛斯加托斯）第 2 卷第 1 期，1967年春夏，第 8—13 页。

长篇小说片段

《＜奥古斯丁笔记本＞片段》

本文选自《爱荷华评论》（爱荷华大学）第 10 卷第 3 期，1979 年夏，第 38—42 页。除了这部分之外，卡佛没有继续写这部小说。

缘起

《关于＜邻居＞》

---

① 即后来的波尔州立大学。

无标题随笔，选自杰克·希克斯编：《前沿：1970 年代年轻美国小说》，纽约：霍尔特、莱因哈特和温斯顿出版社，1973 年，第 528—529 页。《邻居》见于《我打电话的地方》第 68—73 页。

《关于＜开车时喝酒＞》

本文选自大卫·艾伦·埃文斯编：《美国诗歌新声》，马萨诸塞，剑桥：温斯洛普出版社，1973 年，第 44—45 页。《开车时喝酒》见于《我们所有人》第 3 页。

《关于修改》

以卡佛"后记"形式发表于《火》（1），第 187—189 页。卡佛为一些作品标出的创作时间并不可靠。

《关于电影剧本＜陀思妥耶夫斯基＞》

卡佛给《陀思妥耶夫斯基：电影剧本》写的无标题导言。雷蒙德·卡佛、苔丝·加拉格尔：《陀思妥耶夫斯基：电影剧本》，卡普拉背靠背系列丛书之五，加利福尼亚，圣塔芭芭拉：卡普拉出版社，1985 年，第 7—12 页。以略微不同的形式发表于《NER/BLQ》（《新英格兰评论与面包季刊》，新罕布什尔，汉诺威）第 6 卷第 3 期，1984 年春，第 355—358 页。

《关于＜浮漂＞及其他诗歌》

以《缘起》为题收录于威廉·海因编：《2000 一代：当代美国诗人》，新泽西，普林斯顿：安大略评论出版社，1984 年，第 24—26 页。卡佛为一些诗歌标出的创作时间并不可靠。诗歌见于《我们所有人》:《浮漂》,第 42 页;《普罗瑟》,第 33—34 页;《你的狗死了》,第 6—7 页;《韦斯·哈丁:一张照片所见》,第 36—37 页;《婚姻》,第 37—38 页。

《关于 < 致苔丝 >》

无标题随笔,选自《文学行列》(学乐公司,纽约州,纽约)第 39 卷第 7 期,1987 年 4 月,第 8 页。《致苔丝》见于《我们所有人》第 138 页。

《关于 < 差事 >》

无标题随笔,选自马克·赫尔普林及香农·拉芙内尔从美国、加拿大杂志中选出的作品集成的《1988 年美国最佳短篇小说》,波士顿:霍顿·米夫林出版社,1988 年,第 318—319 页。《差事》见于《我打电话的地方》第 419—431 页。

《关于 < 我打电话的地方 >》

最初以《初版特别信息》为题收录于《我打电话的地方》初版亲笔签名版,宾夕法尼亚,富兰克林中心:富兰克林图书馆,1988 年,第 vii—ix 页。以《作者前言》为题重新收录于《我打电话的地方》第 xi—xiv 页。卡佛实际上在 1960 年发表了他的第一篇短篇小说《狂怒的季节》。

导言

《眼望星空,辨明航向》

前言,卡佛编:《1980 年雪城诗歌短篇小说选》,纽约,雪城:

雪城大学英语系，1980年，第 iv—v 页。文中对埃兹拉·庞德的引用（"表述的根本准确性……"）并非出自庞德的《阅读 ABC》。本书收录作品：安德鲁·阿伯拉罕森《罗伯和海恩斯的五个地方》，布鲁克斯·哈克斯顿《感恩节星期五》，安东尼·罗宾斯《凯西》和《新生》，玛丽安·洛伊德《人人有爱好》，罗恩·布洛克《我的野孩子》和《查尔斯·比利特》，佩内洛普·菲利普斯《选自＜仰望天穹＞》（《致莱昂哈德·欧拉》），杰伊·格罗弗·罗格夫《向雷东致敬：花丛中的奥菲莉亚》，威廉·C.埃尔金顿《水蛭》，艾伦·霍伊《当奶牛下来喝水》，南希·E.莱罗伊《红沙发》，大卫·奥米拉《老人的国度》。

《所有与我有关的人》

导言，卡佛、香农·拉芙内尔编：《1986年美国最佳短篇小说》波士顿：霍顿·米夫林出版社，1986年，第 xi—xx 页。本书作品由卡佛、香农·拉芙内尔从美国、加拿大杂志中选出。收录作品：唐纳德·巴塞尔姆《她园子里的罗勒》，查尔斯·巴克斯特《狮鹫》，安·比蒂《两面神》，詹姆斯·李·伯克《罪犯》，伊桑·卡宁《星星副食店》，弗兰克·康罗伊《流言》，理查德·福特《共产主义者》，苔丝·加拉格尔《坏伙伴》，艾米·亨佩尔《今天将是安静的一天》，大卫·迈克尔·卡普兰《母鹿季节》，大卫·利普斯基《三千美元》，托马斯·麦奎恩《运动员》，克里斯托弗·麦克罗伊《所有与我有关的人》，艾丽丝·门罗《双帽先生》，杰西卡·尼利《皮肤天使》，肯特·尼尔森《隐形生物》，格蕾丝·佩利《讲述》，莫娜·辛普森《草坪》，乔伊·威廉姆斯《健康》，托拜厄斯·沃尔夫《富兄弟》。

《未知的契诃夫》

无标题文字，见于阿弗兰姆·亚莫林斯基译《未知的契诃夫：短篇小说及其他作品》，纽约：埃科出版社，1987 年，外封底。

《有事件和意义的小说》

前言，卡佛、汤姆·詹克斯编：《美国短篇小说名著》，纽约：德拉克拉特出版社，1987 年，第 xiii—xvi 页。本篇由两位主编共同署名。本书收录作品：詹姆斯·鲍德温《桑尼的布鲁斯》，安·比蒂《周末》，吉娜·贝里沃特《旁观者》，万斯·布尔贾利《阿米什农夫》，理查德·布劳提根《1/3, 1/3, 1/3》，哈罗德·布罗基《维罗纳：一个年轻女人说》，卡罗尔·布莱《英雄讲话》，雷蒙德·卡佛《发烧》，埃文·S.康奈尔《奇瓦瓦城的渔夫》，弗兰克·康罗伊《半空中》，E. L.多克特罗《威利》，安德烈·杜布斯《胖女孩》，斯坦利·埃尔金《霸凌者诗学》，理查德·福特《岩泉》，苔丝·加拉格尔《爱马人》，约翰·加德纳《救赎》，盖尔·戈德温《梦中的孩子》，劳伦斯·萨金特·霍尔《崖岸》，巴里·汉纳《水上的骗子》，马克·赫尔普林《萨曼莎号上的信》，厄休拉·K.勒古恩《伊莱森林》，伯纳德·马拉默德《魔桶》，博比·安·梅森《夏伊洛》①，詹姆斯·艾伦·麦克弗森《伤疤的故事》，伦纳德·迈克尔斯《凶手》，阿瑟·米勒《不合时宜的人》②，乔伊斯·卡罗尔·欧茨《你要去哪儿，你去了哪儿？》，弗兰纳里·奥康纳《好人难寻》，格蕾丝·佩利《二手男孩抚养

---

① 又译《夏伊洛公园》。

② 又译《乱点鸳鸯谱》《花田错》等，1961 年被改编为同名电影，由玛丽莲·梦露主演。

者），杰恩・安妮・菲利普斯《天国的动物》，大卫・奎曼《走出去》①，菲利普・罗斯《犹太人的皈依》，詹姆斯・索尔特《阿尼罗》，约翰・厄普代克《基督徒室友》，乔伊・威廉姆斯《婚礼》，托拜厄斯・沃尔夫《骗子》。

《关于当代小说》

"当代美国小说研讨会"中的无标题稿件，《密歇根季刊评论》（密歇根大学）第 26 卷第 4 期，1987 年秋，第 710—711 页。

《关于长的短篇小说》

导言，迈克尔・C. 怀特、艾伦・戴维斯编：《1988 年美国小说》，康涅狄格，法明顿：韦斯利出版社，1988 年，第 xi—xv 页。卡佛担任这次第二届年度美国小说比赛的客座评委。本书收录作品：安东尼娅・纳尔逊《消耗品》（第一名），保罗・斯科特・马龙《接乔博伊回家》（第二名），桑德拉・多尔《在黑暗中写作》（第三名），厄休拉・赫吉《救命》，帕特里夏・佩奇《越轨》，玛丽・艾尔西・罗伯逊《离别的话》，迈克尔・布莱恩《西装》，马克・文兹《已近十月》，唐娜・特鲁塞尔《梦想派》，斯科特・德里斯科尔《等待公交车》，帕特・哈里森《赢家》，戈登・杰克逊《在花园里》，托尼・格雷厄姆《跳！》，迈克尔・海蒂奇《天使》，帕蒂・塔纳《海港岛》，罗恩・坦纳《哈特之家》，斯蒂芬・特雷西《傻子实验》，莉拉・柴格尔《细节》，莱斯利・贝克尔《好笑的地方》。

---

① 2017 年被改为同名电影，译名《冰雪之行》。

书评

《大鱼，神秘的鱼》

标题和文本出自《芝加哥论坛报图书世界》，1978年10月29日，第6页。以《一个男人和他的鱼》为题，以略微不同的形式发表于《得克萨斯月刊》，1978年12月，第222、225页。

《巴塞尔姆的非人喜剧》

标题出自《芝加哥论坛报图书世界》，1979年1月28日，第1页。文本以《巴塞尔姆写作糊口》为题发表于《得克萨斯月刊》，1979年3月，第162—163页。

《激动人心的故事》

标题出自《芝加哥论坛报图书世界》，1979年5月13日，第1页。文本出自一个无标题版本，发表于《旧金山书评》第5卷第5期，1979年10月，第23—24页。

《蓝鸟的早晨，风暴来袭》

标题和文本出自《旧金山书评》第5卷第2期，1979年7月，第20—21页。重印于《美国图书评论》第2卷第2期，1979年10月，第2页；以及《西部季刊》第10期，1980年冬春，第125—126页。一个更短的版本以《梵高田：令人不安和难忘的西部故事》为题发表于《芝加哥论坛报》，1979年8月25日，第1版，第13页。之后的一个修订版本作为卡佛的"前言"，收录于威廉·基特里奇：《我们并不同甘共苦》，华盛顿，汤森港：

灰狼出版社，1984 年，第 vii—x 页。文中对威廉·基特里奇的第二次引用（"你做的事是重要的……"）实际上并不出自《梵高田》或其他任何基特里奇的作品。但在卡佛未完成的长篇小说《奥古斯丁笔记本》中，却有一句引自"米勒"的话："我们做的事是重要的，兄弟……"［第 225 页］。

《巅峰时期的天才长篇小说家》

标题和文本出自《芝加哥论坛报图书世界》，1980 年 1 月 20 日，第 1 页。书评的一个无标题版本以略微不同的形式发表于《旧金山书评》第 5 卷第 10 期，1980 年 3 月，第 10 页。

《照亮黑暗的小说》

标题出自《芝加哥论坛报图书世界》，1980 年 5 月 18 日，第 1、10 页。文本出自一个无标题版本，发表于《旧金山书评》第 6 卷第 1 期，1980 年 6 月，第 19 页。

《布劳提根供应狼人莓和猫甜瓜》

标题和文本出自《芝加哥论坛报图书世界》，1980 年 10 月 26 日，第 3 页。

《麦奎恩打大猎物》

标题和文本出自《芝加哥论坛报图书世界》，1981 年 2 月 15 日，第 5 页。一个更短的无标题版本发表于《旧金山书评》第 6 卷第 4 期，1981 年 1—2 月，第 22 页。

《理查德·福特关于失去和疗愈的鲜明想象》

标题和文本出自《芝加哥论坛报图书世界》，1981 年 4 月 19 日，第 2 页。一个更短的无标题版本发表于《旧金山书评》第 6 卷第 5 期，1981 年 3—4 月，第 29—30 页。在总结小说内容时，卡佛调整了一些段落的顺序。

《退休杂技演员倒在少女的魅力下》

标题和文本出自《芝加哥论坛报图书世界》，1981 年 7 月 5 日，第 1 页。

《"名声没什么好的，相信我"》

标题和文本出自《纽约时报书评》，1984 年 4 月 22 日，第 6—7 页。

《长大成人，支离破碎》

标题和文本出自《纽约时报书评》，1985 年 11 月 17 日，第 3 页、第 51—52 页。卡佛对哈德利·理查森信件的引用极为简洁，很多封单独的信件被揉在了一起。关于杰弗里·迈耶斯对于卡佛评论的回应，参见《为海明威作传的人》，《纽约时报书评》，1985 年 12 月 8 日，第 85 页。

图书在版编目（CIP）数据

　　需要我时打给我 ／（美）雷蒙德·卡佛著 ；姚卉译
. —— 海口：南海出版公司，2023.3
　　ISBN 978—7—5735—0323—7

　　Ⅰ．①需… Ⅱ．①雷… ②姚… Ⅲ．①文学－作品综
合集－美国－现代 Ⅳ．① I712.15

中国版本图书馆 CIP 数据核字（2022）第 195062 号

著作权合同登记号　图字：30—2022—087

需要我时打给我
〔美〕雷蒙德·卡佛 著
姚卉 译

出　　版	南海出版公司　（0898）66568511	
	海口市海秀中路51号星华大厦五楼　　邮编 570206	
发　　行	新经典发行有限公司	
	电话（010）68423599　邮箱 editor@readinglife.com	
经　　销	新华书店	

责任编辑　黄宁群
特邀编辑　梅　清　唐阅辉　吕宗蕾
营销编辑　王　靖
装帧设计　韩　笑
内文制作　田小波

印　　刷　北京盛通印刷股份有限公司
开　　本　850毫米×1168毫米　1/32
印　　张　12
字　　数　211千
版　　次　2023年3月第1版
印　　次　2023年3月第1次印刷
书　　号　ISBN 978—7—5735—0323—7
定　　价　68.00元